Un mundo de ensueño

Un mundo de ensueño

Nicholas Sparks

Traducción de
María Enguix Tercero

Rocaeditorial

Título original en inglés: *Dreamland*

© 2022, Willow Holdings, Inc.

www.nicholassparks.com

Primera edición: septiembre de 2023

© de la traducción: 2023, María Enguix Tercero
© de esta edición: 2023, Roca Editorial de Libros, S.L.
Av. Marquès de l'Argentera 17, pral.
08003 Barcelona
actualidad@rocaeditorial.com
www.rocalibros.com

Imprime LIBERDÚPLEX, S.L.U.
Printed in Spain – Impreso en España

ISBN: 978-84-19283-95-5
Depósito legal: B. 11337-2023

RE83955

A Abby Koons, Andrea Mai y Emily Sweet

PRIMERA PARTE

Colby

1

*P*ermitidme que me presente: me llamo Colby Mills, tengo veinticinco años y estoy sentado en una de esas sillas plegables de tiras en Saint Pete Beach (Florida), en un espléndido sábado de mediados de mayo. Mi nevera, al alcance de la mano, está bien surtida de cerveza y botellas de agua sobre cubitos de hielo, y la temperatura es casi perfecta; sopla una brisa regular lo bastante fuerte como para mantener a raya los mosquitos. Detrás de mí se yergue el Don CeSar Hotel, un establecimiento señorial que me recuerda al Taj Mahal, pero en versión rosa, y desde la zona de la piscina me llegan las notas de música en directo. El tipo que actúa tiene un pase, aunque ahoga las cuerdas de vez en cuando, pero dudo que a nadie le importe mucho, la verdad. Desde que me instalé aquí, me he asomado un par de veces a la piscina y he visto que los huéspedes suelen pasar la tarde dándole a los cócteles, lo que significa que probablemente disfruten escuchando cualquier cosa.

No soy de aquí, dicho sea de paso. Antes de llegar, ni siquiera había oído hablar de este sitio. Cuando la gente de mi ciudad me preguntó dónde estaba Saint Pete Beach, les expliqué que es una localidad costera al otro lado de la carretera elevada que discurre desde Tampa, cerca de Saint Petersburg y Clearwater, en la costa occidental de Florida, lo que no aclaraba gran cosa. Para mucha gente, Florida se reduce a los parques de atracciones de Orlando y a las chicas en bikini en las playas de Miami, además de a un puñado de sitios dejados de la mano de Dios. Para ser justos he de decir que, antes de llegar, para mí Florida solo era un estado con una forma extraña, suspendido en la costa este de Estados Unidos.

En cuanto a Saint Pete, su mayor atractivo es una suntuosa playa de arena blanca, la más bonita que he visto en mi vida. Un batiburrillo de hoteles de lujo y moteles de bajo coste salpican la costa, pero la mayoría de los vecindarios son de clase media, por lo general, y sus residentes, jubilados y obreros, aparte de familias que pueden permitirse unas vacaciones económicas. Están los típicos restaurantes de comida rápida y las ristras de comercios, gimnasios y tiendas que venden artículos de playa baratos, pero, quitando estos signos evidentes de modernidad, la ciudad desprende un aire de abandono.

A pesar de todo, tengo que reconocer que me gusta estar aquí. Técnicamente, he venido por trabajo, pero lo cierto es que estoy más de vacaciones. Tengo cuatro bolos a la semana en el Bobby T's Beach Bar, durante tres semanas, pero mis sesiones solo duran unas horas, lo cual significa que me queda mucho tiempo libre para salir a correr y tomar el sol, y, aparte de eso, no hacer nada en absoluto. Es fácil acostumbrarse a esta clase de vida. Los clientes del Bobby T's son gente maja (y sí, empinan el codo, como en el Don Cesar), pero no hay nada como actuar para un público agradecido. Sobre todo teniendo en cuenta que soy un don nadie que viene de fuera y que prácticamente dejé de actuar dos meses antes de terminar el instituto. Durante los últimos siete años he tocado de higos a brevas en fiestas de amigos o de algún conocido, pero eso es todo. Actualmente considero la música como un pasatiempo, aunque es un pasatiempo que adoro. No hay nada que me guste más que pasarme el día tocando o componiendo canciones, aunque la vida real no me deja mucho tiempo para eso.

Sin embargo, durante los primeros diez días me pasó algo curioso. Los dos primeros conciertos salieron como esperaba, con un público que, supuse, era el habitual del Bobby T's. La mitad de las sillas se llenaron, la gente había venido para disfrutar de la puesta de sol, los cócteles y la conversación mientras sonaba música de fondo. Pero, el tercer día, todos los asientos estaban ocupados y reconocí caras de actuaciones anteriores. Cuando el cuarto día subí al escenario, no solo se llenaron todos los asientos, sino que además un grupo de personas se quedó de pie de buena gana para escucharme. Casi nadie miraba la puesta de sol, y empecé a recibir peticiones para que tocara temas propios. Que me pidieran clásicos como *Summer of 69*, *American Pie* y *Brown Eyed Girl* era normal, pero ¿mi música? Después, anoche, el público llegaba hasta la playa, sacaron más sillas y ajustaron los altavoces para que todo el mundo pudiera oírme. Cuando salía al escenario, imaginé al clásico público de un viernes por la noche, pero Ray, el encargado de las reservas, me aseguró que lo que estaba pasando no era lo habitual. De hecho, me dijo que nunca había visto a tanta gente reunida en el Bobby T's.

Debería de haberme alegrado mucho, y supongo que lo hice, al menos un poco. Pero no le di mucha importancia. Al fin y al cabo, tocar para veraneantes achispados en un bar de playa con ofertas especiales al atardecer dista mucho de llenar estadios por todo el país. Unos años antes, he de reconocerlo, había sido un sueño que me «descubrieran» (creo que es un sueño para cualquier persona que disfrute actuando), pero aquellos sueños fueron disolviéndose a la luz de una nueva realidad. No siento ningún resquemor al respecto. Mi parte racional sabe que, generalmente, lo que queremos y lo que conseguimos son dos cosas completamente distintas.

13

Además, dentro de diez días me tocará volver a la misma vida que llevaba antes de venir a Florida.

Que nadie me malinterprete, mi verdadera vida no está tan mal. De hecho, soy muy bueno en lo que hago, aunque se me haga pesado pasar tantas horas solo. Nunca he salido del país, jamás he subido a un avión y apenas estoy al tanto de las noticias, principalmente porque los comentaristas me aburren soberanamente. Contadme qué está pasando en nuestro país o en el mundo, habladme de alguna cuestión de suma importancia, y prometo sorprenderme. Aunque lo que voy a decir ofenderá a más de uno, ni siquiera voy a votar, y la única razón por la que conozco el apellido de nuestro gobernador es porque una vez toqué en un bar que se llamaba Cooper's, en el condado de Carteret, cerca de la costa de Carolina del Norte, a una hora de mi casa.

Hablando de eso...

14   Vivo en Washington, una pequeña ciudad situada a orillas del río Pamlico, al este de Carolina del Norte, aunque muchos la llaman «la pequeña Washington» o «la Washington original» para no confundir mi ciudad natal con la capital de la nación, que queda a cinco horas al norte. Como si fuera posible confundirlas. Washington y Washington D. C. son todo lo diferentes que pueden llegar a ser dos lugares, principalmente porque la última es una metrópolis rodeada de suburbios y un núcleo de poder central, mientras que mi ciudad es minúscula y rural, y cuenta con un supermercado que se llama Piggly Wiggly. Somos menos de diez mil habitantes; en mis años mozos, solía preguntarme por qué alguien iba a querer vivir allí siquiera. Me pasé casi toda la vida deseando escapar, y cuanto antes, mejor. Ahora, sin embargo, he llegado a la conclusión de que existen peores sitios donde crecer. Washington es apacible, y sus gentes, amables, de las que, desde el porche, saludan a los coches que pasan. El paseo que recorre el río

está muy bien y cuenta con un par de restaurantes potables, y, para los aficionados al arte, la población presume del Turnage Theatre, donde los oriundos pueden ver obras representadas por otros oriundos. Hay colegios, un Walmart y restaurantes de comida rápida; en cuanto al clima, es ideal. Llega a nevar una o dos veces cada dos o tres años, y en verano la temperatura es mucho más templada que en otros lugares como Carolina del Sur o Georgia. Navegar por el río es uno de nuestros mayores pasatiempos, y puedo cargar la tabla de surf en el remolque de la camioneta en un santiamén y pillar olas en la playa antes de terminarme siquiera mi taza grande de café. Greenville, una ciudad más pequeñaja pero real, que tiene equipos de deporte universitarios, cines y una oferta gastronómica más variada, está a un tiro de piedra por la autovía, a veinticinco minutos conduciendo tranquilamente.

En otras palabras, me gusta vivir allí. Normalmente ni siquiera pienso en si me estoy perdiendo algo más grande o mejor, o lo que sea. Por regla general, me tomo las cosas como vienen y procuro no tener demasiadas expectativas o remordimientos. Es posible que no suene muy especial, pero a mí me va bien.

Supongo que tiene algo que ver con mi educación. Cuando era pequeño, vivía con mi madre y mi hermana en una casa modesta no muy lejos del río. Nunca conocí a mi padre. Mi hermana, Paige, es seis años mayor que yo, y los recuerdos que tengo de mi madre son difusos, borrosos por el paso del tiempo. Tengo un vago recuerdo de pinchar a un sapo que saltaba en la hierba y otro de mi madre cantando en la cocina, pero eso es todo, más o menos. Murió cuando yo tenía cinco años; entonces mi hermana y yo fuimos a vivir con mis tíos a su granja, en las afueras de la ciudad. Mi tía era la hermana de mi madre, mucho mayor que ella, y, si bien nunca habían estado muy unidas, era la única familia que nos quedaba. En sus cabezas, hicieron cuanto fue necesario, porque también era lo que debían hacer.

Eran buena gente, mis tíos, pero, como no tuvieron hijos, dudo que supieran realmente dónde se metían. Las tareas de la granja les ocupaban la mayor parte del tiempo, y Paige y yo no éramos niños fáciles, especialmente al principio. Yo era torpe y en aquella época crecía como la mala hierba y tropezaba cada dos por tres. También lloraba mucho (sobre todo por mi madre, supongo), aunque esto no lo recuerdo. Por su parte, Paige iba un paso por delante en cuanto a temperamento adolescente se refiere. Podía gritar o sollozar o coger un berrinche como la que más y pasarse días enteros encerrada en su habitación llorando y negándose a comer. Ella y mi tía eran como el día y la noche desde el principio, pero siempre me sentí a salvo con ella. Aunque mis tíos hicieron lo que pudieron, debieron de sentirse superados, de manera que, poco a poco, le tocó a mi hermana hacerse cargo de mí. Era ella quien me preparaba los almuerzos para el colegio y me acompañaba a la parada del autobús; los fines de semana me calentaba sopa Campbell o macarrones con queso de la marca Kraft, y se sentaba conmigo a ver los dibujos animados. Y, como compartíamos cuarto, era a ella a quien me confiaba antes de quedarme dormido. A veces, pero no siempre, me ayudaba con mis tareas, además de hacer las suyas; granja y trabajo son básicamente sinónimos. Paige era con diferencia la persona del mundo en quien más confiaba.

También era talentosa. Le encantaba dibujar y podía hacerlo durante horas, por lo que no me sorprende que al final se convirtiera en una artista. En la actualidad se gana la vida haciendo vidrieras, réplicas a mano de lámparas Tiffany que cuestan una fortuna y son muy apreciadas entre los decoradores de interiores de lujo. Ha levantado ella sola un negocio en línea que va viento en popa; me siento orgulloso de mi hermana, no solo por lo que significó para mí en la infancia, sino también porque la vida le ha dado muchos palos. Más de una vez, he de reconocerlo, me he preguntado cómo fue capaz de seguir adelante a pesar de todo.

Que nadie me malinterprete cuando hablo de mis tíos. Aunque Paige era la que me cuidaba, ellos siempre se encargaron de las cosas importantes. Teníamos camas dignas y todos los años nos compraban ropa para la escuela. Siempre había leche en el frigorífico y cosas para merendar en los armarios de la cocina. Ninguno de los dos era violento, raras veces levantaban la voz, y creo que la única vez que los he visto permitirse una copa de vino fue en mi adolescencia. Pero el trabajo en la granja es duro; una granja, en muchos sentidos, es como un niño exigente, siempre necesitado, y ellos no tenían el tiempo o la energía de asistir a los actos de la escuela o de llevarnos al cumpleaños de un amigo o de jugar a pasarnos el balón los fines de semana. En una granja no existen los fines de semana; los sábados y domingos son como cualquier otro día. Prácticamente, lo único que hacíamos en familia era sentarnos a cenar a las seis todas las tardes, y tengo la impresión de recordar todas las cenas porque todas eran exactamente iguales. Nos llamaban a la cocina, donde ayudábamos a llevar la comida a la mesa. Una vez sentados, y más por un sentido de la obligación que por verdadero interés, mi tía nos preguntaba a mi hermana y a mí qué habíamos hecho en la escuela. Mientras contestábamos, mi tío untaba dos rebanadas de pan con mantequilla para acompañar su plato, comiéramos lo que comiéramos, y asentía en silencio a nuestras respuestas, dijéramos lo que dijéramos. Después de lo cual, lo único que se oía durante nuestras cenas era el tintineo de los cubiertos contra los platos. A veces, Paige y yo hablábamos, pero mis tíos se concentraban en apurar la comida como otra tarea que tenían que cumplir. Los dos eran callados por lo general, pero mi tío llevaba el silencio a otro nivel. A veces no lo oía hablar durante días.

Lo que sí hacía, en cambio, era tocar la guitarra. No tengo ni idea de dónde había aprendido, pero no se le daba mal y tenía una voz bronca que atraía al oyente. Sentía predilección por las canciones de Johnny Cash o Kris Kristofferson («*country* rústico» lo llamaba), y una vez o dos a la semana, después de cenar, se sentaba en el porche y tocaba. Cuando empecé a mostrar interés (debería de tener siete u ocho años), me pasó la guitarra y me enseñó los acordes con sus manos cubiertas de callos. Yo no tenía ningún talento natural, pero él tenía más paciencia que un santo. A pesar de mi edad, comprendí que había descubierto mi pasión. Paige tenía su arte y yo tenía la música.

Empecé a practicar solo. También empecé a cantar, principalmente el tipo de canciones que cantaba mi tío, porque eran las únicas que conocía. Mis tíos me compraron una guitarra acústica por Navidad y una eléctrica al año siguiente, y practicaba con las dos. Tocaba de oído canciones que escuchaba en la radio, porque no había aprendido a leer música. A los doce años llegué hasta el punto de imitar casi a la perfección una canción que solo había oído una vez.

A medida que me hacía mayor, mis tareas en la granja se redoblaron, como es natural, lo que significó que no podía practicar tanto como quería. No bastaba con dar de comer y beber a las gallinas cada mañana; tenía que reparar tuberías de riego y pasarme horas enteras al sol, arrancando gusanos de las hojas de tabaco y aplastándolos con los dedos, cosa que resulta tan desagradable como suena. Antes de alcanzar la adolescencia, aprendí a conducir todo lo que llevara motor (tractores, retroexcavadoras, cosechadoras, sembradoras y todo lo demás) y pasé fines de semana enteros haciendo solo eso. También aprendí a reparar todo lo que se rompía, aunque al final acabé detestándolo. Como las tareas agrícolas y la música ocupaban casi todo mi tiempo libre, en algo tenía que notarse, y en secundaria mis notas empezaron a bajar. Me daba lo mismo. La única clase que me importaba de verdad era la de música, sobre todo porque resultó que mi profesora era aficionada a la composición. La mujer mostró un interés especial por mí y, con su ayuda, compuse mi primera canción cuando tenía doce años. Tras esa experiencia, me enganché y empecé a componer sin parar, mejorando poco a poco.

A esas alturas, Paige trabajaba con un artista local especializado en vidrieras. Pasaba media jornada en el taller mientras iba al instituto; sin embargo, cuando se graduó, ya hacía sus propias lámparas de estilo Tiffany. A diferencia de mí, Paige sacaba buenas notas, pero no le interesaba la universidad. Se dedicó a montar su propio negocio y al final conoció a un chico y se enamoró. Se marchó de la granja, salió del estado y se casó. Apenas supe nada de ella durante unos años después de su partida; incluso después de tener un bebé, solo la vi de refilón las raras veces que nos llamamos por FaceTime, y tenía cara de cansada, con el crío llorando en sus brazos. Por primera vez en mi vida, sentí que no estaba al cuidado de nadie.

Si sumamos todo eso (mis tíos sobrecargados de trabajo, mi falta de interés en la escuela, la marcha de mi hermana y las tareas que había terminado por aborrecer), no es de extrañar que me rebelara. Nada más empezar el instituto, conocí a un grupo de chicos con las mismas inclinaciones; nos instigábamos los unos a otros. Al principio eran cosas sin importancia (lanzábamos piedras contra ventanas de casas abandonadas, gastábamos bromas telefónicas de madrugada, robábamos de vez en cuando una chocolatina en alguna tienda), pero, al cabo de pocos meses, uno de la pandilla le robó una botella de ginebra a su padre. Quedamos en el río y nos la pasamos de uno a otro. Bebí más de la cuenta y me pasé el resto de la noche vomitando, pero, para ser honesto, tengo que reconocer que no aprendí la lección. En lo sucesivo, en lugar de rechazar la botella cada vez que me la daban, acabé innumerables fines de semana con el cerebro nublado. Mis notas seguían dejando mucho que desear y empecé a saltarme algunas tareas de la granja. No me siento orgulloso de quién era entonces, pero también sé que es imposible cambiar el pasado.

Sin embargo, justo después de empezar el segundo año, mi vida dio otro giro. Para entonces ya me había distanciado de los pringados de mis amigos y me llegaron rumores de que una banda local buscaba un nuevo guitarrista. ¿Por qué no?, pensé. Solo tenía quince años y, cuando aparecí en la prueba, los miembros de la banda (todos de veinte años para arriba) sofocaron la risa. Pasé de ellos, enchufé mi guitarra eléctrica y toqué el solo de Eddie van Halen en *Eruption*. Si preguntáis a cualquiera que entienda, os dirá que no es fácil. Resumiendo, acabé dando mi primer concierto con ellos el fin de semana siguiente, después de escuchar el repertorio entero por primera vez en un único ensayo. Comparado con ellos, que llevaban *piercings* y tatuajes y melenas largas o el pelo de pincho decolorado, yo parecía un chico del coro, así que me relegaban al fondo, junto al baterista, incluso durante mis solos.

Si hasta entonces la música no ocupaba todo mi tiempo, la cosa cambió rápidamente. Me dejé crecer el pelo, me hice tatuajes antes de la edad legal para tenerlos, y al final la banda consintió en que tocara en la parte delantera del escenario. En la granja, dejé de hacer cualquier tarea prácticamente. Mis tíos estaban perplejos y decidieron ignorarme, lo que minimizó nuestros conflictos. Incluso dejamos de comer juntos. Dediqué más tiempo a la música y fantaseaba con tocar en recintos multitudinarios en los que se hubieran agotado las localidades.

Echando la vista atrás, probablemente tendría que haber sabido que la cosa nunca funcionaría, porque la banda no era muy buena. Todas nuestras canciones eran onda pospunk histriónico y, aunque a algunos les gustaba, estoy seguro de que el público para el que tocábamos en nuestro cachito del este de Carolina del Norte no salía deslumbrado. Aun así, logramos encontrar nuestro pequeño nicho y, hasta casi el final de mi último año de instituto, tocamos veinte o veinticinco fines de semana al año en antros de ciudades tan alejadas como Charlotte.

Pero hubo fricciones en la banda y la cosa fue a peor con el tiempo. El líder del grupo insistía en que tocáramos solo las canciones que él había compuesto y, aunque no parezca un gran problema, el ego ha matado a más bandas que casi cualquier otra cosa. Para colmo de males, el resto sabíamos que la mayoría de sus composiciones eran mediocres. Un día anunció que se mudaba a Los Ángeles para buscarse la vida por su cuenta porque nosotros no valorábamos su talento. En cuanto se largó, el baterista (que tenía veintisiete años y era el mayor del grupo) anunció que también lo dejaba, lo cual tampoco nos pilló por sorpresa, porque su novia llevaba una temporada insistiéndole en que sentara la cabeza. Cuando recogió su equipo y lo cargó en el coche, los otros tres asentimos con un gesto, sabiendo que se había acabado, y guardamos nuestras cosas. Después de esa noche, nunca volví a hablar con ninguno de ellos.

Por raro que parezca, me sentía menos deprimido que perdido. Por mucho que me gustara actuar, había demasiado drama y muy poco empuje para que la banda llegara a ningún lado. Al mismo tiempo, no tenía ni idea de qué hacer con mi vida, así que me dejé llevar. Terminé el instituto (probablemente porque los profesores no querían verme otro año más por allí) y pasaba muchas horas en mi cuarto componiendo música y grabando canciones que colgaba en

21

Spotify, Instagram y YouTube. A nadie parecía interesarle. Poco a poco, empecé a echar una mano en la granja otra vez, aunque era evidente que mis tíos habían tirado la toalla conmigo hacía tiempo. Y lo que es más importante, empecé a hacer balance de mi vida, sobre todo a medida que fui pasando más tiempo en la propiedad. A pesar de mi ensimismamiento, me di cuenta de que mis tíos se hacían mayores y que la granja pasaba apuros. Cuando de niño llegué a aquel lugar, se cultivaba maíz, algodón, arándanos y tabaco, y se criaban miles de pollos. Todo esto había cambiado en los últimos años. Las malas cosechas y las malas decisiones comerciales, así como los malos precios y los malos préstamos obligaron a vender o arrendar una buena porción de la tierra original a nuestros vecinos. Me pregunté cómo era posible que estos cambios me hubieran pasado desapercibidos, aunque sabía la respuesta.

22 Entonces, en una cálida mañana de agosto, mi tío sufrió un paro cardiaco cuando iba caminando hacia el tractor. Tenía la arteria descendente anterior izquierda obstruida en su origen; como me explicaron en el hospital, este tipo de ataque es conocido como «enviudador», porque las probabilidades de supervivencia son increíblemente ínfimas. Puede que la culpa fuera de todo el pan con mantequilla que tomaba en las cenas; sea como sea, murió antes de que llegara la ambulancia. Fue mi tía quien lo encontró, y nunca he oído a nadie chillar y lamentarse tanto como ella esa mañana.

Tras dejar a su hijo con su esposo y su suegra, Paige volvió para el funeral y se quedó un tiempo en casa. Me inquietaba que su regreso provocara más conflictos, pero mi hermana pareció reconocer que algo se había roto por dentro en mi tía del mismo modo que ella se sentía rota a veces. Es imposible saber lo que sucede en la vida privada de las personas, pero, como nunca había visto muestras de cariño entre mi tía y mi tío, supongo que crecí viéndolos más como socios comerciales que como una pareja profundamente enamorada. Visiblemente, me equivocaba. En los días que siguieron, mi tía era una sombra de lo que había sido. Apenas comía y siempre llevaba un pañuelo para secarse el constante torrente de lágrimas. Paige prestaba oído a los relatos familiares durante horas, se ocupó de la casa y vigiló que los empleados de la granja cumplieran un horario. Pero no pudo quedarse para siempre y, después de su partida, intenté ocuparme de todo como había hecho mi hermana.

Además de gestionar la granja y asegurarme de que mi tía comía lo suficiente, me decidí a hojear la pila de facturas y registros que había encima de la mesa del despacho de mi tío. Mis conocimientos matemáticos eran rudimentarios, pero suficientes como para entender la magnitud del desastre. Si bien el cultivo de tabaco seguía dando dinero, los pollos, el maíz y el algodón eran cada vez más deficitarios. Para evitar una quiebra inminente, mi tío había acordado arrendar más tierra a los vecinos. Eso podría resolver el problema inmediato, pero sabía que supondría un problema mayor a largo plazo. Mi reacción inicial fue presionar a mi tía para que vendiera directamente el resto de la granja; así podría comprar una casa más pequeña y jubilarse, pero no quiso ni oír hablar del asunto. En torno a esa misma época, también encontré varios recortes de revistas y boletines que mi tío había recopilado y que hablaban de un mercado de opciones alimentarias más sanas y exóticas, junto con notas y previsiones de ingresos que él ya había completado. Puede que mi tío fuera taciturno y para nada un gran hombre de negocios, pero se había planteado algunos cambios. Hablé de todo ello con mi tía y al final convino en que la única opción era poner en marcha los planes de mi tío.

Al principio no teníamos dinero para hacer gran cosa, pero en los últimos siete años, con ingentes esfuerzos, riesgos, desafíos, ayuda financiera de Paige, golpes de suerte

23

ocasionales y demasiadas noches en vela, pasamos paulatinamente de criar pollos industriales a especializarnos en huevos ecológicos de gallinas criadas al aire libre, cuyo margen de beneficio es mucho mayor; los vendemos a tiendas de comestibles de toda Carolina del Norte y del Sur. Aunque seguimos cultivando tabaco, usamos la tierra restante para concentrarnos en los tomates reliquia, que son variedades tradicionales muy demandados en los restaurantes y fruterías caros, y cuyo margen de beneficio tampoco es nada desdeñable. Hace cuatro años, la granja obtuvo beneficios por primera vez desde hacía siglos y empezamos a reducir nuestra deuda a niveles razonables. Incluso recuperamos algunos de los arrendamientos de nuestros vecinos, de modo que la granja prospera de nuevo y el año pasado tuvimos más beneficios que nunca.

Como he dicho, se me da bastante bien lo que hago.

Lo que soy es granjero.

2

Sí, ya lo sé. En ocasiones, mi trayectoria profesional me sorprende incluso a mí mismo, por inverosímil, sobre todo después de haberme pasado años enteros de mi vida renegando prácticamente de todo lo que tuviera que ver con la granja. Con el tiempo, he terminado aceptando la idea de que no siempre podemos elegir nuestro camino en la vida; a veces nos elige él.

También me hace feliz haber podido ayudar a mi tía. Paige está orgullosa de mí, y yo debería saberlo, porque nos vemos mucho últimamente. Su matrimonio terminó fatal (de la peor manera que se pueda imaginar) y volvió a la granja hace seis años. Durante una temporada todos convivimos como en los buenos tiempos, pero no tardé mucho en comprender que compartir habitación con mi hermana, ya de adultos, era algo que ni Paige ni yo queríamos hacer. Al final, le construí a mi tía una casa más pequeña y manejable al otro lado de la carretera, en la otra punta de la propiedad. Ahora mi hermana y yo vivimos juntos, lo que a algunos podrá parecerles extraño, pero me gusta, porque sigue siendo mi mejor amiga. Ella hace sus vidrieras en el granero, yo me ocupo de la granja y comemos juntos varias veces a la semana. Se ha convertido en una cocinera bastante decente y, cuando nos sentamos a la mesa, a veces recuerdo todas nuestras cenas de la infancia.

En otras palabras, actualmente mi vida es bastante buena, pero pasa lo siguiente: cuando le digo a la gente que soy granjero, la mayoría ladea la cabeza y me mira raro. Las más de las veces no saben qué decir a continuación. Si les digo que mi familia es propietaria de una granja, por el contrario, se animan, sonríen y empiezan a hacerme preguntas. No sé exactamente a qué se debe este cambio de actitud, pero me ha pasado varias veces desde que llegué a Florida. A veces, después de una actuación, alguna gente se me acerca y empieza a hablar conmigo, pero cuando comprenden que no soy nadie en el mundo de la música, el tema se desvía hacia lo que hago para ganarme la vida. Dependiendo de si quiero que la conversación continúe o no, me decanto por decir que soy granjero o por explicar que tengo una granja.

A pesar de nuestros logros de los últimos años, el estrés de la granja puede resultar agotador. Las decisiones cotidianas suelen tener consecuencias a largo plazo y cada elección guarda un vínculo con otra. ¿Llevo el tractor a que lo reparen y así tengo más tiempo para centrarme en los clientes, o lo reparo yo mismo y me ahorro mil dólares? ¿Amplío la oferta de tomates autóctonos o me especializo solo en unos pocos y busco más puntos de venta? La madre tierra también es caprichosa y, si bien puedes tomar una decisión que parece adecuada en el momento, a veces ocurren imprevistos hagas lo que hagas. ¿Funcionarán bien los calentadores y los pollos tendrán suficiente calor las escasas veces que nieva? ¿El huracán pasará de largo o el viento y la lluvia arruinarán las cosechas? Cada día me encargo de cultivar cosechas y criar pollos sanos, y cada día surge algo que complica el desafío. Mientras que algunas cosas crecen sin cesar, otras siempre se deterioran, y luchar por el equilibrio perfecto a veces es una tarea casi imposible. Podría trabajar veinticuatro horas al día, y aun así nunca me diría a mí mismo: «Ya está. Ya no hay nada más que hacer».

Menciono todo lo anterior solo para explicar por qué este viaje de tres semanas a Florida es el primer descanso de verdad que disfruto desde hace siete años. Paige, mi tía y el capataz han insistido en que me marchara. Antes de venir a Florida, nunca me había tomado ni una semana libre, y puedo contar con los dedos de una mano el número de fines de semana que me he obligado a alejarme del trabajo. Los pensamientos sobre la granja me importunan cada dos por tres; durante la primera semana, si no llamé diez veces a mi tía para comprobar cómo iba todo, no llamé ninguna. Terminó prohibiéndome que lo hiciera. Me dijo que entre ella y el capataz podían hacerse cargo de todo, así que en los últimos tres días no he llamado ni una sola vez, incluso si el reflejo de hacerlo se me hizo casi insoportable. Tampoco he llamado a Paige. Recibió un pedido sustancioso justo antes de mi partida y supe que no me respondería al teléfono cuando estuviera en modo trabajo frenético, todo lo cual significa que, además de las vacaciones, estoy solo con mis pensamientos por primera vez en lo que se me antoja una eternidad.

Estoy bastante seguro de que mi novia, Michelle, habría preferido esta versión relajada, sana y ociosa de mí. O, mejor dicho, mi exnovia. Michelle siempre se quejaba de que me centraba más en las necesidades de la granja que en mi propia vida. La conocía del instituto; vagamente, porque ella salía con uno de los jugadores de fútbol y era dos años mayor que yo, pero siempre había sido amable cuando nos cruzábamos en los pasillos, y eso que era la chica más guapa del instituto. Se esfumó de mi vida durante unos años y más tarde coincidimos en una fiesta, cuando ya se había graduado en la universidad. Era enfermera y tenía un empleo en el Vidant Medical Center, pero había vuelto a casa de sus padres con la esperanza de ahorrar el dinero necesario para la entrada de un apartamento en Greenville. Nuestra primera conversación nos llevó a una primera cita, y

27

luego a una segunda, y durante los dos años que salimos juntos me consideré afortunado. Era inteligente y responsable, y tenía un gran sentido del humor, pero trabajaba en el turno de noche, y yo, a todas horas, lo que nos dejaba poco tiempo para estar juntos. Quiero creer que podríamos haber superado esa barrera, pero al final comprendí que, si bien me gustaba, no la amaba. Estoy casi seguro de que ella sentía lo mismo por mí; cuando por fin se compró el apartamento, vernos se convirtió en algo casi imposible. No hubo ruptura turbulenta, ni enfados ni peleas ni insultos; más bien, los dos empezamos a escribirnos y a llamarnos menos, hasta que llegó un punto en el que estuvimos dos semanas sin hablar. Aunque no cortamos formalmente, ambos sabíamos que se había terminado. Ella conoció a alguien dos meses después, y hará cosa de un año vi en su página de Instagram que iba a casarse. Para facilitar las cosas, dejé de seguirla en las redes sociales, eliminé su contacto de mi teléfono, y no he vuelto a saber nada de ella.

Me he sorprendido pensando en ella más de lo habitual desde que estoy aquí, quizá porque parece que hay parejas por todas partes. Vienen a mis conciertos, pasean de la mano por la playa, se sientan uno frente al otro para cenar y no dejan de mirarse a los ojos. También hay familias, por supuesto, pero no tantas como había creído. No conozco el calendario escolar de Florida, pero imagino que los niños siguen teniendo clase.

Ayer, sin embargo, unas horas antes de mi actuación, me fijé en un grupo de mujeres jóvenes. Después del almuerzo, a primera hora de la tarde, fui a dar un paseo cerca de la orilla. Hacía calor y sol, y la humedad suficiente para sentir el aire pegajoso, así que me quité la camisa y la usé para enjugarme el sudor de la cara. Al acercarme al Don CeSar, un objeto gris apareció y desapareció en el agua justo detrás de los pequeños rompientes, seguido rápidamente de otro. Tardé unos segundos en darme cuenta de que se trataba de un grupo de delfines que nadaban lánguidamente en paralelo a la costa. Me paré a observarlos, puesto que nunca había visto un grupo en libertad. Estaba siguiendo su progresión cuando oí que las chicas se acercaban y se paraban a unos metros de mí.

Las cuatro parloteaban ruidosamente y, cuando vi lo asombrosamente atractivas que eran, las miré dos veces. Parecían preparadas para una sesión de fotos, con coloridos trajes de baño y dientes perfectos que destellaban al sonreír, lo que me hizo pensar que debían de haber pasado horas en el ortodoncista cuando eran adolescentes. Debían de tener unos años menos que yo, probablemente universitarias de vacaciones.

Cuando volví a fijarme en los delfines, una de ellas lanzó un grito ahogado, señalando algo con el dedo; por el rabillo del ojo vi que las demás miraban en la misma dirección. No es que yo intentase oír lo que decían, es que no eran lo que se dice discretas.

—¿Es un tiburón? —preguntó una.

—Digo yo que será un delfín —respondió otra.

—Pues yo veo una aleta.

—Los delfines también tienen aletas dorsales...

Sonreí por dentro, pensando que quizá no me había perdido gran cosa por no ir a la universidad. Como era de esperar, empezaron a posar para sacarse *selfies* con los delfines de fondo. Al cabo de un rato empezaron a hacer las muecas típicas de las redes sociales: la cara besucona, la foto de grupo eufórica de «nos lo estamos pasando de muerte» y la mirada seria de «me hago la supermodelo», a la que Michelle solía referirse como la expresión del «pez muerto». El recuerdo me hizo resoplar en voz baja.

Una de las chicas tuvo que oírme, porque miró en mi dirección. Evité el contacto visual, centrándome en los delfines que pasaban. Cuando por fin volvieron a aguas más profundas, pensé que había llegado la hora de regresar al hotel. Pasé al lado de las mujeres (tres de ellas seguían haciéndose *selfies* y examinándolos), pero la misma que me había visto antes captó mi mirada.

—Bonitos tatus —me dijo cuando pasé por su lado, y reconozco que su comentario me pilló desprevenido.

No parecía coquetear exactamente, pero sí divertirse un poco. Por un momento me debatí entre si pararme y presentarme o no, pero esa idea solo duró un segundo. No hacía falta ser un lumbrera para comprender que la chica estaba fuera de mi liga, así que le sonreí brevemente y seguí mi camino.

Cuando, ante mi falta de respuesta, levantó una ceja, tuve la impresión de que ella sabía exactamente lo que yo estaba pensando. Se volvió hacia sus amigas y yo seguí caminando, resistiendo las ganas de volverme. Cuanto más intentaba no mirarla, más difícil se me hacía; al final, me permití otro vistazo rápido.

Aparentemente, la chica había estado esperando que hiciera precisamente eso. Seguía con la misma expresión divertida y, cuando me sonrió con complicidad, me giré y seguí mi camino, notando un rubor que me subía por el cuello y no tenía nada que ver con el sol.

3

Sentado aquí, en mi silla de playa, he de reconocer que mis pensamientos han vuelto al encuentro con la chica. No estaba buscándola a ella o a sus amigas exactamente, pero la idea tampoco me desagradaba, razón por la cual he acarreado mi silla y la nevera todo el camino hasta la playa. De momento no ha habido suerte, pero me he recordado que, ocurriese lo que ocurriese, he tenido un día bastante bueno. Por la maña- na he salido a correr por la playa y luego he devorado unos tacos de pescado en un sitio llamado Toasted Monkey. Después, como no tenía nada urgente en mi agenda, he terminado aquí. Supongo que podría haber hecho algo más productivo que pedir a gritos un cáncer de piel. Ray ha mencionado que en Fort De Soto Park tienen buen *kayaking*, y antes de salir de casa, Paige me recordó que fuera al Dalí, un museo local consagrado a las obras del pintor español. Supongo que lo vio en Tripadvisor o lo que fuera, y le dije que lo añadiría a mi itinerario, aunque sorber una cerveza fría y hacer mi mejor parodia del hombre ocioso en toda regla me ha parecido mucho más apasionante, al menos a mi modo de ver.

Cuando el sol finalmente empezó a ponerse en el cielo, levanté la tapa de la nevera y saqué la segunda, y posiblemente última, cerveza del día. Supuse que le daría unos tragos un rato, quizás incluso me quedaría a ver la puesta de sol, y luego pasearía hasta el Sandbar Bill's, un sitio agradable en la playa que sirve las mejores hamburguesas con queso por estos lares. En cuanto a lo que iba a hacer después, no lo tenía muy claro. Supuse que podría recorrer algunos bares del centro de Saint Petersburg, pero como era sábado por la noche estaría muy concurrido y no sabía si estaba de humor para algo así. ¿Qué alternativas me dejaba eso? ¿Trabajar en una canción? ¿Ver algo en Netflix, como Paige y yo hacíamos a veces? ¿Leer alguno de los libros que había traído y aún no había empezado? Supuse que improvisaría.

Desenrosqué el tapón de la cerveza, sorprendido porque la playa siguiera tan abarrotada como cuando había llegado. Los huéspedes del Don CeSar estaban recostados en tumbonas protegidas por sombrillas; en la playa, docenas de veraneantes descansaban en coloridas toallas. En la orilla, algunos críos construían castillos de arena; una mujer paseaba un perro con la lengua colgando hasta las patas. La música de la piscina seguía sonando detrás de mí y me provocaba una mueca cada vez que oía una nota desafinada.

No la vi ni la oí cuando se acercó. Lo único que sé es que alguien se cernió sobre mí, proyectando una sombra sobre mi cara. Cuando parpadeé, reconocí a la chica de la playa del día anterior. Me sonreía y su larga cabellera enmarcaba mi campo de visión.

—Hola —dijo sin el menor atisbo de timidez—. ¿No eras tú el que tocaba anoche en el Bobby T's?

4

Supongo que debería explicar algo más: aunque he mencionado que deseaba volver a ver a la morenaza de la playa, no tenía un plan para después. No me pone nervioso conocer a mujeres, pero he perdido la práctica. En casa, aparte de cuando tocaba ocasionalmente para los amigos, salía raras veces por ahí. Mi excusa habitual es que estoy cansado; pero es que, de verdad, si llevas viviendo toda la vida en la misma pequeña ciudad, hacer prácticamente cualquier cosa un viernes o un sábado por la noche es un poco como en la película *Atrapado en el tiempo*. Vas exactamente a los mismos lugares y ves exactamente a las mismas personas y haces exactamente las mismas cosas, y ¿con qué frecuencia puede uno experimentar el infinito *déjà-vu* sin terminar preguntándose qué es lo que hace allí?

La historia es que estaba un poco oxidado para entablar conversación con guapas desconocidas y me quedé mirando a la chica boquiabierto, sin palabras.

—¿Hola? ¿Hay alguien ahí? —preguntó ella, rompiendo el silencio—. ¿O es que te has acabado ya el contenido de esa nevera, lo que significa que probablemente debería alejarme ahora mismo de ti?

No cabía duda del tono juguetón en su voz, pero apenas reparé en su burla cuando vi lo que llevaba puesto: una camiseta blanca corta y unos *shorts* vaqueros desteñidos que dejaban ver parte de un seductor bikini morado. Parecía medio asiática y llevaba el grueso y ondulado cabello despeinado y alborotado por el viento con toda naturalidad, como si hubiera pasado el día al aire libre, igual que yo. Levanté un poco la botella de cerveza.

—Esta es solo la segunda de hoy —dije, recuperando la voz—, pero si quieres irte, tú misma. Y, sí, es posible que me oyeras anoche en el Bobby T's, dependiendo de la hora en que estuvieras allí.

—Y también eras tú el de los tatuajes de ayer en la playa, ¿verdad? ¿El que nos espiaba a mí y a mis amigas?

—No os estaba espiando —protesté—. Las cuatro hablabais muy fuerte.

—También me mirabas.

—Miraba los delfines.

—¿Me miraste o no me miraste por encima del hombro cuando te ibas?

—Estaba estirando el cuello.

Se rio.

—¿Qué estás haciendo detrás del hotel? ¿Intentando espiarnos a mí y a mis amigas otra vez, como quien no quiere la cosa?

—He venido a ver la puesta de sol.

—Llevas horas aquí y todavía queda mucho para la puesta de sol.

—¿Cómo sabes el tiempo que llevo aquí?

—Porque te he visto llegar. Estábamos en la piscina.

—¿Me has visto?

—Era un poco difícil no verte, cargado con todo el equipo desde algún punto de la playa. Podrías haberte dejado caer en cualquier sitio, ¿no crees? Si solo querías ver la puesta de sol, quiero decir. —Sus ojos marrones brillaron con picardía.

—¿Te apetece una cerveza? —contraataqué—. Como es evidente que te has acercado a hablar conmigo…

—Ah, no, gracias.

Vacilé.

—Pero tienes edad para beber, ¿correcto? No quiero ser el bicho raro de veinticinco años que ofrece alcohol a menores.

—*Sip*. Acabo de cumplir veintiuno. Me he graduado en la universidad y todo eso.

—¿Dónde están tus amigas?

—Siguen en la piscina. —Se encogió de hombros—. Estaban tomando unas margaritas cuando me he ido.

—Suena a tarde agradable.

Se acercó a mi silla.

—¿Me prestas tu toalla?

—¿Mi toalla?

—Por favor.

Podría haberle preguntado, pero, en lugar de hacerlo, simplemente me levanté, la saqué de la silla de playa y se la pasé.

—Gracias. —La sacudió para desplegarla y luego la extendió en la arena junto a mi silla, antes de sentarse encima. Me senté en mi silla y la observé mientras se recostaba sobre los codos, con las largas piernas bronceadas estiradas hacia delante. Durante unos segundos ninguno de los dos dijo nada—. A todo esto, me llamo Morgan Lee —dijo por fin.

—Colby Mills —respondí.

—Lo sé —dijo—. Te vi actuando.

«Ah, claro», pensé.

—¿Dónde vives?

—En Chicago —contestó—. En Lincoln Park, para ser exactos.

—Me quedo igual. No conozco Chicago.

—Lincoln Park es un barrio que está justo al lado del lago.

—¿Qué lago?

35

—¿El lago Míchigan? —dijo levantando una ceja incrédula—. ¿Uno de los Grandes Lagos?

—¿Es grande de verdad? ¿O es solo de tamaño normal o mediano?

Se rio de mi chiste malo, con un estruendo profundo y a pleno pulmón que me resultó sorprendente viniendo de una persona menudita.

—Es precioso y… gigantesco. En realidad, es como esto.

—¿Tiene playas?

—Pues sí. No tienen la arena blanca o las palmeras perfectas, pero en verano incluso se llenan. A veces hasta se forman olas enormes.

—¿Es ahí donde fuiste a la universidad?

—No. Fui a la Universidad de Indiana.

—Deja que lo adivine. ¿Este viaje es un regalo de graduación de tus padres antes de tener que enfrentarte al mundo real?

—Impresionante —respondió mientras levantaba una ceja—. Eso debes de habértelo imaginado en algún momento entre ayer y ahora mismo, lo que quiere decir que has estado pensando en mí.

No respondí, no tenía por qué. Pero pensé: «*Touché*».

—Pero sí, tienes razón —continuó—. Creo que se sentían mal porque tuve que enfrentarme a toda la movida del covid-19, que durante un tiempo fue muy chungo en la universidad. Y, claro, están contentísimos de que me graduara, y por eso me reservaron este viaje con mis amigas.

—Me sorprende que no prefirierais ir a Miami. Saint Pete Beach está un poco alejado de todo.

—Me encanta este sitio —dijo encogiéndose de hombros—. Mi familia venía aquí todos los años cuando yo era pequeña y siempre nos quedábamos en el Don. —Me miró con abierta curiosidad—. Pero ¿y tú? ¿Cuánto hace que vives aquí?

—No vivo aquí. Soy de Carolina del Norte y he venido de visita. Solo he bajado a tocar al Bobby T's unas semanas.

—¿Te dedicas a eso? ¿A viajar y actuar?

—No. Es la primera vez que hago algo parecido.

—¿Y cómo es que has terminado tocando aquí?

—Estaba tocando en una fiesta y, por extrañas coincidencias, el encargado de las reservas del Bobby T's estaba en la ciudad visitando a un amigo y me oyó tocar. Bueno, el caso es que después me preguntó si estaría dispuesto a venir a hacer algunos bolos. El viaje y el alojamiento tenían que correr por mi cuenta, pero era una oportunidad para conocer Florida, y el programa es llevadero. —Me encogí de hombros—. Creo que no esperaba que aceptase.

—¿Por qué?

—Porque imagino que ni siquiera llegaré a cubrir los gastos, pero ha sido una buena excusa para hacer una escapada.

—Al público pareces gustarle.

—Creo que les gustaría cualquiera —objeté.

—Y yo creo que estás siendo muy modesto. Había un montón de mujeres entre el público que te miraban poniéndote ojitos.

—¿Ojitos?

—Ya me entiendes. Cuando una se acercó a hablar contigo después del concierto, pensé que iba a meterte mano allí mismo.

—Lo dudo —dije. Con toda franqueza, apenas recordaba haber hablado con nadie después de la actuación.

—¿Y dónde aprendiste a cantar? —preguntó—. ¿Fuiste a un curso o tenías una banda o...?

—Tocaba en una banda cuando iba al instituto. —Le hice un somero resumen de mi nada glamuroso paso por la banda pospunk.

—¿El vocalista llegó a triunfar? —preguntó, riendo—. ¿En Los Ángeles?

—Si lo hizo, lo desconozco.

—¿Tocabas en locales como el Bobby T's?

—Nunca. Imagínate más bien… pafetos y clubes de mala muerte donde llamaban a la policía cuando se armaba gresca.

—¿Tenías grupis? ¿Como ahora?

Bromeaba otra vez, pero tuve que admitir que me gustaba.

—Había unas cuantas chicas que solían venir siempre a los conciertos, pero yo no les interesaba.

—Pobrecito.

—No eran mi tipo. —Fruncí el ceño—. Ahora que lo pienso, no creo que fueran el tipo de nadie.

Sonrió, revelando unos hoyuelos que no había visto antes.

—Entonces…, si no tocas en una banda y no actúas mucho, ¿a qué te dedicas en realidad?

Naturalmente, dije:

—Mi familia tiene una granja.

Me dio un repaso de arriba abajo.

—No pareces granjero.

—Eso es porque no me has visto con el mono de trabajo y el sombrero de paja.

Volvió a reírse con esa estruendosa carcajada; me encantaba su risa.

—¿Qué cultivas en tu granja?

Mientras le describía nuestros cultivos de temporada y a quién se los vendíamos, ella dobló las rodillas y las rodeó con los brazos, revelando un esmalte de uñas rojo inmaculado.

—Yo solo compro huevos ecológicos de gallinas al aire libre —constató asintiendo con la cabeza—. Me dan pena las gallinas que se pasan la vida dentro de una jaula pequeña. Pero el tabaco provoca cáncer.

—Los cigarros provocan cáncer. Lo único que yo hago es cultivar una planta de hoja verde y luego ocuparme de la recolección y el curado de las hojas antes de venderlas.

—¿Son términos agrícolas?

—Sí, primero recoges las hojas, y el curado es cuando las pones a secar.

—Entonces, ¿por qué no lo has dicho así?

—Porque me gusta sonar «profesional».

Abrió y cerró sus largas y oscuras pestañas, y me sonrió con indulgencia.

—Vale, profesor..., ¿qué son los tomates reliquia? A ver, sé que tienen formas y colores variados, pero ¿en qué se diferencian de los tomates habituales?

—La mayoría de los tomates que encuentras en las tiendas son híbridos, porque han manipulado su ADN, por lo general para que no se echen a perder cuando los transportan. La desventaja es que los híbridos tienen un sabor insípido. Los tomates reliquia, o tradicionales, no son híbridos, así que cada variedad tiene un sabor único.

Había muchas más cosas que tener en cuenta —si se utilizaba o no la polinización abierta, si las semillas se compraban a vendedores o se cosechaban individualmente, el efecto del suelo en el sabor, el clima—, pero solo la gente que los cultivaba se preocupaba por esta clase de detalles.

—Me encanta. Creo que eres el primer granjero que conozco.

—Corre el rumor de que casi podemos pasar por humanos.

—Ja, ja.

Sonreí, sintiendo un mareo que no tenía nada que ver con la cerveza.

—¿Y tú? ¿Cuánto tiempo te quedas?

—Nos vamos dentro de una semana. Llegamos ayer, en realidad, un poco antes de que nos vieras en la playa.

—¿No pensasteis en alquilar una casa?

—Dudo que a mis padres se les pasara siquiera esa idea por la cabeza. Además, el Don me produce cantidad de sentimientos nostálgicos. —Hizo una mueca irónica—. Y encima, en el fondo, a ninguna nos gusta mucho cocinar.

—Imagino que te apuntaron al comedor en el colegio.

—Sí, pero también se supone que estamos disfrutando de unas «vacaciones».

Sonreí.

—No recuerdo haberte visto a ti o a tus amigas en el concierto de anoche.

—No llegamos hasta quince minutos antes del final, más o menos. Como estaba hasta los topes, nos quedamos en la playa.

—Era viernes por la noche. La gente estaría con ganas de empezar el fin de semana, supongo. —Como la cerveza se había calentado, la vacié en la arena—. ¿Quieres una botella de agua?

—Con mucho gusto. Gracias.

Me retorcí en mi silla y abrí la nevera. El hielo se había derretido, pero las botellas seguían estando frías. Le di una a ella y me serví otra para mí.

Se sentó recta y señaló las olas con la botella.

—¡Mira, creo que los delfines han vuelto! —exclamó protegiéndose los ojos mientras escudriñaba el agua—. Deben de tener una rutina.

—Supongo. O a lo mejor es otra manada. El océano es grandecito, ¿sabes?

—Técnicamente, creo que esto es un golfo, no un océano.

—¿Cuál es la diferencia?

—Sinceramente, no tengo ni idea —admitió, y esta vez fui yo quien se rio.

Nos instalamos en un cómodo silencio y observamos a los delfines cabalgar los rompientes. Yo seguía sin saber por qué se me había acercado una chica tan guapa que tenía de sobra donde elegir. Entre sorbos de agua, robé miradas de su perfil de nariz ligeramente respingona y labios carnosos, tan delicado como un dibujo lineal.

El cielo palidecía sutilmente. La gente había empezado a recogerse, sacudían las toallas y rescataban los juguetes de plástico, plegaban las sillas y guardaban los artículos en bolsas de playa. Un día antes había visto a Morgan y a sus amigas por primera vez; un día después me costaba creer que estaba sentado a su lado. Estas cosas nunca me pasaban, pero quizá Morgan estaba acostumbrada a ganarse a desconocidos en un abrir y cerrar de ojos. Desde luego, confianza no le faltaba.

Los delfines avanzaron lentamente por la playa y, por el rabillo del ojo, vi una sonrisa melancólica en los labios de Morgan. Suspiró.

—Debería ir a ver a mis amigas antes de que empiecen a preocuparse.

Asentí.

—Creo que yo también tendría que ir volviendo.

—¿Y qué pasa con todo ese rollo de ver la puesta de sol?

—La veré más tarde.

Sonrió y se levantó de su sitio quitándose la arena de las piernas. Cogí la toalla y la sacudí antes de colgármela al hombro.

—¿Vas a tocar esta noche? —preguntó mirándome a los ojos.

—No, pero estaré allí mañana a las cinco.

—Pues entonces disfruta de tu noche libre. —Desvió la mirada hacia la piscina antes de volver a buscar la mía. Por primera vez, tuve la extraña sensación de que estaba nerviosa—. Ha sido un placer conocerte, Colby.

—Lo mismo digo.

Se había alejado un paso cuando se volvió otra vez.

—¿Tienes planes para esta noche? —Vaciló—. Quiero decir, más tarde.

—La verdad es que no.

Se abrazó el pecho.

—Hemos pensado ir al MacDinton's. ¿Lo conoces? ¿En Saint Petersburg? Creo que es un pub irlandés.

—No he oído hablar de él, pero eso no quiere decir nada.

—Deberías venir —me urgió—. Porque es tu noche libre, quiero decir.

—Vale. Puede —asentí, sabiendo que iría.

Ella pareció saberlo también y me dedicó una sonrisa resplandeciente antes de irse hacia el hotel. Cuando estaba a unos pasos de distancia, la llamé.

—Oye, Morgan.

Se volvió, pero sin dejar de caminar hacia atrás, despacio.

—¿Sí?

—¿Por qué has venido a verme a la playa?

Ladeó la cabeza, con una expresión divertida.

—¿Tú qué crees?

—No tengo la menor idea.

—¿No es evidente? —gritó por encima del viento—. Me gusta tu voz y quería conocerte en persona.

5

En el camino de vuelta, pedí una hamburguesa con queso en el Sandbar Bill's y fui a recogerla antes de volver al aparcamiento público donde había dejado la camioneta. Cuando llegué a mi pisito alquilado, la metí en el microondas para calentarla y me la comí en su punto. A continuación, me duché y me puse unos vaqueros. Luego comprobé si tenía mensajes en el teléfono.

No había ninguno de mi tía. Recordando su reprimenda, le mandé un mensaje a Paige para ver cómo le iba y le pregunté por sus últimas lámparas imitación Tiffany. Me quedé mirando la pantalla para ver si recibía el mensaje, pero, como no respondió, me imaginé que estaría en el granero con el teléfono en modo NO MOLESTAR.

Cuando los colores del cielo empezaron a cambiar detrás de las puertas correderas de cristal, cogí la guitarra al tiempo que mis pensamientos viraban hacia Morgan. Me interesaba, pero sabía que su belleza no era lo único que me había impactado con tanta fuerza. Me atraía la seguridad que mostraba en sí misma, sobre todo tratándose de una persona tan joven. Pero también desprendía calidez, y curiosidad, y una energía feroz que pude sentir incluso en nuestra limitada interacción. Parecía saber quién era, gustarle quién era, y no me sorprendería que ya tuviera una visión del futuro que quería para sí. Pensé si alguna vez había conocido a alguien como ella, pero no se me ocurrió en aquel momento.

Alejé estos pensamientos y mi mente se entretuvo en una canción que había estado componiendo en los dos últimos meses. El ritmo prometía, de momento, pero la letra me daba más guerra. Sin embargo, a medida que los recuerdos de Morgan vinieron a mi mente, probé nuevas frases y estrofas; al ajustar los compases iniciales, sentí que algo hacía clic, como el primer bombín que cae en una cerradura de combinación.

No sé cómo es en el caso de otros músicos, pero componer canciones es un proceso misterioso. A veces una canción viene tan rápida que yo mismo me sorprendo; otras, como esta, el producto final se me escapa durante semanas o meses. A veces nada termina de convencerme, pero me encuentro aprovechando fragmentos para una canción completamente nueva. Con cualquier canción, sin embargo, siempre hay un germen de inspiración, esa primera idea. Puede ser una frase o un trozo de melodía de la que no puedo deshacerme; una vez que lo tengo, empiezo a construir. Es como si me abriera paso por un desván oscuro y abarrotado, y mi objetivo fuera encontrar el interruptor de la luz en la otra punta de la habitación. Cuando pruebo cosas nuevas, a veces tropiezo con obstáculos invisibles y tengo que volver sobre mis pasos o, si tengo suerte, doy un paso adelante que, sencillamente, parece adecuado. No puedo explicar por qué es así, supongo que es instintivo. Acto seguido, intento encontrar el siguiente acierto, y luego el siguiente, hasta que por fin llego a ese interruptor de la luz, y la canción está terminada. Sé que no lo estoy explicando muy bien, pero, como en el fondo yo tampoco lo entiendo, no estoy seguro de que sea posible expresarlo con palabras. Lo único que sé con certeza es que, cuando estoy creando, suelo perder la noción del tiempo.

Y eso es exactamente lo que pasó. Había caído en una de

esas zonas creativas cuando comprendí que la canción tomaba forma. La letra iba de conocer a alguien que te sorprende, y, aunque no consideré que la tuviera pulida del todo, sin duda era un primer borrador que se podía trabajar.

Se me hicieron las diez y media, y no estaba cansado en absoluto. Me acordé de la invitación de Morgan y me puse una de las dos camisas decentes que había traído a Florida, cambié las chanclas por unas Vans y, por la fuerza de la costumbre, cogí también mi guitarra.

Me llevó veinte minutos conducir hasta Saint Petersburg, pero fue fácil localizar el MacDinton's..., con ayuda del móvil. Aparcar fue un poco más complicado, pero después de dar dos vueltas a la manzana tuve suerte y encontré un sitio a un corto paseo. Incluso desde lejos se veía claramente que el MacDinton's era un garito concurrido. En la entrada había mucha gente fumando y, mucho antes de llegar a la puerta, se oía la música a todo volumen.

En el interior, la gente se agolpaba hombro con hombro, bebiendo pintas de Guinness, chupitos de whisky irlandés o copas de cóctel de tallo largo. Apenas quedaba espacio para estar de pie, y tuve que avanzar con mucho cuidado para que nadie me derramara la bebida encima. A pesar de lo apretujado que estaba todo el mundo, era necesario gritar para oírse por encima de la música.

Por fin localicé a Morgan y a sus amigas en una mesa del fondo. Estaban rodeadas por varios chicos, que supuse rondarían la treintena. Tenían pinta de jóvenes profesionales. Llevaban camisas de marca, vaqueros y relojes de pulsera. Cuando me acerqué, pude ver cómo calibraban qué chica se iría con qué chico. Sospeché que mi presencia no les haría mucha gracia. Justo entonces, cuando estaba a unos metros, dos de ellos vieron que me acercaba y empezaron a hincharse como los gallos de mi granja cuando se pavonean.

Una de las amigas de Morgan debió de percatarse, porque los miró entrecerrando los ojos y recorrió sus miradas hasta mí. Al verme, abrió mucho los ojos y se inclinó hacia Morgan, que la escuchó atentamente y luego se volvió hacia mí con una amplia sonrisa.

Inmediatamente, se levantó de un salto y se abrió paso a codazos entre dos chicos hasta donde yo estaba. Esto fue suficiente para silenciar al grupo durante un instante, pero no me importó, poque yo solo veía a Morgan.

El aspecto playero de la tarde había desaparecido; llevaba la larga y ondulada cabellera peinada a la moda y el maquillaje justo para acentuar sus marcados pómulos. Enmarcaban sus ojos un toque de delineador negro y largas pestañas tupidas; un exuberante pintalabios rojo oscuro resaltaba su boca. Lucía un top blanco sin mangas a juego con una minifalda negra y botas negras de ante hasta arriba de la rodilla. Vi que sus amigas iban igual de elegantes y arregladas.

46 «¿Qué tal?», leí en sus labios cuando estaba cerca. Aunque casi gritaba, apenas la oía.

—No sabía si vendrías. ¿Cuándo has llegado?

—Ahora mismo. ¿Y tú?

—Hace una hora o así. —Apoyó una mano en mi brazo y sentí un cálido cosquilleo en el hombro—. Ven. Quiero presentarte a mis amigas.

Una vez en la mesa, me presentó a Stacy, Holly y Maria. Mientras las saludaba una a una, ninguna se molestó en ocultar su curiosidad y escrutinio, lo que me hizo preguntarme qué les habría dicho Morgan de mí. Cuando hizo que me sentara en la silla contigua a la suya, los dos chicos que estaban más cerca me hicieron sitio a regañadientes. Gritando muy alto para que se le oyera, uno de ellos anunció que la última vez que había estado en MacDinton's se había producido una pelea tremenda en la barra y que él fue una de las personas que la paró.

Sonreí, pensando que lo mismo podría haber dicho «¿Os

habéis dado cuenta de que soy un tipo fuerte y heroico?», pero me quedé callado. Las chicas tampoco se mostraron impresionadas; las tres se inclinaron para hablar entre ellas, ignorándolo, mientras que Morgan me hizo una seña con el dedo para que me acercase.

—¿Qué has hecho después de la playa? —me gritó al oído.

—Cenar y ducharme. Componer una canción. Luego venir aquí.

Su rostro se iluminó.

—¿Has compuesto una canción?

—Más bien, he trabajado en una canción que tenía atascada en la cabeza desde hace un tiempo. La he terminado, pero no estoy seguro de que esté en su punto todavía.

—¿Te pasa siempre? ¿Componer tan deprisa?

—A veces.

—¿La tocarás en el concierto de mañana?

—Aún le falta mucho para eso.

—¿Alguna inspiración en concreto? —preguntó.

Sonreí.

—Es difícil decir qué exactamente. Las sorpresas de la vida, haberte conocido…

—¿Haberme conocido? —preguntó, levantando una ceja.

—No siempre sé de dónde salen exactamente.

Me miró inquisitiva.

—Quiero oírla.

—Claro. Tú solo dime cuándo.

—¿Qué tal ahora?

Levanté una ceja.

—¿Ahora? ¿Quieres irte? ¿Y qué pasa con tus amigas?

Se volvió en su silla para mirarlas; Stacy, Holly y Maria estaban absortas en una conversación, pasando olímpicamente de los chicos que seguían luchando por seguir susci-

47

tando interés. Morgan se volvió hacia mí e hizo un gesto con la mano como para restarle importancia.

—No les importará. ¿Cómo has venido? ¿En Uber?

—Tengo una camioneta —dije, de nuevo sorprendido ante la rapidez con que Morgan parecía tomar el control de la situación.

—Pues entonces vamos. —Se levantó, cogió el bolso del respaldo de su silla y se inclinó hacia sus amigas—. Os veo en el hotel después, ¿ok? Vamos a ir yendo.

Vi que los ojos de sus amigas se desviaban de Morgan a mí con sobresalto. Uno de los chicos cruzó los brazos, claramente indignado.

—¿Te vas? —preguntó Maria.

—¡No te vayas! —suplicó Holly.

—Va. ¡Quédate con nosotras! —rogó Stacy.

Por la forma en que me miraban, supuse que las inquietaba que Morgan se fuera con alguien que, relativamente, aún era un desconocido.

Pero Morgan ya estaba rodeando la mesa e inclinándose para abrazar a sus amigas una a una.

—Os mando un mensaje, chicas —dijo—. No me pasará nada. —Se volvió hacia mí y me preguntó—: ¿Listo?

Cruzamos apretujados el bar, con ella a la cabeza. En cuanto estuvimos fuera, la cacofonía paró y me pitaron los oídos.

—¿Dónde está tu camioneta?

—Justo en la esquina.

Al cabo de unos pasos, me miró de reojo.

—Mis amigas piensan que estoy loca por irme contigo, naturalmente.

—Me he dado cuenta.

—Pero, de todas formas, ya estaba cansada de ese sitio. Demasiado ruidoso, y los chicos de la mesa iban un poco a lo suyo.

—Aun así, ¿crees que irte conmigo es buena idea?

—¿Por qué no iba a serlo?

—Apenas me conoces.

Se retiró un mechón de pelo por encima del hombro sin romper el paso.

—Eres un granjero de Carolina del Norte. Cultivas tabaco, tomates tradicionales y crías gallinas al aire libre, y en tu tiempo libre compones música. Te quedas aquí una semana y media más, y tocarás en el Bobby T's mañana, así que, si intentas algo raro, prácticamente todo el mundo sabrá dónde localizarte. Y, además, llevo un espray en el bolso.

—¿En serio?

—Como has insinuado, toda precaución es poca para una chica. Crecí en Chicago, ¿recuerdas? Mis padres me hicieron prometer que tendría cuidado cuando saliera de noche.

—Tus padres parecen personas muy inteligentes.

—Lo son —convino.

49

En ese momento llegamos a la camioneta y agradecí para mis adentros haber limpiado el polvo de los asientos antes de salir de viaje. Mantener una camioneta limpia en una explotación agraria era una empresa imposible. Mientras la abría y arrancaba el motor, Morgan la inspeccionó por dentro.

—¿Te has traído la guitarra? ¿Como si supieras que te lo iba a pedir?

—Digámoslo así. ¿Adónde?

—Volvamos al Don. Podemos sentarnos en la arena detrás del hotel, donde estábamos antes.

—Suena bien.

Al entrar en la carretera, vi que estaba escribiendo un mensaje. Al contrario que yo, usaba las dos manos, como una mecanógrafa en miniatura. Yo era más de un solo dedo.

—¿Diciéndoles a tus amigas adónde vamos?

—Por supuesto —respondió—. Y tu matrícula —añadió—. He sacado una foto antes de subir. —Cuando terminó, bajó el móvil—. Ah, a todo esto, he buscado en Google «tomates reliquia» después de hablar contigo. No sabía que existían tantas clases distintas. ¿Cómo sabes cuáles cultivar?

—Investigando, como con todo. Hay un tipo en Raleigh que es algo así como el experto mundial en tomates tradicionales, así que quedamos con él para averiguar cuáles crecen mejor en nuestra zona y qué sabores podemos esperar. Hablamos con otros granjeros que los cultivan para aprender los entresijos y luego nos reunimos con clientes potenciales como supermercados y chefs de cocina y hoteles. Empezamos con tres variedades y al final hemos sumado dos más.

—Cuando hablas en plural, ¿te refieres a ti y a tus padres, o tu hermano...?

—A mi tía. —Me pregunté cuánto quería decirle, y al final decidí contárselo—. Es como una madre para mí. Mi madre murió cuando era pequeño y nunca he conocido a mi padre, así que mi hermana y yo nos criamos con mis tíos. Después mi tío también falleció.

—Dios mío. —Parecía genuinamente conmovida—. ¡Eso es terrible!

—Fue duro —reconocí—. Gracias. Total, que mi tía y yo dirigimos la granja. Solos no, no te creas. Tenemos un capataz y un montón de empleados.

—¿Dónde vive tu hermana ahora?

—Paige también vive en la granja; de hecho, sigue viviendo en la casa de nuestra infancia, pero es una artista.

Le hablé de las lámparas estilo Tiffany. Del retrovisor de la camioneta, saqué una foto de Paige, que había impreso de mi teléfono, sosteniendo una de sus lámparas. Cuando se la di a Morgan, nuestros dedos se rozaron.

—¡Guau! ¡Es una lámpara preciosa! —Ladeó la cabeza, estudiando la foto—. Ella también es preciosa.

—Sus lámparas siempre tienen lista de espera —proseguí, con un rastro de orgullo—. Como podrás imaginarte, lleva su tiempo hacerlas.

—¿Es mayor o menor que tú?

—Seis años mayor. Tiene treinta y uno.

—Parece más joven.

—Gracias. Eso creo. Pero ¿y tú? Háblame de ti.

—¿Qué quieres saber?

—Cualquier cosa. —Me encogí de hombros—. ¿Cómo describirías tu infancia? ¿Cómo son tus padres? ¿Tienes hermanos? ¿Cómo fue crecer en Chicago, sobre todo teniendo en cuenta que tienes que llevar un espray en el bolso?

Soltó una carcajada.

—Lincoln Park es muy seguro. Es como una zona de lujo. Casas grandes, jardines grandes, árboles grandes y frondosos. Decoraciones ridículas en Halloween y Navidad. Una vez acampé en el jardín trasero porque hicimos una fiesta de pijamas, aunque mi padre se quedó en el porche toda la noche. No fue hasta que me hice mayor cuando mis padres me compraron el espray, y tuvo más que ver con que iba a la universidad y a las fiestas de las fraternidades o lo que fuera.

—¿Fuiste a muchas de esas fiestas?

—A unas cuantas —continuó—, pero casi siempre estaba ocupada. Fui a una formal, que fue divertida, aunque el chico tampoco es que me gustara tanto. Pero, vale, sobre mí: supongo que en muchos sentidos tuve una infancia típica. El colegio y algunas actividades extraescolares, como la mayoría de la gente… —Cuando se calló, me pareció detectar un atisbo de reticencia.

—¿Y tu familia?

—Mi padre es cirujano. Emigró de Filipinas en los años setenta para estudiar en Northwestern. Terminó matriculándose en la Facultad de Medicina de la Universidad de Chicago, donde conoció a mi madre. Ella es radióloga, de origen germano-irlandés, de Minnesota. Su familia tenía una casita

51

en un lago de allí, donde pasamos parte del verano. Y tengo una hermana, Heidi, que es tres años menor que yo y no se parece a mí en nada, y, aunque pienso que no podemos ser más distintas, creo que es una persona increíble.

Sonreí.

—Tu familia parece de todo menos típica.

—No lo sé —respondió, encogiéndose de hombros—. Los padres de cantidad de amigos son médicos o abogados, así que no es para tanto, y sus familias proceden del mundo entero. No creo que mi familia destaque para nada.

«De donde yo vengo, desde luego que destacarían».

—¿Y tú eres igual de superdotada para los estudios que tus padres, supongo?

—¿Por qué dices eso?

—¿Porque acabas de cumplir veintiuno y ya te has graduado en la universidad?

Volvió a reírse.

—Eso tuvo que ver menos con las notas y los exámenes de admisión que con mi deseo de alejarme de mis padres. Créeme, mi hermana es mucho más inteligente que yo.

—¿Por qué querías alejarte de tus padres? Da la impresión de que tenías una vida muy cómoda.

—La tenía, y no quiero parecer desagradecida, porque no lo soy —vaciló—, pero es complicado. Mis padres pueden ser... sobreprotectores.

La miré cuando hizo una pausa. Parecía debatirse en silencio sobre cuánto contarme, antes de decidirse:

—Cuando tenía siete años, me diagnosticaron un caso bastante grave de escoliosis. Los médicos no estaban seguros de cómo evolucionaría la enfermedad durante mi crecimiento, así que, además de tener que llevar un corsé ortopédico dieciséis horas al día, terminé pasando por un montón de operaciones y procedimientos. Obviamente, como mis padres son médicos, buscaron a los mejores especialistas, pero, como podrás imaginar, estaban preocupados y encima de mí todo el día, y no me dejaban hacer lo propio de los niños de mi edad. Ahora que ya estoy mejor, siguen viéndome como la niña pequeña desvalida que fui.

—Eso suena duro.

—No me malinterpretes. Sé que no estoy siendo del todo justa con ellos. Sé que se preocupan por mí; es solo que... Yo no soy como mis padres. O como mi hermana, para el caso. A veces tengo la sensación de que he nacido en la familia que no tocaba.

—Creo que mucha gente se siente igual.

—Eso no quiere decir que no sea cierto.

Sonreí.

—¿Quiere eso decir que no vas a ser médico?

—Entre otras cosas —reconoció—. Porque... me gusta bailar, por ejemplo. Empecé ballet porque me lo recomendaron los médicos, pero me enganché. También aprendí tap, jazz y hip hop, pero, cuanto más profundizaba en ello, menos gracia les hacía a mis padres, aunque me sentara bien. Era como si no estuviera cumpliendo sus expectativas, ¿sabes? En fin, por responder a tu pregunta, cuando empecé el instituto solo deseaba terminarlo cuanto antes y ser adulta, así que me apunté a clases en la universidad comunitaria e hice un curso de verano en la Universidad de Indiana. Tomé clases aceleradas para poder graduarme pronto. Y, sí, fui uno de los estudiantes de primer año más jóvenes del campus. Solo llevaba conduciendo poco más de un año.

—¿Y unos padres tan sobreprotectores dejaron que te fueras de casa tan joven?

—Los amenacé con no estudiar en la universidad si no me dejaban. Sabían que lo decía en serio.

—Eres dura de pelar.

—Puedo ser un poco testaruda —admitió con un guiño—. Pero ¿y tú?

—¿Yo qué?

—¿Fuiste a la universidad?

—No.

—¿Por qué no?

—Nunca me gustó mucho la escuela, para empezar, así que no entraba realmente en mis planes.

—¿Te arrepientes de no haber ido?

—Probablemente habría fracasado.

—No si te esfuerzas.

—Lo más seguro es que no me hubiera esforzado.

Sonrió.

—Sé que la escuela no es para todo el mundo. Y, así y todo, has averiguado muy pronto lo que quieres hacer, que es mucho más de lo que la mayoría de la gente puede decir.

Medité acerca de sus palabras.

54 —Tengo facilidad para la agricultura —reconocí—, y, ahora que el trabajo de transición ha quedado atrás, los días no son tan largos como antes. Pero, desde luego, cuando era joven, no es esto lo que imaginé que acabaría haciendo.

Seguía sintiendo sus ojos sobre mí, sus delicados rasgos iluminados intermitentemente por los faros de los coches que pasaban.

—Te encanta la música. Eso es a lo que querías dedicarte de verdad, ¿no?

—Por supuesto.

—Eres joven, Colby. Te queda mucho tiempo por delante.

Negué con la cabeza.

—Eso no va a pasar.

—¿Por tu familia? —Aunque no respondí, tuvo que ver mi expresión, porque oí que soltaba un suspiro—. Vale, eso lo acepto. Ahora, cambiando de tema, yo ya te he contado cosas de mi infancia, ¿cómo era tu vida de pequeño en Carolina del Norte?

Le conté lo más destacado, intentando insuflar un toque de humor en mis tontas hazañas de secundaria y el instituto, y respondiendo con detalle a sus preguntas sobre la granja, que parecía fascinarle infinitamente. Cuando terminé, le pregunté qué era lo que más le gustaba de la universidad.

—La gente —dijo casi como una respuesta automática—. Allí es donde conocí a Stacy, Maria y Holly. Y a otras personas.

—¿Qué terminaste estudiando?

—¿No lo adivinas? —preguntó—. ¿Qué es lo último que te dije en la playa?

«Me encanta tu voz». Sin embargo, como no estaba seguro de qué tenía que ver eso con la elección de su carrera, la miré con incredulidad.

—Me especialicé en interpretación vocal.

6

Cuando llegamos a Don CeSar, Morgan me condujo al aparcamiento del hotel. Le enseñó al guardia de seguridad su tarjeta de acceso a la habitación y, cuando aparcamos, pesqué mi guitarra de detrás del asiento del conductor y fuimos al hotel. Entramos por las puertas de la planta baja y recorrimos los anchos pasillos alfombrados que zigzagueaban entre *boutiques* de lujo y una tienda de helados y caramelos. Sentí que iba mal vestido, pero Morgan no parecía darle importancia.

Salimos cerca de la zona perfectamente ajardinada de la piscina. A la derecha había un restaurante con mesas al aire libre, cerca de la playa; delante y a la izquierda había dos piscinas rodeadas de decenas de tumbonas y el siempre concurrido bar. En el restaurante, que seguramente ya habría cerrado, seguía habiendo dos o tres parejas relajándose, disfrutando de la suave brisa.

—Este es el hotel más elegante que he visto en mi vida —dije, intentando no mirar boquiabierto el entorno.

—Lleva aquí mucho tiempo. En los años treinta atraía a clientes de toda la costa Este, y durante la Segunda Guerra Mundial el Ejército lo arrendó para tratar a militares con trastorno de estrés postraumático. En aquella época no lo llamaban así, claro. Supongo que después cayó un poco en el olvido, pero al final los nuevos propietarios que lo compraron le devolvieron su antigua gloria.

—Sabes mucho del hotel.

Me dio un codazo con una sonrisita.

—Hay una exposición de su historia en el pasillo que acabamos de recorrer.

Gratamente sorprendido por el contacto físico, me limité a sonreír. Sorteando las dos piscinas, pasamos por delante del bar y llegamos a una terraza de madera cerca de las dunas de escasa altura. Una vez en la arena, Morgan se paró y sacó el móvil.

—Voy a decirles a mis amigas dónde estoy —dijo, y, unos segundos más tarde, recibió una llamada—. Están a punto de marcharse, así que no tardarán mucho en llegar.

Se estiró para apoyarse en mi hombro.

—No te muevas, así me quito las botas —me instruyó, apoyándose en un solo pie—. No quiero estropearlas, pero recuérdame que no las olvide, ¿vale?

—Estoy seguro de que te acordarás en el momento en que te des cuenta de que vas descalza. 57

—Lo más probable —dijo con una sonrisa traviesa—. Pero así también sabré si eres de confianza. ¿Estás listo?

—Después de ti.

Entramos en la arena, caminando uno al lado del otro, pero no lo bastante cerca como para tocarnos. Las estrellas cubrían el cielo nocturno y la luna se cernía alta y brillante. El mar me pareció tranquilo e inquietante al mismo tiempo. Me fijé en una pareja que caminaba cerca de la orilla, sus rasgos ocultos en la sombra, y oí voces que venían de las mesas próximas al bar. A mi lado, Morgan parecía deslizarse, su larga melena ondeando a su espalda en la brisa perfumada de sal.

Más allá de las luces del hotel había un par de tumbonas sin guardar o que alguien había arrastrado a la playa. Morgan las señaló.

—Han estado esperándonos.

Nos sentamos uno frente al otro, y Morgan se volvió hacia el mar, sereno y equilibrado a la luz de la luna.

—Es muy distinto de noche —constató—. De día es tentador, pero de noche no puedo dejar de pensar en que está lleno de tiburones gigantes acechándome.

—¿Nada de chapuzones de noche, entonces?

—Ni de casualidad —dijo, y se volvió hacia mí. Vi el destello de su sonrisa.

—¿Puedo hacerte una pregunta? —me aventuré, inclinándome hacia delante—. ¿A qué te referías cuando has dicho que te especializaste en interpretación vocal?

—Así es como se llama la especialidad.

—¿Quieres decir como... canto?

—Tienen que aceptarte en el programa, pero sí.

—¿Qué hay que hacer para que te acepten?

—Bueno, además de la audición grabada y/o en directo, hay un requisito de teclado, así que tienes que saber tocar el piano. Y después lo de siempre: transcripciones, tu currículo de estudios o formación musical, actuaciones, premios..., todo eso.

—¿Hay clases de verdad o solo te dedicas a cantar?

—Claro que hay clases: educación general, teoría musical, entrenamiento del oído, historia de la música, solo para empezar..., pero, como podrás imaginarte, lo que hacemos fuera de clase también es superimportante. Hay coros, ensayos, prácticas de piano, recitales y conciertos. La escuela tiene uno de los mejores programas de ópera del país.

—¿Quieres ser cantante de ópera?

—No, pero cuando piensas en gente como Mariah Carey o Beyoncé o Adele, su control vocal (su precisión, gama de registros y potencia) las hace destacar realmente. La formación operística puede ayudar con todas estas cosas. Por eso quería estudiarla.

—Pero pensé que te encantaba bailar.

—Te pueden gustar las dos cosas, ¿no? En cualquier caso, cantar fue mi primer amor, de eso no hay duda. Crecí cantando todo el tiempo, en el baño, en mi cuarto, en el jardín de atrás, donde fuera, como hacen muchas chicas. Cuando empecé a llevar el corsé ortopédico, antes de empezar la danza, no fue fácil para mí, y no solo por mis padres o las cirugías. No me dejaban hacer deporte o correr con la pandilla del barrio, y mi madre tenía que llevarme la mochila al colegio, y necesitaba una silla especial en clase..., y... los niños tienen mucha maldad a veces. Así que empecé a cantar más, porque me hacía sentirme... normal y libre, si entiendes lo que quiero decir.

Cuando se quedó callada, no pude evitar imaginármela de pequeña, atrapada en un corsé ortopédico, deseando ser como los demás, y lo duro que tuvo que ser para ella. Pareció intuir lo que pensaba, porque me miró con una expresión algo desamparada.

—Lo siento. No suelo contar estas cosas a la gente que apenas conozco.

—Me siento honrado.

—No quiero que pienses que me gusta regodearme en mis miserias ni nada de eso, porque no es así. Todo el mundo se enfrenta a desafíos, y hay mucha gente que lo ha pasado peor que yo.

Intuí que estaba hablando de mí y de la pérdida de mi madre, y asentí.

—Entonces..., ¿canto?

—Uy, sí —respondió—. Por hacerlo más corto, mis padres terminaron por apuntarme a clases de canto y piano para que tuviera actividades extraescolares como mis amigos. Creo que pensaron que sería una fase pasajera, pero me pasó lo mismo que con la danza, que cuanto más practicaba, más importante se volvía para mí. Canté durante todo el instituto y tuve clases particulares de canto durante años.

59

Estoy convencida de que mi experiencia en la Universidad de Indiana solo fue la guinda del pastel. Mis padres no estarán muy contentos con la carrera que he elegido, pero, una vez más, no les he dado margen para opinar sobre eso.

—¿Por qué no iban a estar contentos?

—Son médicos —dijo, como si eso lo explicara todo. Como no respondí, prosiguió—: Mis padres hubieran preferido que tuviera sueños más tradicionales.

—O sea, que vas en serio con el canto.

—Estoy hecha para eso —dijo, con los ojos fijos en los míos.

—¿Y qué es lo siguiente? Ahora que te has graduado, quiero decir.

—Me mudo a Nashville dentro de dos semanas. Esa es otra razón por la que quería graduarme cuanto antes. Solo tengo veintiún años, y eso quiere decir que todavía estoy a tiempo de abrirme paso en el mundo de la música.

—¿Cómo vas a pagar las facturas? ¿Has conseguido un trabajo allí?

—Recibí un dinero de mis abuelos por la graduación. Y, lo creas o no, mis padres están de acuerdo y van a ayudarme con el alquiler, así que durante un tiempo no me faltará de nada.

—Me sorprende un poco que tus padres estén de acuerdo, después de lo que me has contado, quiero decir.

—A mí también, pero a mi padre le aterra la idea de que pueda vivir en un sitio que pueda ser peligroso, así que convenció a mi madre. No sé cuánto tiempo durará su ayuda, pero se la agradezco de corazón. Sé que es muy duro abrirse paso en el mundo de la música, y siento que la única manera de tener una oportunidad es esforzándome al cien por cien. Así que eso es lo que intento, y seguiré intentándolo hasta conseguirlo. Es mi sueño.

Al oír la determinación en su voz, no pude evitar sentirme impresionado, incluso reconociendo que contaba con el apoyo y las oportunidades que solo un puñado de personas podían permitirse.

—¿Tus amigas también quieren dedicarse a la música? ¿Holly, Stacy y Maria?

—No, pero tenemos un grupo de baile. Así es como nos conocimos. Todas teníamos cuentas en TikTok donde colgábamos vídeos en los que salíamos bailando, y luego empezamos a bailar también como grupo.

—¿Los ve alguien?

Ladeó la cabeza.

—Son unas bailarinas increíbles, mejores que yo. Maria, por ejemplo, estudia danza y acaba de conseguir una audición con la compañía de Mark Morris. También has visto qué estilosas son todas. ¿Qué te parece?

—¿Puedo ver alguno de los vídeos?

—Todavía no te conozco lo suficiente para eso.

—Pero dejas que los vea gente desconocida.

—Es diferente si conozco a la persona. ¿Nunca te ha pasado lo mismo cuando cantas? Que cuando, entre el público, hay alguien que conoces y quieres conocerlo mejor, te pones nervioso. Es algo de eso.

—¿Quieres conocerme mejor? —bromeé.

—No se trata de eso.

Levanté las manos.

—Lo pillo. ¿Tenéis muchos seguidores?

—Esa es una pregunta relativa. ¿Qué son muchos? Hay quien tiene cien o doscientos millones de seguidores, y hay muchos más que tienen entre cincuenta y cien millones. Nos lo hemos currado mucho en las redes, pero no estamos en esa liga.

—¿Cuántos tienes?

—¿Individualmente o con el grupo?

—Los dos.

—Yo tengo casi dos millones, y el grupo, más de ocho.

Pestañeé, pensando en los cuatrocientos setenta y ocho seguidores que tenía en mis tres plataformas de redes sociales, sumadas todas juntas.

—¿Tienes más de ocho millones de seguidores en TikTok?

—Es una locura, ¿eh?

—Cuesta creerlo —dije, sin molestarme en ocultar mi incredulidad—. ¿Cómo has conseguido poner en marcha algo tan grande?

—Con mucho trabajo y... sobre todo con suerte. Stacy es un genio para conseguir seguidores, y Holly es una diosa de la edición de vídeo. Empezamos publicando en las cuentas de las demás. Luego actuamos haciendo rutinas en eventos del campus y muchos estudiantes nos siguieron. Después, encontramos grupos de baile en otras universidades que hacían lo mismo que nosotras y nos conectamos a sus cuentas. Y luego, en noviembre pasado, en un partido de baloncesto...

—Vaciló—. Sabes que el baloncesto es muy popular en Indiana, ¿no? Bueno, pues el partido se retransmitía para todo el país, y resulta que Stacy conocía a uno de los cámaras. Llevábamos camisetas con nuestra cuenta de TikTok por delante y la cadena hizo una de esas tomas de multitudes durante un tiempo muerto. El cámara nos enfocó mientras realizábamos una de nuestras rutinas en la línea de banda. Después, la cámara volvió una y otra vez a nosotras durante los descansos, ¡hasta el punto de que incluso los locutores de la cadena mencionaron nuestro nombre en TikTok! Entonces un clip terminó en la cadena de deportes ESPN, algunos *influencers* tomaron nota, y casi al instante nuestra cuenta empezó a petarlo. Miles de personas, decenas de miles, cientos..., y a partir de ahí la bola de nieve no paró de crecer.

—¿Hacéis dinero con eso? —pregunté, fascinado.

—Sí, pero solo desde hace poco. Averiguar cómo rentabilizarlo requiere mucho más trabajo, y hay que tomar decisiones sobre las marcas, y si la empresa es honesta o es algo que estamos dispuestas a promocionar. Stacy y Holly sobre todo son las que se ocupan de eso. Yo no tengo tiempo, pero las otras tres han empezado a hacer algo de dinero..., y como se encargan de todo el trabajo, es más que justo. A ellas también les viene bien. Stacy empieza Medicina este otoño, y Holly tiene préstamos de estudios. Por ironías de la vida, ha conseguido un empleo en ESPN, para que veas. Quiere ser locutora.

—¿Y Maria?

—Pues dependerá de su audición con Mark Morris, pero su madre es coreógrafa y ha trabajado en Broadway, así que Maria hace la coreografía de todos nuestros bailes. De hecho, su madre envió mis grabaciones a algunos mánagers en Nashville, así que veremos qué pasa.

En mi limitada experiencia, esas reuniones raras veces conducían a alguna parte; incluso mi banda había tenido reuniones con más de un posible mánager, aunque de ligas menores, pero eso no iba a decírselo a Morgan, claro.

—Suena emocionante —respondí—. Seguro que vuestra presencia en TikTok e Instagram contribuirá a atraer su interés.

—Supongo —convino. Cuando levanté una ceja, continuó—: Sinceramente, tengo sentimientos encontrados sobre todo el juego de las redes sociales y el esfuerzo constante que implica conseguir seguidores.

—Pero contar ya con una base de fans solo puede contribuir a lanzar tu carrera, ¿no?

—Puede. Nuestros fans son sobre todo chicas que nos siguen porque les gusta cómo vestimos y los movimientos de baile que hacemos. Y reconozco que exageramos nuestra sensualidad en nuestra forma de movernos y vestirnos. Es lo que vende.

Cuando se calló, pregunté lo evidente:

—Pero...

Suspiró.

—Quiero que me conozcan por mi forma de cantar, no por ser una tía buena que puede bailar, ¿entiendes? Y luego está el hecho de que las redes sociales no son necesariamente algo bueno para las adolescentes. Se edita tanto que lo que ven no es exactamente la realidad, pero a la gente le cuesta separar la fantasía de lo real. No es como si saliéramos ahí y nos pusiéramos a bailar sin haber practicado o no dedicáramos un montón de tiempo a perfeccionar nuestros peinados, el maquillaje y los conjuntos antes de grabar. Por eso, ¿qué sentido tiene que te vean como una *influencer* o, Dios me libre, un modelo de conducta, si todo es falso?

No dije nada, impresionado de que hubiera meditado todas esas cosas. Seré sincero: yo no lo hacía. Pero, por otra parte, yo apenas tenía seguidores, así que, ¿qué más daba?

—Bueno, ya veremos cómo va —dijo, despachando el asunto con un gesto de la mano—. Ahora quiero escuchar la canción que has compuesto.

Abrí la funda de la guitarra, y me tomé un minuto para afinarla y recordar todos los cambios que había hecho. Cuando me sentí preparado, me lancé con la primera estrofa, inyectando una energía extra al estribillo.

Morgan me miraba fijamente, con una sonrisa embelesada en los labios. Al verla balancearse inconscientemente al ritmo de la música, volví a darme cuenta de lo mucho que me había inspirado la canción. No solo la letra, sino también la propia música; el estribillo desprendía una energía y un ímpetu brillantes, muy en su línea.

Cuando finalmente silencié la guitarra, se inclinó hacia mí.

—Ha sido precioso —dijo suspirando—. Eres increíble.

—Tengo que trabajarla más —dije. Nunca me había sentido cómodo con los cumplidos, pero ya sabía que era una canción que terminaría incorporando a mi repertorio, aunque solo fuera en honor al recuerdo que de ella me quedaría.

—¿Cómo era esa que tocaste anoche? ¿La de sentirse perdido? —Tarareó un fragmento de la melodía principal—. ¿Me la cantas también?

Sabía a qué canción se refería; la letra me había venido después de un día especialmente duro en la granja, y estaba llena de desazón e incertidumbre. También era una de las favoritas del público, algo que podría tocar dormido, así que lo hice sin más preámbulo. Después, recordé los acordes de otra canción que había compuesto hacía años, con ecos del grupo Lady A, y seguí con otras. Morgan se mecía o daba golpecitos con el pie al ritmo de la música, y yo me preguntaba si me pediría que tocase alguna que ella tuviera ganas de cantar.

Pero no lo hizo. Parecía contenta solo con escucharme, y yo me sentí tan arrastrado por la música como ella. Cada canción traía consigo un recuerdo, y, con la luna bañando la orilla con su lechoso resplandor y una hermosa mujer sentada frente a mí, me pareció que no había mejor forma de terminar la velada.

Cuando finalmente dejé la guitarra a un lado, se oyeron algunos aplausos procedentes del hotel. Al volverme, vi a seis o siete personas dando palmadas y saludando desde la terraza.

Morgan ladeó la cabeza.

—Te dije que tenías una voz especial.

—Debe de ser un público agradecido.

—¿Has compuesto tú mismo todas esas canciones? ¿Sin nadie más?

—Siempre.

Pareció impresionada.

—Yo he intentado componer mi propia música, y soy capaz de juntar algunos trozos muy buenos, pero normalmente necesito asociarme con alguien para terminarlas.

—¿Cuántas canciones has compuesto? Tú sola, quiero decir.

—¿Doce o así? Pero solo empecé hace un par de años. Sigo aprendiendo.

—Doce está muy bien.

—¿Cuántas has compuesto tú?

No quería decirle toda la verdad, pero le ofrecí una parte.

—Más de doce.

Se rio, completamente consciente de lo que acababa de hacer.

—Mientras cantabas, pensaba en ti y en tu época con la banda del instituto. Me cuesta imaginarte con el pelo largo.

—A mis tíos no les hacía mucha gracia. Las pocas ocasiones en que mi hermana lo vio en FaceTime, lo odió a más no poder. Más de una vez me amenazó con llevarme de vuelta a casa y cortármelo mientras dormía. Y lo más terrorífico es que me asustaba que lo hiciera de verdad.

—¿En serio?

—Cuando se le mete algo en la cabeza, a veces es imposible hacerla cambiar de idea.

En ese momento oí que alguien llamaba a Morgan. Levanté la vista y vi a Stacy, Holly y Maria, que bajaban de la terraza de madera y cruzaban por la arena hacia nosotros.

—Creo que piensan que vienen en mi rescate —susurró Morgan.

—¿Necesitas que te rescaten?

—No, pero ellas no lo saben.

Cuando llegaron hasta nosotros, vi cómo evaluaban rápidamente la situación, sin duda intentando averiguar todavía por qué una chica tan guapa como Morgan se había ido con un tipo como yo.

—¿Estabas cantando aquí fuera? —preguntó Holly.

Morgan intervino para responder.

—Le he insistido yo. Había compuesto una canción nueva y quería escucharla. ¿Qué tal ha ido en MacDinton's?

Hicieron un gesto unánime de aburrimiento.

—No ha estado mal —respondió Stacy—. Cuando la banda hizo una pausa, pudimos oírnos de verdad y eso estuvo bien, pero luego empezaron otra vez y pensamos que había llegado la hora de irse. Se está haciendo tarde.

Había un tono paternalista en su voz y, como Morgan no respondió enseguida, carraspeé.

—Yo también debería ir yéndome.

Empecé a guardar la guitarra, lamentando que la noche se acabara ahí. Si Morgan y yo hubiéramos tenido más tiempo a solas, quizás habría intentado besarla, pero sus amigas parecían leerme la mente y no tenían intención de dejarnos un momento final de privacidad.

—Ha sido una noche divertida —dijo Morgan.

—Y que lo digas —convine.

Se volvió hacia sus amigas.

—¿Vamos?

—No te olvides las botas.

Le pareció gracioso que me acordara y me hizo un breve gesto de despedida mientras se iba hacia el hotel con sus amigas. Esperé a que llegaran a la terraza, donde Morgan recuperó las botas y se las colgó del brazo. Al poco, sus voces fueron apagándose a medida que entraban en el hotel.

Cuando dejé de verlas, fui en la misma dirección, pero enseguida me di cuenta de mi error. La puerta estaba cerrada, era necesario una llave de habitación para abrirla, así que volví a la playa y encontré un pequeño sendero que daba la vuelta al hotel y conducía al aparcamiento.

En el camino de vuelta a mi piso, pensé en Morgan. Era rica, tenía clase, inteligencia, motivación, popularidad y, evidentemente, era guapísima. Al igual que sus amigas, yo también me preguntaba qué había visto en un tipo como yo. En la superficie, no nos parecíamos en lo más mínimo. Nuestras vidas eran completamente diferentes y, aun así, de alguna manera, congeniábamos. No necesariamente en un sentido romántico, pero pasar tiempo con ella era más sencillo incluso que mis cómodas rutinas con Michelle.

Más tarde, una vez tumbado en la cama, me encontré preguntándome qué habría pensado Paige de ella. Imaginé que harían buenas migas (estaba seguro de que Morgan se llevaba bien con todo el mundo), pero mi hermana siempre había tenido un sexto sentido con las personas. Estaba claro que Morgan me atraía, pero una y otra vez volvía al misterio de por qué, a pesar de tener unas vidas tan distintas, estar con ella era como estar con los míos.

SEGUNDA PARTE

Beverly

7

Cuando era pequeña (según sus cálculos debía de tener ocho o nueve años), Beverly y su madre se subieron al autobús que iba a Nueva York. La mayor parte del trayecto trascurrió de noche, y Beverly durmió con la cabeza apoyada en el regazo de su madre. Al despertar, la esperaba la visión de unos edificios que eran más altos que cualquier cosa que hubiese imaginado. La estación de autobuses estaba atestada de gente, más de la que Beverly había visto nunca de una sola vez, y este fue solo el principio de un viaje que permaneció vívido en su memoria a pesar del paso del tiempo. Su madre quería que fuese un viaje especial, así que programó cosas que hacer. Vieron *La noche estrellada*, de Vincent van Gogh, en el MoMA, porque era un cuadro importante de un artista famoso, después de lo cual cada una se comió una porción de pizza para el almuerzo. Por la tarde visitaron el Museo Americano de Historia Natural, donde contemplaron los esqueletos recreados de varias criaturas, entre ellas, una ballena azul y un *Tiranosaurius rex* que tenía dientes más grandes que plátanos. Vio meteoritos escarpados y diamantes y rubíes, y entraron al planetario, donde observó un cielo generado por ordenador con líneas que representaban las constelaciones. Habían ido mano a mano; su madre lo había llamado un «viaje de chicas», y le había costado más de un año ahorrar todo el dinero necesario para hacer las cosas que los ricos hacían cuando iban a la Gran Manzana. Aunque Beverly no lo sabía, este sería el único viaje que harían juntas. Llegaría un día en el que ella y su madre dejarían de hablarse, pero durante el viaje esta le daba a la lengua sin parar, y Beverly halló consuelo en la cálida palma de la mano de su madre cuando salieron del museo y caminaron hasta Central Park, donde las hojas llameaban en tonos naranjas, rojos y amarillos. Era otoño, la temperatura tiraba más al invierno que al verano, y la brisa fría le enrojeció la punta de la nariz. Su madre llevaba pañuelos en el bolso, y ella los usó uno a uno hasta agotarlos. Después, cenaron en un sitio donde el camarero iba vestido como si fuera a casarse. Beverly no entendió ni una sola palabra de la carta del menú. Su madre le dijo que era un «restaurante de verdad» y, aunque la comida no estaba mal, ella habría preferido otro trozo de pizza. Más tarde, para llegar hasta el hotel tuvieron que caminar casi una hora. Junto a la entrada del vestíbulo había dos hombres de mirada furtiva fumando cigarrillos y, una vez dentro, su madre pagó en metálico la habitación a un hombre con una camiseta sucia que estaba detrás del mostrador. Su habitación tenía dos camas con manchas en las colchas y olía raro, como a fregadero atascado, pero esto no disgustó a su madre, que seguía tan entusiasmada como siempre y dijo que era importante experimentar el «verdadero Nueva York». Beverly estaba tan cansada que se quedó dormida casi al instante.

El día siguiente lo pasaron en Times Square, que es donde «iban los turistas». Beverly se quedó mirando las señales eléctricas parpadeantes y las gigantescas vallas publicitarias. Vieron a gente bailando y a algunos disfrazados de Mickey Mouse o de la Estatua de la Libertad. Los teatros anunciaban espectáculos, pero el único que Beverly reconoció fue *El rey león*. No pudieron entrar a verlo, porque el precio de las entradas era para «ricos», así que se pasaron la mayor parte del día curioseando en tiendas que vendían baratijas y suvenires, sin comprar nada excepto un único paquete de M&M que Beverly compartió con su madre. Para almorzar, se comieron dos trozos de pizza cada una y *hot dogs* de un puesto ambulante para la cena. A Beverly le pareció ver en una bocacalle a Johnny Depp, la estrella de cine, y había una cola de gente sacando fotos a su lado. Le suplicó a su madre una foto con él, pero ella dijo que era una estatua de cera y no una persona de verdad.

En su última tarde visitaron el Empire State Building, y a Beverly se le taponaron los oídos cuando el ascensor se elevó hacia el cielo. En el mirador, el viento soplaba con fuerza y todo el mundo estaba apiñado, pero al final Beverly consiguió abrirse paso hasta un punto que ofrecía una vista despejada de la ciudad. A su lado había un hombre vestido con un disfraz de pirata y, aunque sus labios se movían, no pudo oírle.

73

Desde lo alto, Beverly pudo ver el brillo de los faros y las luces traseras de los vehículos en las calles; prácticamente, todos los edificios estaban iluminados por dentro. Aunque el cielo estaba despejado, no se veían estrellas, y su madre le explicó que las luces de la ciudad las borraban. Beverly no entendía a qué se refería su madre (¿cómo podían borrarse las estrellas?), pero no tuvo tiempo de preguntar, porque esta la cogió de la mano y se la llevó a otra zona del mirador, donde podía verse, a lo lejos, la Estatua de la Libertad. Su madre le dijo que siempre había querido vivir en la Gran Manzana, aunque ya había dicho lo mismo media docena de veces. Cuando Beverly le preguntó por qué no se había trasladado a vivir allí, le respondió: «No se puede tener todo lo que se quiere».

Beverly perdió de vista al pirata y se preguntó si seguiría diciendo palabras que nadie podía oír. Pensó en Fran y Jillian, sus amigas del colegio, y se preguntó si harían truco o trato juntas en Halloween. Pensó que a lo mejor ella podría vestirse de pirata, pero lo más probable es que fuera de vaquera como el año anterior. Su madre ya tenía el sombrero, la camisa de cuadros, la pistola de juguete y la funda, y Beverly sabía que, si le pedía vestirse de pirata, le respondería que no podían permitírselo.

Su madre no paraba de hablar, pero Beverly no se molestaba en escucharla. A veces, cuando su madre hablaba, Beverly sabía que, dijera lo que dijera, no era importante. Desde otro punto del mirador vieron el puente de Brooklyn, tan pequeñito en la distancia que parecía de juguete. Para entonces, llevaban casi una hora en el mirador y, cuando Beverly se volvió hacia su madre, vio lágrimas en sus mejillas. Beverly sabía que no debía preguntarle por qué lloraba, pero se encontró deseando que su madre hubiera podido vivir en la Gran Manzana.

74 De pronto, Beverly oyó gritos y chillidos, y recibió un empujón tan fuerte que casi la tiraron al suelo. Se aferró a la mano de su madre, y las dos se vieron atrapadas en el movimiento de la multitud como peces en una fuerte corriente. Si se paraban, las pisarían, eso lo sabía hasta Beverly, y avanzaron a trompicones. Beverly solo podía ver a su alrededor cuerpos dando codazos y bolsos balanceándose. Los gritos se hicieron más fuertes, cada vez chillaba más gente, y en el mirador todo el mundo se movía rápidamente en la misma dirección, arrastrado en el mismo remolino, hasta que Beverly y su madre fueron escupidas finalmente por la parte trasera y pudieron recuperar el equilibrio.

—¿Qué está pasando?

—No lo sé.

Por encima del clamor, Beverly oyó gritos individuales de «¡No lo haga!» y «¡Vuelva!» y «¡Pare!» y «Pero ¡qué hace!» y «¡Baje de ahí!». No entendía qué quería decir nada de eso, solo que algo malo estaba pasando. Su madre también lo sabía; se había puesto de puntillas para intentar ver algo por encima de la multitud y, entonces, igual de repente que antes, la multitud dejó de moverse. Durante unos segundos todo se quedó quieto y nadie se movió, y fue la cosa más antinatural que Beverly había experimentado, hasta que se reanudaron los gritos, esta vez más fuertes.

—¿Qué ha pasado? —oyó Beverly que alguien gritaba.

—Ha saltado —gritó otro hombre.

—¿Quién ha saltado?

—¡El hombre que iba disfrazado de pirata!

Había barreras y vallas, y Beverly se preguntó si no habría oído mal. ¿Por qué iba a saltar el pirata? Los otros edificios estaban demasiado lejos, fuera del alcance.

Notó que su madre le apretaba la mano y tiraba de ella.

—Vamos. Tenemos que irnos.

—¿Ha saltado el pirata?

—¿Qué pirata?

—El que estaba a mi lado antes.

—No lo sé. —Su madre la condujo a través de la tienda de regalos hasta los ascensores, donde ya se había formado una cola.

—Intentaron agarrarlo, pero nadie ha podido impedirlo —oyó decir Beverly al hombre que tenía al lado.

Cuando entraron en el ascensor, pensó en el pirata y en la caída, y se preguntó cómo sería caer y caer, cada vez más bajo, hasta que no quedara ningún sitio al que ir.

75

8

*B*everly se sentó en la cama pestañeando en la oscuridad, consciente de que había sido tanto un sueño como un recuerdo, salvo que esta vez ella también caía con el pirata, cogida de su mano. Como siempre que ese sueño volvía, se despertaba con el corazón martilleándole el pecho, la respiración entrecortada y la sábana empapada en sudor.

«No estoy cayendo —pensó—, no estoy cayendo», pero, aun así, la sensación física tardó en pasar. Su corazón seguía acelerado, la respiración agitada y, aunque el sueño empezó a desvanecerse, supo que no era ella misma. El mundo parecía desajustado y ajeno. Se obligó a concentrarse en los detalles del dormitorio, que emergían en sombras vagas y oscurecidas. Vio una ventana con finas persianas bajadas por las que se filtraba el cielo blanquecino del alba. Vio su ropa apilada en el suelo. En la mesita de noche había una lámpara y un vaso medio lleno de agua. Al otro lado del dormitorio se perfilaba una cómoda con un espejo de cuerpo entero a un lado. Poco a poco, empezó a comprender dónde estaba.

Era por la mañana. Estaba en el cuarto de la casa que había alquilado no hacía mucho; Tommie, su hijo, que tenía seis años, dormía en el cuarto del otro lado del pasillo. Eran nuevos en la ciudad. «Sí», pensó Beverly, recordándoselo a sí misma. «Mi nueva vida. Estoy empezando mi nueva vida». Solo entonces tuvo fuerzas para retirar la colcha. Salió de la cama y sintió una alfombrilla fina y sedosa bajo sus pies, una agradable sorpresa. La puerta del dormitorio estaba cerrada, pero sabía que el corto pasillo que había detrás conducía a las escaleras y que, en la planta principal, había un salón y una pequeña cocina equipada con una vieja mesa de formica y cuatro sillas de madera desvencijadas.

Beverly se puso los vaqueros y la camiseta que estaban apilados en el suelo y se preguntó cuánto tiempo habría dormido. No recordaba a qué hora se había ido a la cama, aparte de que era muy muy tarde. Pero ¿qué había hecho? Los recuerdos de la víspera no eran más que humo disipándose en el sueño, borroso en los bordes y negro en el centro. No recordaba qué había cenado o si había comido siquiera, pero supuso que no importaba demasiado. Empezar de cero siempre conlleva estrés, y con el estrés la mente te juega malas pasadas.

Salió con sigilo del cuarto, se asomó a ver a Tommie y lo vio hecho un ovillo bajo las sábanas. Descendió en silencio las escaleras hasta la cocina. Mientras se llenaba un vaso de agua del grifo, recordó una noche reciente durante la cual se había escabullido del dormitorio, con movimientos silenciosos y sin encender una sola luz. Estaba vestida cuando despertó a Tommie. Él tenía su pequeña mochila preparada y escondida debajo de la cama. Lo ayudó a vestirse y bajaron sigilosamente las escaleras. Al igual que su hijo, ella solo llevaba una mochila, por comodidad y rapidez. Sabía que los vecinos podrían recordar a una mujer y a un niño arrastrando maletas con ruedas por la acera en mitad de la noche; sabía que su marido, Gary, buscaría a esos vecinos y que ellos le dirían lo que necesitaba saber para encontrarla. Tommie llevaba en la mochila su figura de acción de Iron Man preferida y *¡Corre, perro, corre!*, un libro que seguía leyéndole todas las noches. También había metido dos camisetas, unos pantalones de repuesto, calcetines, ropa interior, cepillo y pasta de dientes, así como cera para el remolino que se le formaba en el pelo. En su mochila, ella llevaba el mismo tipo de artículos y algunas otras cosas, junto con un poco de maquillaje, un cepillo, gafas de sol, una venda elástica y una peluca. Cuando pasó cerca de la ventana de la fachada, no se molestó en buscar el todoterreno negro con los cristales tintados que llevaba tres días aparcado en su calle. Sabía que estaría allí. Ayudó a Tommie a ponerse la chaqueta y salieron por la puerta de atrás. Procurando que la puerta no chirriara ni diera un golpe, la cerró poco a poco, lo más despacio que pudo. Cruzaron la hierba húmeda hasta la valla de madera que delimitaba su jardín y Beverly ayudó a Tommie a trepar hasta el patio trasero del vecino. Durante todo ese tiempo, Tommie no dijo nada. Se tambaleaba al andar, como si siguiera parcialmente dormido. Salieron por la verja del vecino, sin despegarse de los setos hasta llegar a la calle que discurría en paralelo a la suya. Allí, se escondió detrás de un coche aparcado en la calle y miró en ambas direcciones. No vio ningún todoterreno negro con los cristales tintados.

—¿Adónde vamos? —le preguntó Tommie finalmente.

—Vamos de aventura —susurró ella.

—¿Papá viene con nosotros?

—Está trabajando —contestó, lo cual era cierto, pero aquello no respondía verdaderamente a su pregunta.

Eran altas horas de la madrugada y todo estaba en silencio, pero había media luna y las farolas de los cruces iluminaban las calles. Beverly necesitaba oscuridad y sombras para ser invisible, de modo que atajó por las entradas y los jardines de las casas, sin despegarse de ellas. En los raros momentos en que oía que un coche se acercaba, dejaba a Tommie en el primer sitio apartado que encontraba, detrás de unos arbustos o unas espalderas, incluso una vieja caravana. De vez en cuando ladraba un perro, pero el sonido siempre venía de cierta distancia. Caminaron y caminaron, pero Tommie no lloriqueó, ni siquiera gimoteó. Gradualmente, las calles residenciales dieron paso a las comerciales y, luego, una hora y media después, a una zona industrial con almacenes y un desguace, además de aparcamientos rodeados de vallas metálicas. Aunque no había donde esconderse, las calles estaban desiertas. Cuando finalmente llegaron a la estación de autobuses, la entrada olía a humo de cigarro, fritanga y orina. Entraron. En los lavabos, Beverly se recogió el pelo con horquillas y se puso la peluca, que, de rubia de pelo largo, la transformó en morena con un corte *pixie*. Se enrolló la venda elástica a los pechos para disimularlos y la apretó hasta tal extremo que le costaba respirar. Se encasquetó una gorra de béisbol y, aunque seguía oscuro, se puso las gafas de sol. Tommie no la reconoció cuando volvió del lavabo. Ella le había dicho que se sentara en uno de los bancos y le explicó que era importante que no se moviera de allí, y fue solo cuando se quitó las gafas de sol directamente delante de él cuando sus ojos se agrandaron al reconocerla. Lo llevó hasta un banco más aislado, en la esquina de la terminal, que no quedaba a la vista de la ventanilla de venta de billetes, y le dijo que se quedara allí, tranquilo.

Había poca gente en la estación cuando fue a la ventanilla y se puso en la cola detrás de una anciana que vestía una gruesa chaqueta de punto marrón. Cuando le llegó el turno, se encontró ante un hombre con ojeras y un largo mechón de pelo entrecano y grasiento que le cubría la calva. Le pidió dos billetes para Chicago; al entregarle el dinero, mencionó como quien no quiere la cosa que ella y su hermana iban a visitar a su madre. No quería que el hombre detrás del plexiglás supiera que viajaba con su hijo, pero a todas luces le daba lo mismo una cosa u otra, porque apenas pareció reparar en ella cuando le entregó los billetes. Beverly volvió y se sentó en un banco cerca del de Tommie desde el cual podía echarle un ojo sin delatar que estaban juntos. Aproximadamente cada minuto, lo miraba a él y luego a la entrada, buscando a través del cristal el todoterreno negro con los cristales tintados, pero por fortuna no apareció. También estudió otras caras en la terminal, intentando memorizarlas y observando si alguien se fijaba en un niño sentado solo, por si acaso. Pero nadie parecía prestarle atención.

Amaneció con un resplandor brillante de fin de primavera. A su hora, el motor del autobús arrancó en ralentí bajo una de las marquesinas de aluminio del fondo. Con el estómago hecho un nudo, Beverly envió a Tommie delante para que pareciera que subía con un hombre que llevaba cazadora, como un padre y un hijo que viajaban juntos. A través de las ventanillas, vio a Tommie seguir al hombre hasta los asientos del fondo del autobús. Esperó a que embarcaran otras personas y luego subió ella, pasando junto al conductor, delgado y moreno. Se sentó en la penúltima fila; en el lado opuesto, en la fila inmediatamente anterior, una mujer mayor hacía ganchillo, moviendo la aguja como un director al frente de una orquesta. Tommie permaneció en su asiento delante de ella hasta que el autobús empezó a moverse, como su madre le había ordenado; cuando llegaron a la autopista, se sentó a su lado. Luego Tommie apoyó la cabeza en su hombro, mientras su madre seguía observando a la gente del autobús, obligándose a grabarla en su memoria e intentando averiguar si alguien había notado algo raro.

Se recordó a sí misma lo cuidadosa que había sido. Gary había salido de la ciudad, haciendo lo que fuera que hacía en secreto para el Gobierno. Se habían marchado un sábado y, cada uno de los fines de semana previos, ella había procurado no salir de casa ni dejar a Tommie jugar en el jardín, estableciendo una pauta que, en el mejor de los casos, le haría ganar tiempo. Con el dinero que había ahorrado a escondidas durante unos seis meses, instaló temporizadores automáticos en las luces, que se encendían y luego se apagaban por la noche. Con un poco suerte, el conductor del todoterreno negro no se percataría de su ausencia hasta que el autobús escolar llegara el lunes por la mañana.

El autobús avanzaba con estruendo; a medida que las horas transcurrían lentamente, Beverly pensaba que cada minuto significaba otro kilómetro más lejos de la casa de la que necesitaba huir. Tommie dormía a su lado mientras atravesaban Texas y Arkansas, y al fin llegaron a Misuri. Pasaron por campos de cultivo e hicieron altos en ciudades y pueblos cuyos nombres, por lo general, no le sonaban de nada. Algunas personas se apeaban y otras subían, el autobús frenaba con un chirrido y después avanzaba traqueteando hacia el nuevo destino. Se pasaba todo el día parando y arrancando, así hasta la noche, y el motor retumbaba bajo su asiento. Para cuando el segundo conductor sustituyó al primero, ya no quedaba ninguna cara reconocible de la estación de autobuses de origen, pero aun así Beverly intentaba grabar en su memoria cada cara que veía. Un hombre joven de pelo corto con una bolsa de lona color oliva se sentó en el asiento que antes había ocupado la mujer del ganchillo. Beverly pensó que sería del Ejército o de la Marina; cuando vio que sacaba un móvil del bolsillo, le dio un vuelco el corazón. Se bajó más la visera de la gorra y miró por la ventana, preguntándose si aquel joven trabajaría con Gary, preguntándose si era posible que hubiera dado tan pronto con su paradero. Se preguntó otra vez por los poderes ocultos del Departamento de Seguridad Nacional. Les había mentido a Gary y a Tommie y a vecinos y amigos; no la habían educado para mentir, pero no le había quedado otra. Al otro lado del pasillo, el joven del pelo corto se guardó el móvil en el bolsillo, cerró los ojos y apoyó la cabeza en la ventana. Ni siquiera había mirado en su dirección; poco a poco, el corazón de Beverly recuperó el ritmo normal. Aunque se sentía exhausta, le resultó imposible dormir.

El autobús hizo otro alto en Misuri. Otra estación, otro lugar anónimo. Beverly hizo que Tommie saliera del autobús antes que ella y luego lo siguió. En la terminal, lo llevó al lavabo de mujeres, haciendo caso omiso de la expresión irritada de una mujer rechoncha con una blusa de flores. Usó agua del grifo y cera para humedecer el mechón de Tommie; aunque no le sobraba el dinero, Tommie tenía seis años y crecía deprisa y ella sabía que necesitaba comer. Llevaba dos manzanas y dos barritas de cereales en la mochila, pero no era suficiente. En la tienda de comestibles del otro lado de la calle compró leche y dos *hot dogs*, pero nada para su rugiente estómago. Decidió que podría comerse una de las manzanas al cabo de una hora, aunque sabía que incluso si se comía las dos y las barritas de cereales probablemente seguiría teniendo hambre. En la caja había una cámara, de modo que mantuvo la cabeza gacha, tapándosela con la visera de la gorra.

Volvieron al autobús. Tommie estaba tranquilo, hojeando las páginas de su libro. Beverly sabía que, a estas alturas, el niño era capaz de leerlo solo; ella se lo había leído tantas veces que probablemente su hijo lo había memorizado. Sabía, de forma instintiva, que Tommie era más inteligente que la mayoría de los críos de su edad; lo captaba todo a la primera y siempre parecía entender situaciones e ideas muy avanzadas para su edad. Cuando lo miraba, a veces veía los ojos de Gary, pero su sonrisa era propia, y tenía la nariz de ella. A veces lo recordaba de bebé y luego de pequeñito, en su primer día de guardería, y las imágenes se le fundían en la cabeza, haciendo que Tommie le resultara perpetuamente familiar y, sin embargo, siempre diferente. Por la ventana vio campos de cultivo y vacas y silos y carteles en la autopista que anunciaban restaurantes de comida rápida, una, dos o tres salidas más adelante. Se comió una de las manzanas, masticando despacio, tratando de saborearla, de hacer perdurar el sabor. Había cosido la mayor parte del dinero que tenía ahorrado en un bolsillo oculto de su chaqueta.

Más tarde dejaron ese autobús definitivamente. Se encontraban en algún punto de Illinois, pero aún muy lejos de Chicago. Beverly hizo pasar a Tommie delante de ella y lo observó sentarse en un banco de la terminal. Al cabo de un par de minutos, fue al lavabo de mujeres y allí se escondió en una de las cabinas. Le dijo a Tommie que esperara, y así lo hizo. Diez minutos, quince y después veinte, hasta tener la certeza de que todas las personas que iban en el autobús se habían ido de la estación. Cuando creyó que no corría el riesgo de cruzarse con nadie, se paró delante del espejo agrietado y deslucido del baño. Se quitó la peluca rápidamente, pero se dejó el pelo recogido y se puso la gorra de béisbol. Ahora era una rubia de pelo corto. Guardó las gafas de sol en la mochila y se aplicó abundante rímel y delineador negro. Cuando salió del lavabo, no quedaba nadie en la estación, excepto Tommie. Le dijo que la esperase cerca de los baños y fue a la ventanilla de venta. Compró billetes para el siguiente autobús, sin importarle el destino, solo quería que la llevara a alguna dirección al azar para que fuera mucho más difícil rastrearla. Una vez más, mencionó que viajaba con su hermana y, una vez más, volvió a sentarse lejos de Tommie, después de que cada uno embarcara por su cuenta.

Por fin, después de otro día y medio de viaje, se apearon definitivamente del autobús. Salieron de la estación y caminaron hacia la autopista. Beverly hizo autostop cerca de la vía de acceso y se subieron a una ranchera. La mujer al volante les preguntó adónde iban. Beverly respondió que podía dejarlos en cualquier sitio. La mujer los miró a los dos

83

por encima, percibió algo en la cara de Beverly y no hizo más preguntas. La ranchera hizo un alto en una pequeña ciudad, y Tommie y Beverly bajaron. De allí se subieron a otro vehículo (esta vez conducía un hombre de mediana edad que olía a Old Spice y se ganaba la vida vendiendo alfombras); cuando Beverly inventó una historia de una avería en su coche, Tommie supo que debía permanecer callado. Al final llegaron a otra pequeña población. Se apearon con sus mochilas y Beverly llevó a Tommie a un restaurante de carretera para que comiera algo. Beverly pidió una taza de agua caliente y le añadió kétchup para hacerse una sopa ligera, mientras que Tommie se comió una hamburguesa con queso y patatas fritas, una porción de tarta de arándanos y dos vasos de leche.

En la siguiente calle localizó un motel barato, aunque sabía que no tenía dinero suficiente para alojarse más que un par de noches. No si pretendía alquilar una vivienda. Pero de momento tendría que alcanzarle el dinero; después de acomodar a Tommie en una habitación anticuada pero funcional, volvió al restaurante y preguntó a la camarera si podía prestarle el móvil para hacer una llamada rápida, así como un boli y una servilleta. La mujer (que a Beverly le recordaba un poco a su madre) pareció percibir la urgencia de su petición. Beverly fingió que hacía la llamada y luego se puso de espaldas y buscó listas de inmobiliarias locales. No había muchas, pero apuntó las direcciones; antes de devolver el teléfono, borró el historial. Después, preguntó indicaciones básicas a desconocidos, en la calle; primero buscó los pisos cutres, pero no la convencieron. Como tampoco el dúplex, igual de cutre. Como tampoco la única casa que fue capaz de encontrar. Pero todavía le quedaba una apuntada en la lista.

Por la mañana, después de llevar a Tommie al restaurante para desayunar y luego de vuelta al motel, volvió a salir. No había comido nada desde hacía tres días, aparte de las dos manzanas y las barritas de cereales. Caminaba despacio, pero aun así tenía que pararse y descansar cada pocos minutos, y le llevó mucho tiempo encontrar la casa. Estaba en las afueras de la ciudad, en una zona agrícola, una casa imponente de dos plantas rodeada de enormes robles cuyas ramas se extendían en todas direcciones como dedos nudosos y artríticos. En la parte delantera, dientes de león, eleusines y centinodias cubrían ligeramente la hierba. Un camino de tierra conducía a un porche con un par de mecedoras antiguas. La puerta principal era de color rojo caramelo y quedaba ridícula con el fondo de pintura blanca, sucia y desconchada. A ambos lados de la casa había azaleas y lirios de día, cuyas flores en descomposición parecían salpicaduras de color en un bosque olvidado. La casa tenía cincuenta o cien años, y estaba lo bastante aislada como para mantener a raya las miradas indiscretas.

Acercó las manos en copa a varias ventanas para poder ver el interior. Los colores del primer piso mareaban: pintura naranja en las paredes de la cocina, una pared burdeos en el salón. Muebles desparejados; suelo de tablas de pino anchas y desgastadas, cubiertas de alfombras finas en el pasillo y el salón, linóleo en la cocina. Los alféizares tenían tantas capas de pintura que se preguntó si sería capaz de abrir las ventanas. Pero regresó a la ciudad y preguntó a la camarera del restaurante si podía prestarle de nuevo el teléfono. Llamó a la propietaria de la casa y regresó a última hora de la tarde para poder verla por dentro. Se aseguró de borrar la llamada, por si acaso. Para esta visita, se puso el mismo disfraz que había usado la noche de su fuga.

Mientras recorría la casa, supo que necesitaría un buen repaso. Había un anillo de cal en el fregadero, grasa en los fogones, un frigorífico lleno de comida que podría llevar allí semanas o meses. Arriba había dos dormitorios, dos cuartos de baño y un armario para la ropa blanca. Lo positivo era que no había manchas de agua en los techos y que los lavabos y las duchas funcionaban. En el porche trasero había una lavadora y una secadora, ambas oxidadas, pero aún funcionales, así como un calentador de agua que parecía casi nuevo. Al lado y encima de los electrodomésticos había estanterías apiladas con cachivaches, junto con al menos una docena de botes de pintura de látex, todos de distintos colores y suficientes para pintar el interior entero. En un rincón del suelo vio un cubo de plástico sucio lleno de rodillos y brochas, junto con una sartén, rodeado de trapos que parecían cualquier cosa menos nuevos. No era comparable a la casa que había compartido con Gary, con su exterior severo y moderno, y sus muebles inmaculados de líneas rectas y armarios organizados, donde cada cosa estaba en su sitio. Su casa era como algo del futuro, tan fría y vacía de sentimiento como el espacio exterior, mientras que esta casa irradiaba una sensación de confort familiar.

Además, la propietaria conocía a un manitas que le hacía las chapuzas de la casa, así que lo único que Beverly tenía que hacer era llamarle si surgía algún percance. Los gastos estaban incluidos en el precio y la casa venía amueblada, aunque el mobiliario tenía poco de nuevo. El sofá estaba desgastado, pero era cómodo; había un televisor último modelo y un antiguo reproductor de DVD en un mueble, mesas auxiliares y lámparas con pantallas que no iban muy a juego. Los dormitorios estaban acondicionados con camas y cómodas, y los cuartos de baño, con toallas. En la pequeña despensa de la cocina había una escoba y una fregona, varios productos de limpieza, la mayoría a medio usar, y otro surtido de cosas. Había bombillas y dos alargadores, una escobilla para la taza del váter y un desatascador, un matamoscas, una caja con clavos y tornillos y un martillo pequeño. También había una llave inglesa y dos tipos de destornilladores. Junto a las herramientas, vio media caja de pilas AA y un par de nueve voltios. Un deshumidificador. Trapos, papel de lija y una escalera de mano mediana. En el armario de la ropa blanca del piso superior encontró sábanas y fundas de almohada, aunque necesitaban un buen lavado. Los cajones de la cocina estaban surtidos de platos, vasos y cubiertos, y también encontró ollas, sartenes e incluso algunas fiambreras. Era como si los antiguos inquilinos se hubieran desvanecido en el éter un buen día, escabulléndose en mitad de la noche, llevándose solo lo que buenamente habían podido. Conscientes de que tenían que salir, conscientes de que era el momento de huir. De la ley, de algo peligroso. Cargando solo lo que cabía en el maletero del coche y dejando el resto porque, simplemente, necesitaban huir.

«Igual que ella y Tommie».

Beverly pasó un dedo por la encimera mientras oía el zumbido de una mosca y percibía los borrones de huellas sucias en el frigorífico, así como las manchas de grasa en las paredes de la cocina. Pensó que podría vivir allí, y esta posibilidad casi la mareó. Podría convertir la casa en un hogar de verdad, y sería de ella y de Tommie, solo ellos dos. Por las ventanas vio el granero cercano, que, según le dijo la propietaria, hacía las veces de almacén y era zona vedada. No le importaba lo más mínimo, porque no se había traído prácticamente nada con ella, y mucho menos algo que necesitara guardar en un granero. Sus ojos se desviaron hacia Tommie, sentado en un tocón cerca de la carretera. Esta vez había venido con ella, pero le pidió que esperara fuera. El crío se examinaba el dorso de los dedos, y Beverly se preguntó en qué estaría pensando. A veces deseaba que hablara más, pero era un niño que solía guardarse sus pensamientos, como si su deseo más profundo fuera moverse por el mundo en silencio, llamando la atención lo menos posible. Con el tiempo quizá cambiaría y, mientras lo miraba, supo que lo quería más de lo que nunca había querido a nadie.

Era por la mañana y estaban en su nueva casa, pero otros detalles seguían borrosos. Beverly recordaba que la propietaria no le había hecho demasiadas preguntas ni pedido referencias, lo que había sido tanto una sorpresa como una bendición; pagó la fianza y el primer mes de alquiler en metálico, pero ¿cuánto tiempo hacía de eso? ¿Cuatro días? ¿Cinco? En cualquier caso, había podido matricular a Tommie en el colegio y garantizar que el autobús pasara a recogerlo; también había podido ir de compras para que tuviera leche y cereales para el desayuno y bocadillos para el almuerzo en el colegio. En una tiendecita de comestibles al final de la calle, había comprado solo lo que podía llevar en las manos y buscó gangas. Para ella, compró avena y alubias secas, así como dos paquetes de arroz, mantequilla y sal y pimienta, pero Tommie necesitaba una dieta más variada, por lo que había derrochado en media docena de manzanas. También compró hamburguesas y muslos de pollo, aunque ambos paquetes estaban casi caducados y los habían rebajado a menos de un tercio de su precio normal. Separó la hamburguesa y el pollo en porciones individuales antes de meterlo todo en el congelador; sacaba una porción al día para la cena de Tommie, que comía con las alubias o el arroz. Por la noche, después de ver la televisión, le leía ¡Corre, perro, corre! y vigilaba que se cepillara los dientes. Le prometió que, cuando llegase el buen tiempo, explorarían la finca de detrás de la casa.

Sin embargo, no había tenido la energía de hacer mucho más. Se sentaba durante horas en una mecedora del porche y dormía mucho cuando Tommie estaba en el colegio y reinaba el silencio en la casa. Aunque su agotamiento seguía siendo extremo desde que habían llegado, las paredes anaranjadas de la cocina le recordaban que había mucho por hacer para que la casa pareciera suya. Dejó el vaso vacío en el fregadero y sacó un viejo tarro de galletas del armario. Levantó la tapa y encontró el rollo de dinero que había guardado después de mudarse. Sacó unos cuantos billetes, consciente de que necesitaba ir a la tienda de nuevo, pues apenas quedaban alimentos. Después se había propuesto limpiar la cocina de arriba abajo, empezando por los fogones. También tenía que sacar todas las sobras del frigorífico. Deshacerse de las espantosas paredes naranja significaba rascarlas primero antes de pintarlas. Siempre había soñado con una cocina de color amarillo brillante, algo alegre y acogedor, sobre todo si añadía otra capa de pintura blanca brillante a los armarios. Después podría recoger flores silvestres y colocarlas en uno de los tarros de mermelada que había encontrado en el armario. Cerró los ojos y sintió una agradable punzada de anticipación al imaginar el aspecto que tendría cuando estuviera terminada.

89

Contó el dinero restante antes de esconderlo de nuevo. Aunque llevaba la cuenta total en la cabeza, tocar y contar los billetes hacía más tangible la suma. No era suficiente para vivir eternamente, pero, mientras pudiera subsistir a base de arroz, alubias y avena, tenía tiempo incluso contando el alquiler del mes siguiente. Pero era difícil. En el viaje previo a la tienda de comestibles, desgranó a hurtadillas dos uvas de un racimo que no podía permitirse; aquel sabor natural y azucarado la hizo gemir de placer.

Aun así, el dinero se acabaría tarde o temprano, por muy precavida que fuera y racionara los gastos. Tendría que conseguir un empleo, pero eso significaba papeleo y documentos, un número de la Seguridad Social y puede que un carné de conducir. Algunos empleadores también podrían pedirle un número de teléfono. De los dos primeros no podría echar mano; sin duda, Gary ya habría puesto una alerta en Internet, razón por la cual no se había molestado en coger sus documentos de identidad. Tampoco tenía teléfono. El primer día encontró un móvil abandonado en la mesita de noche, pero solo se podía acceder con una contraseña o una huella digital, así que no le sirvió de nada; eso sin contar que pertenecía a otra persona, aunque lo hubiera abandonado. Todo eso significaba que estaba desconectada, que era exactamente lo que necesitaba, pero también era una solución que acarreaba problemas. Supuso que podría mentir y anotar simplemente números de identificación falsos en la solicitud de empleo, pero eso también conllevaba sus riesgos. Los salarios se declaraban a Hacienda y el empresario terminaría por enterarse de la verdad, lo que significaba que Gary acabaría por descubrirla. Desde su elevada posición en el Departamento de Seguridad Nacional, Gary tenía acceso prácticamente a cualquier información que quisiera.

90   Beverly sabía que debía encontrar un empleo en el que cobrara en efectivo, como cuidar niños, limpiar casas o quizá cocinar o leerle libros a una persona mayor. Se preguntó si en algún punto de la ciudad habría algún tablón de anuncios donde colgaran ofertas de empleos de ese tipo; debía buscarlo.

«Hoy reuniré la energía para hacer todo lo que necesito hacer», pensó.

Oyó que la puerta de Tommie se abría con un chirrido en la planta de arriba. Le vio bajar lentamente los escalones mientras se frotaba el sueño de los ojos, vestido con una de las dos camisetas que le había metido en la mochila. Se preguntó cuánto tiempo pasaría hasta que los otros niños empezaran a burlarse de él por llevar la misma ropa un día tras otro. Sacó la leche del frigorífico y una caja de Cheerios de la despensa. Encontró azúcar, que habían dejado los antiguos inquilinos, pero no se fiaba de que fuera seguro consumirlo. ¿Quién sabía qué clase de bichos asquerosos habrían decidido poner crías dentro?

Vertió los Cheerios en un cuenco y lo llevó junto con una cuchara a la mesa. Dejó el frasquito de cera para el pelo sobre la encimera y se echó un poco en las palmas de las manos. Alisó el mechón de Tommie y le dio un beso en la mejilla.

—¿Cómo has dormido, cariño?

El niño se limitó a encogerse de hombros, pero ella no esperaba otra cosa. Por lo general era callado, pero sacarle una palabra por la mañana era como extraerle una muela. Cogió la mantequilla de cacahuete y la jalea de la encimera, así como las dos últimas rebanadas de pan de molde. Hizo un sándwich, lo envolvió con papel film y lo metió en una bolsa de papel, junto con la última manzana y monedas suficientes para que el niño comprara leche. Le hubiera gustado tener dinero para unos Cheetos o unas barritas de cereales o unos biscotes Nutter Butters, o incluso fiambre de pavo o jamón, pero no era posible. Cuando terminó de preparar el almuerzo, metió la bolsa en la mochila de Tommie y luego se sentó a la mesa, casi enferma de amor por él.

—¿Tesoro? Te he hecho una pregunta.

El niño dio un bocado y solo respondió después de masticar.

—Bien.

—¿Solo bien?

El niño asintió y ella esperó.

—¿Has tenido un mal sueño? —Nada más hacer la pregunta se dio cuenta de que podría estar hablando de sí misma.

Él negó con la cabeza.

—¿Tesoro? Estoy intentando hablar contigo. ¿Pasó algo anoche?

—Había ruido.

—¿Qué quieres decir? —preguntó ella, intentando ve-

lar cualquier atisbo de preocupación en la voz. No podía
haber sido Gary; era imposible que los hubiera localizado
tan pronto.

—Había grillos. Como un millón de grillos. Creo que
también había ranas.

Ella sonrió.

—Estamos en el campo, así que probablemente tengas
razón.

Él asintió. Dio otro bocado.

—¿Te gusta el colegio? ¿Y tu profesora?

Por mucho que se empeñara, Beverly no lograba acordarse del nombre de la maestra, pero también era cierto que
no quedaba mucho curso escolar y solo había ido al colegio
el tiempo necesario para matricularlo, de modo que suponía
que se le podía perdonar el lapsus.

—¿Tommie?

—Está bien —dijo con un suspiro.

—¿Ya has hecho amigos?

Se comió otra cucharada de cereales y luego finalmente
la miró.

—¿Podemos tener un perro?

No era la primera vez que se lo pedía; otro recordatorio
más de que deseaba hacer muchas más cosas por él. Gary
nunca le había dejado tener uno, pero, aunque esa vida había
quedado atrás, ella sabía que no podía permitirse cuidar de
un animal. ¿Y quién sabía cuándo tendrían que salir corriendo otra vez?

—Ya lo veremos —respondió esquivando la pregunta.

El niño asintió; sabía exactamente qué significaba esa
respuesta.

Cuando Tommie se terminó los cereales, Beverly le
alisó la camisa y luego lo ayudó con la mochila. Todavía
descalza, subió a su dormitorio y se puso los zapatos. Luego caminó con su hijo hasta el tocón cercano a la carretera,

92

donde se sentaron a esperar el autobús escolar. El aire se estaba volviendo pesado; se avecinaba otro día caluroso.

El autobús llegó unos minutos después de que se hubieran sentado; mientras Beverly observaba cómo Tommie subía en silencio, percibió que el calor empezaba a volver líquido el horizonte.

93

9

La tiendecita de comestibles más cercana a la casa no abría hasta una hora más tarde, como mínimo, por lo que, tras ver desaparecer el autobús en medio de una polvareda de grava, Beverly volvió a casa, pensando que había llegado el momento de ocuparse del horno.

Fue al cuarto de baño y se hizo una coleta rápida con una goma elástica que encontró en uno de los cajones. Luego rebuscó debajo del fregadero y en la despensa para ver si encontraba algún producto de limpieza. Roció la superficie de la cocina y empezó a frotar, percibiendo las quemaduras y los arañazos, pero algunas manchas parecían soldadas a la superficie. Con una extraña sensación de satisfacción, envolvió la punta de un cuchillo de mantequilla en el trapo de cocina y, presionando con fuerza, observó cómo las costras se desprendían lentamente.

Cuando terminó, tenía la camiseta prácticamente empapada de sudor por el esfuerzo. Roció el horno con desinfectante, sabiendo que necesitaba dejarlo un rato empapado, y luego subió al cuarto de baño y se quitó la camiseta. La lavó con un poco de champú y la colgó sobre la cortina de la ducha para que se secara. No tenía sentido meter una única prenda en la lavadora. Después, empezó a prepararse. Se puso una camiseta limpia, se recogió el pelo con horquillas y se colocó la peluca, transformándose de nuevo en una morena de pelo corto. Luego se enrolló la venda elástica al pecho. Se aplicó una base de maquillaje oscuro, lo que cambió el color de su tez, y también pintalabios oscuro. Después de ajustarse las gafas de sol y la gorra de béisbol, apenas se reconoció en el espejo. Perfecto.

Salió de casa y recorrió el camino que llevaba a la ciudad, sintiendo el crujido de la grava bajo sus pies. Se detuvo dos veces para echar un vistazo a la casa por encima del hombro, intentando calibrar en qué punto de la carretera dejaba de ser visible. Desde la mudanza, Beverly se volvía automáticamente hacia las ventanas cada vez que oía un vehículo acercarse, atenta a si reducía la velocidad, y quería saber a qué distancia un vehículo podía pararse sin ser visto.

Tardó casi una hora en recorrer los cinco kilómetros hasta la tienda; el camino de vuelta le costaría más porque iría cargada con bolsas, una de ellas con tres litros y medio de leche. Sabía que era un buen ejercicio, del mismo modo que sabía que estaba demasiado flaca y que un exceso así era lo contrario de lo que necesitaba. Cuando se miró en el espejo al colgar la camiseta, prácticamente pudo contar todas las costillas.

La tienda era de propiedad familiar, no formaba parte de una cadena. Se llamaba Red's y daba la impresión de llevar abierta desde los tiempos del presidente Kennedy. Al otro lado de la calle había una gasolinera que parecía igual de anticuada, junto a una pequeña ferretería. Después, durante al menos otro kilómetro y medio, no había nada hasta llegar al motel y al restaurante. Posiblemente, si fuera a las tiendas más grandes de la ciudad, encontraría productos más baratos, pero eso suponía caminar mucho más tiempo.

A diferencia de las principales tiendas de comestibles, la selección de esta era limitada, aunque no tenía importancia, porque su lista de la compra era muy corta. Metió manzanas, leche, pan y una caja de cereales en el carrito. Encontró más hamburguesas y pollo, pero esta vez no estaban de oferta. A pesar de sus preocupaciones monetarias, no se privó de comprar zanahorias y coliflor, consciente de que Tommie necesitaba comer verdura. Podría cocer la coliflor al vapor, añadir leche y mantequilla, y servirla como puré de patatas o simplemente hornearla. Cada vez que metía un nuevo artículo en el carrito, restaba mentalmente el dinero que le quedaba. No quería que la cajera tuviera que retirar un producto que ya le hubiera cobrado. No quería llamar innecesariamente la atención.

En la cola de la caja había una mujer, y Beverly vio enseguida que la cajera era de las que le daban a la lengua. Cogió una revista del estante junto a la caja. Cuando le llegó el turno, la cajera tiró del carrito hacia delante y empezó a descargar los artículos al tiempo que iniciaba una conversación. Beverly se colocó de perfil, exponiendo más su espalda que el torso y sin despegar los ojos de la revista para que la mujer no le hablase. La observó por el rabillo del ojo mientras pasaba los artículos. La mujer llevaba una placa con su nombre: PEG. Cuando llegaron al último artículo, Beverly dejó la revista a un lado y buscó los billetes que había guardado en el bolsillo, recordando en ese momento que necesitaba preguntar algo.

—¿Hay por aquí algún tablón de anuncios de empleos? ¿Para limpiar casas o cuidar niños?

—Hay un tablón cerca de la salida, pero no tengo ni idea de lo que anuncian —dijo Peg encogiéndose de hombros. Metió las compras en bolsas de plástico—. ¿Ha encontrado todo lo que buscaba?

—Sí —respondió Beverly.

Luego cogió la primera bolsa y metió una de las asas de plástico en el brazo.

Peg levantó la vista y pareció escudriñarla.

—Disculpe, pero ¿no la conozco? Me suena mucho su cara.

—No creo —balbució Beverly.

Cogió la otra bolsa y fue hacia la salida, sintiendo la mirada de Peg fija en ella y preguntándose, con una creciente sensación de temor, si Peg estaba en la tienda la última vez que había ido a comprar. ¿Por qué si no iba Peg a pensar que le sonaba su cara? ¿Qué otra cosa podía ser?

«A no ser que...».

Durante un momento creyó que iba a soltar las bolsas en el suelo; las preguntas la asaltaron y daban vueltas en su cabeza como la ropa en una secadora.

¿Y si el marido de Peg trabajaba para las autoridades?

¿Y si el marido de Peg había visto un informe sobre ella y se lo había llevado a casa?

¿Y si el marido de Peg le había pedido que estuviera alerta?

¿Y si...?

Se detuvo y cerró los ojos, intentando mantener el equilibrio, procurando pensar más despacio.

—No —dijo en voz alta y abriendo los ojos.

Eso no podía haber pasado. No cabía duda de que Gary habría puesto en marcha su búsqueda y captura en todo el país («¡Una secuestradora anda suelta!»), pero ¿habría llevado el marido de Peg el informe a casa para que su mujer lo estudiara y pudiera reconocer a algún extraño perseguido por la ley en caso de que entrase en la tienda? ¿En una ciudad como aquella? Ni siquiera sabía si el marido de Peg pertenecía al cuerpo policial; de hecho, ni siquiera sabía si Peg estaba casada.

Su mente le estaba jugando una mala pasada. La idea en sí rozaba lo imposible; además, aunque lo imposible ocurriera, Beverly se recordó a sí misma que su aspecto físico actual no tenía nada que ver con sus fotografías recientes. Seguramente, Peg la habría visto la primera vez que había ido a la tienda, nada más. Por lo que Beverly había podido observar, Peg entablaba esa misma conversación con cualquier desconocido que entraba en la tienda.

Respiró hondo y decidió que la cajera no la había reconocido.

Estaba siendo un poco paranoica, nada más.

10

En el tablón de anuncios de la entrada no había listas con la clase de empleos que Beverly buscaba, lo que significaba que probablemente tendría que adentrarse más en la ciudad. Quizás era buena idea hablar con la camarera del restaurante; tal vez conociera personalmente a alguien que pudiera necesitar una cocinera, una chica de la limpieza o una canguro. Pero eso significaba caminar en la dirección opuesta cargada con todas las compras, así que eso tendría que esperar.

De camino a casa se entretuvo pensando en la ropa que Tommie necesitaba, aunque solo fuera con la esperanza de olvidarse del dolor de brazos que la atenazaba. Sin embargo, le dolieron de todas formas, y deseó tener un coche o incluso una bicicleta con una cesta.

Una vez en casa, Beverly dejó las compras y fue al cuarto de baño. Como había hecho antes, lavó con champú la camiseta que había llevado puesta y que estaba prácticamente empapada en sudor. El calor del día se había vuelto insoportable, como un vapor invisible, pegajoso y denso. Pensó en ponerse la otra camiseta, pero seguía mojada y, al fin y al cabo, ¿qué necesidad había? Tommie no estaba en casa y, como tenía que hacer más limpieza, se quitó el disfraz y la venda elástica. Luego, pensando «¿por qué no?, también se quitó los vaqueros. Así estaría más cómoda. Volvió en sostén y bragas a la cocina para ocuparse del horno.

Creyó que la caminata hasta la tienda la cansaría, pero la verdad es que se sentía... bien, como si tuviera energía que quemar. «He escapado —se dijo a sí misma—. Tommie está a salvo y tenemos un hogar, y es imposible que Peg me haya reconocido». Sintió vértigo ante aquella nueva realidad y frente a las perspectivas que abría, y rio en voz alta. En la encimera de la cocina había una radio y la encendió. Sintonizó varias emisoras hasta dar con la música que quería. Del otro lado de la ventana había gente trabajando en los campos lejanos, pero la distancia era tan grande que no le preocupaba que pudieran verla medio desnuda.

«Además —razonó—, es mi casa y tengo cosas que hacer».

Lo más urgente era deshacerse de la comida que habían dejado. Podía quedarse con los productos de limpieza. ¿Quién iba a envenenar un producto de limpieza? Recordó haber visto bolsas de basura bajo el fregadero. Sacó un par de la caja, las abrió sacudiéndolas y las dejó cerca del frigorífico. No había razón para comprobar las fechas de los productos; todo lo tiraría fuera directamente, excepto lo que había comprado ella misma. Metió queso, condimentos, pepinillos, gelatina, aceitunas y aliños para ensaladas en la bolsa de la basura, además de algo sin duda asqueroso que habían olvidado envuelto en papel de aluminio y una vieja caja de pizza con un par de trozos que habrían servido para sustituir el cemento. Vació igualmente el congelador, dejando solo el pollo y la hamburguesa. Tardó diez minutos en hacerlo y luego arrastró la bolsa de basura ya llena hasta el enorme contenedor verde que había visto detrás de la casa, junto a la carretera. Tendría que haberle preguntado a la propietaria cuándo pasaba el camión de la basura, pero supuso que terminaría averiguándolo.

A continuación vació los armarios y también tiró esa bolsa a la basura. Después se plantó delante del frigorífico y de los armarios, y fue abriendo.las puertas una tras otra. Al verlas vacías, a excepción de la comida que necesitaba para Tommie y para ella, se sintió mejor.

«Por fin estoy pasando página de verdad».

Volvió a centrar sus esfuerzos en el horno. El desinfectante había hecho su trabajo y la mugre cedió más fácilmente de lo que había esperado. Cuando terminó, no parecía un horno nuevo, seguía habiendo marcas de quemaduras en ambas paredes, imposibles de eliminar, pero sospechó que llevaba años sin estar tan limpio. Una vez contemplado el resultado, puso las alubias en remojo con agua del grifo.

Al verlas recordó que quizá no sería mala idea comer algo (no había probado bocado en todo el día), pero no quería romper el ritmo. Limpió la encimera, prestando especial atención a las esquinas, y rascó la mancha de cal del fregadero.

Se subió a la encimera para limpiar los armarios superiores y volvió a reparar en pequeñas manchas de grasa en la pared y el techo. Sacó la escalera de mano y empezó a limpiar el techo, rociando desinfectante con una mano y restregando con la otra. Cuando se le cansaban los brazos, y se le cansaban mucho, los sacudía y luego volvía a la faena. Lo siguiente fueron las paredes. Ni el techo ni las paredes tenían que estar perfectos, por supuesto, solo lo bastante limpios como para que la imprimación y la pintura se adhirieran, pero, aun así, tardó casi tres horas en terminar.

Después guardó los productos de limpieza y la escalera, dejó los trapos encima de la lavadora y fue a darse una ducha. Se deleitó con el chorro de agua caliente y con su propia sensación de objetivo cumplido.

Se vistió delante del espejo y, tras secarse el pelo con una toalla, se desenredó los nudos con un cepillo. Tommie no tardaría en volver del colegio.

11

Esperó en el tocón junto a la carretera, observando distraídamente a los jornaleros en los campos lejanos, hasta que oyó el estruendo sordo del autobús retumbando en aquel calor tan opresivo.

Cuando Tommie se levantó de su asiento en el fondo del autobús, Beverly se puso de pie. Mientras lo veía a través de la ventana, deseó que estuviera manteniendo una conversación con otro niño y que se demorara en la puerta para despedirse de él. Pero no lo hizo; simplemente, bajó y fue hacia ella arrastrando los pies como si su mochila y su vida le pesaran excesivamente. Beverly se hizo cargo de la mochila y saludó al conductor, que le devolvió el saludo.

—¿Qué tal ha ido el colegio? —preguntó mientras el autobús se alejaba.

Tommie se encogió de hombros, pero esta vez Beverly sonrió, sabedora de que había sido una pregunta boba. Su madre siempre le preguntaba lo mismo, pero el colegio solo era eso…, el colegio.

Le pasó la mano por el pelo.

—¿Te apetece una manzana cuando lleguemos a casa? Hoy he ido a la tienda.

—¿Has comprado Oreos?

—Esta vez no.

El niño asintió.

—Entonces supongo que una manzana me vale.

Ella le apretó el hombro con la mano y entraron juntos en casa.

12

$\mathcal{T}$ommie no tenía deberes (en primero de primaria nunca tenían deberes, gracias a Dios), así que después de darle una manzana exploraron un poco la propiedad. No había mucho que ver aparte del granero, donde quedaba «terminantemente prohibido» adentrarse y que parecía más viejo que la casa; probablemente se desmoronaría cuando cayera la próxima tormenta. Con todo, encontraron un arroyo que serpenteaba a la sombra de los cornejos. Beverly no estaba segura de por qué conocía esos árboles, como tampoco sabía por qué sabía que florecían en primavera. Supuso que lo habría leído en alguna parte. Cuando Tommie tiró el corazón de la manzana al agua, tuvo una idea, algo que recordaba de su niñez.

—Vamos a ver si encontramos renacuajos, ¿vale? Quítate las zapatillas y los calcetines.

Cuando el crío se quedó descalzo, le arremangó las perneras e hizo lo mismo con sus pantalones. Se metieron en el agua, cerca de la orilla, que era poco profunda.

—¿Qué es un renacuajo? —preguntó.

—Es un bebé rana —dijo—. Antes de que le salgan las patas.

Caminaron despacio agachándose, y Beverly atisbó a las familiares criaturas negras titilantes. Tommie no sabía cómo atraparlos, de modo que Beverly se agachó más y formó una copa con las manos. Sacó uno y se lo enseñó a su hijo para que lo viera. Era la primera vez desde que se habían mudado que vio en su expresión algo parecido a la emoción y la sorpresa.

—¿Eso es un renacuajo? ¿Y va a convertirse en una rana?

—Pronto —dijo—. Crecen muy deprisa.

—Pero estas no son las ranas que oí anoche, ¿verdad?

—No. Las que oíste eran ranas adultas. A lo mejor deberíamos soltar a este chiquitín para que pueda volver al agua, ¿te parece?

Beverly soltó al renacuajo mientras Tommie buscaba otro. Al poco intentó atrapar uno con las manos, pero se le escapó. A la tercera, consiguió enseñárselo finalmente. De nuevo, la expresión de su hijo le calentó el corazón y sintió un gran alivio ante la idea de que el niño terminara acostumbrándose a vivir en un sitio como aquel.

106

—¿Puedo llevar algunos al cole para la exposición oral? ¿Para el día de campo?

—¿El día de campo?

—La profe dijo que los niños se quedan fuera todo el día, en vez de ir a clase. Y habrá una gran exposición oral.

Beverly recordaba vagamente esos días cuando ella iba a la escuela primaria: se organizaban carreras, juegos y premios, los bomberos traían un camión y los padres voluntarios llevaban galletas, magdalenas y otros aperitivos. Recordaba que su madre se había presentado una vez, pero, por alguna razón, le pidieron que se marchara, y Beverly recordaba que se había ido hecha una furia, gritándole a todo el mundo.

—¿Cuándo es el día de campo?

—No lo sé exactamente, pero es esta semana seguro.

—Te lo pasarás bien. A mí me gustaba mucho, porque significaba que podía jugar con mis amigos todo el día. Sin embargo, en cuanto a lo de llevar los renacuajos, supongo que podríamos meterlos en un tarro, pero no sé cuánto tiempo pueden sobrevivir ahí dentro, sobre todo si están unas horas al sol. No me gustaría que les ocurriera nada malo.

Tommie se quedó callado durante un buen rato. Soltó al renacuajo y se rascó la mejilla con un dedo sucio.

—Echo de menos mi habitación de antes.

Estaba claro que el antiguo ocupante de su habitación actual no había sido un niño. El armario y la cómoda estaban llenos de ropa de adulto y la cama era extragrande. En las paredes había cuadros, no pósteres.

—Sé que la echas de menos —dijo ella—. Es duro mudarse a un sitio nuevo.

—¿Por qué no pude traerme más juguetes de casa?

«Porque no pude cargar con ellos. Porque no habrían pasado desapercibidos en la estación de autobuses. Porque cuando sales corriendo tienes que viajar ligero de equipaje». 107

—Porque no pudimos.

—¿Puedo volver a ver a Brady y a Derek?

Eran sus mejores amigos, y también habían quedado atrás. Sonrió por la ironía de la vida: cuando ella era pequeña, en su clase había niños que tenían exactamente esos mismos nombres.

—Ya veremos —respondió—. Aunque me parece que habrá que esperar un poco.

El niño asintió y luego se agachó para buscar más renacuajos. Viéndolo descalzo y con los pantalones enrollados, a Beverly le pareció retroceder a otra generación. Rezó para que no le preguntara por su padre, pero él parecía intuir que no era una buena idea. Después de todo, seguía teniendo cardenales en el brazo de la última vez que Gary lo había agarrado.

—Aquí es diferente —dijo por fin—. Por la noche puedo ver la luna por la ventana.

Como era más de lo que el niño solía ofrecer, Beverly no pudo contener otra sonrisa.

—Cuando eras pequeño, solía leerte *Buenas noches, luna.*

Tommie arrugó su pequeña frente.

—¿Es ese con la vaca que salta sobre la luna?

—Exacto.

Tommie asintió de nuevo y volvió a concentrarse en buscar renacuajos. Atrapó uno y lo soltó. Atrapó otro y también lo soltó. Viéndolo, Beverly no cabía en sí de amor y se alegraba de haberlo arriesgado todo para protegerlo.

Después de todo, el padre de Tommie solía ser un hombre furibundo y muy peligroso.

Y ahora que su mujer y su hijo se habían ido, probablemente era peor.

13

El resto de la tarde fue tranquila. Tommie miró dibujos animados en la televisión y Beverly se puso a examinar los botes de pintura apilados cerca de la lavadora y la secadora hasta que encontró no solo un bote de imprimación, sino también medio bote de pintura amarilla llamada Summer Daisy, que quizá no fuera el tono exacto que ella habría elegido, pero era mil veces mejor que aquel naranja tan espantoso. Había un beis que podría utilizar en el salón, aunque era un poco soso, y un bote casi lleno de blanco brillante para los armarios de la cocina. Encontrar tanta pintura resultaba asombroso, pero en el buen sentido, como si la casa hubiera estado esperando todo el tiempo a que ella y Tommie la reclamaran.

También examinó las brochas y los rodillos. Al inspeccionarlos más de cerca, resultaba evidente que estaban usados, pero parecían lo bastante limpios como para servirle. A menos que quisiera hacer una excursión a la ferretería y gastarse un dinero que no tenía, tendrían que bastarle.

Llevó a la cocina todo lo que pensó que necesitaba antes de preparar la cena. Esa noche comerían pollo, zanahorias hervidas y alubias. Añadió más zanahorias al plato de Tommie, pero, como no se las terminó, Beverly se las comió de su plato una a una. Aunque Tommie quería volver a ver la tele después de la cena, su madre le sugirió un juego de mesa. Había visto una caja de dominó en el mueble del salón; si bien hacía mucho tiempo que no jugaba, sabía que Tommie no tendría problemas para entender las reglas. Y no solo las entendió, sino que además le ganó un par de veces. Cuando empezó a bostezar, lo mandó arriba para que se diera un baño rápido. Ya era mayorcito para hacerlo solo (últimamente, él mismo se lo recordaba), así que dejó que se las apañara. Como no tenía pijama, durmió en calzoncillos y con la camiseta que había llevado al colegio. Beverly se imaginó de nuevo a los niños de la escuela burlándose de él; tenía que buscarle otra ropa, siempre que pudiera encontrarla de rebajas.

Dinero. Necesitaba más dinero. La vida siempre se reducía al dinero; se notó más ansiosa, por lo que se obligó a alejar tal sentimiento. Se sentó en la cama de Tommie, le leyó *¡Corre, perro, corre!*, lo arropó y luego se retiró a las mecedoras del porche. Quedaba un calor residual del día y la noche era agradable; el aire vibraba con los sonidos de las ranas y los grillos. Sonidos rurales, sonidos del campo. Sonidos que recordaba de su infancia. Sonidos que nunca oía en los suburbios.

Mientras se mecía, pensó en los años que había pasado con Gary y en cómo el comportamiento dulce y encantador del que se había enamorado cambió al primer mes de estar casados. Recordó el día en que se le acercó sigilosamente por detrás para besarle la nuca justo después de que ella se hubiera servido una copa de vino, de vino blanco, no tinto, y de cómo chocó contra él al volverse. El vino le salpicó la camisa, una de sus camisas nuevas, y a pesar de que ella se disculpó enseguida, también se rio un poco, pensando ya en enjuagar la camisa antes de llevarla a la tintorería a la mañana siguiente. Pensó en coquetear con él («Supongo que ahora tendré que quitarte esta camisa, guapo»), pero el pensamiento no había terminado de formarse siquiera cuando él le dio una bofetada: un sonido ensordecedor y un escozor intenso.

¿Y después de eso?

Echando la vista atrás, sabía que lo mejor habría sido dejarlo de inmediato, si se hubiera dado cuenta de verdad de que Gary era un camaleón, un hombre que sabía esconder sus verdaderos colores. No era una ingenua; había visto los programas especiales de televisión y había hojeado artículos de revistas sobre maltratadores. Pero su deseo de creer y confiar en él había sido más fuerte que su sentido común. «Él no es así», se repetía. Gary se disculpaba mientras lloraba, y ella le creía cuando decía que se arrepentía. Le creía cuando decía que la amaba, que solo había reaccionado mal. Le creía cuando decía que jamás volvería a ocurrir una cosa semejante.

Pero, como ella se había convertido en un cliché, su vida también terminó transformándose en un estereotipo. Por supuesto, a la larga le pegó otra vez y, con el tiempo, las bofetadas pasaron a ser puñetazos. Siempre le pegaba en el estómago o en la zona lumbar, donde no podían verse los cardenales, aunque los golpes pudieran dejarla encogida en el suelo, luchando por respirar, su visión desvaneciéndose en un túnel. En esos momentos, a él se le ponía la cara roja y la vena de la frente se hinchaba al chillarle. Estrellaba platos y vasos contra la pared de la cocina, dejando añicos de cristal esparcidos alrededor de ella. Aquello era siempre el final del ciclo. La ira descontrolada. Los gritos. La imposición de dolor. Pero, siempre, en lugar de acabarse, el ciclo volvía a empezar con disculpas, promesas y regalos, como flores, pendientes o lencería, y, aunque ella seguía oyendo las campanas de alarma en su cabeza, su sonido sucumbía al incipiente deseo de creer que su marido cambiaría. Durante días y semanas, Gary volvía a ser el hombre con el que se había casado. Salían con amigos, y la gente hacía comentarios sobre lo perfecto que era su matrimonio; sus amigas solteras le decían lo afortunada que era porque un hombre como Gary la hubiera llevado al altar.

A veces, Beverly las creía. Conforme pasaba el tiempo, se recordaba a sí misma que no debía hacer nada que lo alterara. Sería la esposa perfecta y vivirían en el hogar perfecto, precisamente como él quería. Hacía la cama con el edredón estirado y sin ninguna arruga, las almohadas perfectamente mullidas. Doblaba y apilaba su ropa en los cajones, organizada por colores. Le lustraba los zapatos y ordenaba el contenido de los armarios. Se aseguraba de que el mando a distancia de la televisión estuviera en la mesa de centro y orientado exactamente hacia la esquina de la habitación. Ella sabía lo que le gustaba (él se cercioró de que lo entendiera) y pasaba sus días haciendo todo lo que era importante para él. Pero justo cuando pensaba que lo peor había pasado, sucedía algo. El pollo que había cocinado estaba muy seco o encontraba toallas todavía dentro de la secadora, o una de las plantas de interior en el alféizar de la ventana empezaba a marchitarse, y su rostro se tensaba. Sus mejillas se encendían, sus pupilas se contraían y bebía más por las noches, tres o cuatro copas de vino en vez de solo una. Entonces, los días y las semanas siguientes eran como caminar por un campo minado, donde un solo paso en falso podía provocar la inevitable explosión, seguida de dolor.

Pero aquella era una vieja historia, ¿verdad? Su historia era la misma que la de miles, quizá millones, de mujeres. Ahora sabía que Gary no estaba bien y que no tenía arreglo. Y Gary tenía una especie de radar enfermizo e intuitivo, que parecía saber hasta dónde podía llegar. Cuando se quedó embarazada, no le puso la mano encima; sabía que lo dejaría si hacía algo que pudiera dañar al bebé. Como tampoco la tocó durante los primeros meses después de nacer Tommie, cuando se vio privada de sus horas de sueño. Fue la primera vez en su matrimonio que le permitió descuidar sus tareas domésticas. Ella seguía preparándole la comida, le hacía la colada, le lustraba los zapatos y lo besaba como a él le gustaba, pero a veces el salón estaba en desorden cuando volvía del trabajo y a veces Tommie tenía babas o manchas de comida en la ropa. No fue hasta cuando Tommie cumplió cinco o seis meses cuando volvió a abofetearla. Esa noche, Gary le regaló un juego de lencería dentro de una caja envuelta con una bonita cinta roja. Ella siempre había sabido que a Gary le gustaba verla con esas prendas, del mismo modo que era un tanto particular en cuestiones de sexo. Siempre quería que ella le susurrara ciertas cosas, quería que se peinara y se pusiera maquillaje, quería que le suplicara que la tomara, quería que le dijera guarradas. Ese día, sin embargo, cuando llegó a casa con la enagua, Beverly se sentía exhausta. Tommie se había pasado buena parte de la noche anterior llorando desconsoladamente y no paró en todo el día siguiente, mientras Gary estaba en el trabajo. A esas alturas, Beverly había bajado la guardia; a esas alturas, se había convencido de que la furia y los gritos y el dolor habían quedado atrás, así que le dijo que estaba demasiado cansada. Para compensarle, le prometió que se pondría la lencería a la noche siguiente y que sería una velada especial. Pero eso no era lo que Gary quería. Él la deseaba esa noche, no la siguiente, y entonces ella se vio conteniendo las lágrimas y con la mejilla ardiendo por la huella de la mano de su marido.

De nuevo, las disculpas. De nuevo, los regalos de después. De nuevo, la conciencia de que tendría que haberse marchado. Pero ¿adónde habría ido? ¿A su ciudad natal, con el rabo entre las piernas? ¿Para que otros le dijeran que había cometido un error casándose tan pronto y que se había equivocado al enamorarse del hombre que no debía? Aunque pudiera enfrentarse al juicio interminable de los demás, él la encontraría allí. «Sería el primer lugar donde miraría». En cuanto a acudir a la policía..., bueno, es que Gary «era» la policía, la policía más poderosa del mundo. Así pues, ¿quién la iba a creer? Y no solo eso, también había que pensar en Tommie. Durante mucho tiempo, Gary adoró a su hijo. Hablaba con él y jugaba con él; cuando el niño empezó a dar sus primeros pasos por la casa, lo sujetaba de las manos. Ella sabía lo duro que era para un niño crecer con un único progenitor; se había prometido que nunca le haría algo así a su hijo. Que Gary no cambiara pañales no parecía tan importante si se tenía en cuenta que estaba dispuesto a pasar mucho tiempo con su hijo, tanto que a veces Beverly se sentía olvidada.

Finalmente, Beverly había comprendido que Gary hacía con Tommie lo mismo que había hecho con ella. Fingía ser alguien que no era. Fingía ser el padre cariñoso e ideal. Pero Tommie crecía y a veces dejaba tirado por el suelo un juguete afilado que Gary terminaba pisando, o charcos en el suelo del cuarto de baño después de bañarse. La ira que Gary llevaba dentro podía hibernar, pero no para siempre; así pues, a medida que Tommie iba creciendo, Gary veía cada vez más imperfecciones en su hijo. Reconocía elementos de Beverly en la personalidad de Tommie. Volvió a ser el hombre que era. Beverly conocía muy bien la voz severa y los gritos ocasionales; lo que no había esperado eran los cardenales que empezó a descubrir en los muslos y los brazos de Tommie. Como si Gary hubiera apretado demasiado fuerte a su hijo o incluso le hubiera pellizcado.

Se había negado a creerle capaz de algo así. Cuando Beverly hacía algo mal, Gary le decía que lo había hecho a propósito. Pero Tommie no era más que un niño pequeño; Gary tenía que entender que los críos cometían errores, ¿no? Debía darse cuenta de que nada de lo que Tommie hacía y enfadaba a su padre estaba hecho a propósito. Beverly fue a la biblioteca, pero la información que encontró no le sirvió de mucho. Leyó todo lo que cayó en sus manos: libros, artículos, consejos de la policía, teorías de psicólogos y psiquiatras, y la realidad estaba mezclada. A veces un marido maltratador también maltrataba a sus hijos, y a veces no.

«Pero esos extraños cardenales...».

Asimismo, estaba el hecho de que Tommie había pasado de ser un bebé risueño, sonriente y sociable al niño taciturno e introvertido que era ahora. Su hijo nunca reconoció nada, pero Beverly empezó a ver el miedo en su cara cuando el coche de Gary aparecía fuera de casa después del trabajo. Veía un entusiasmo forzado cuando Gary animaba a su hijo a chutar el balón en el jardín. También recordaba la caída de Tommie cuando aprendía a subir en bicicleta unos meses antes. Tendría que haberse mantenido erguido gracias a los ruedines, pero estos fallaron, y el niño lloró en sus brazos, lleno de raspaduras en las rodillas y los hombros, mientras Gary despotricaba de lo descoordinado que era su hijo. Beverly recordaba que, con el tiempo, Gary mostró cada vez menos interés en Tommie; se acordaba de que empezó a tratarlo más como una propiedad que como a un niño al que había que querer simplemente. Recordaba que Gary le dijo que lo estaba mimando y que crecería pegado a las faldas de su madre. Recordaba que, el primer día de guardería, a Gary solo pareció preocuparle que los huevos del desayuno estaban demasiado hechos.

«Y esos extraños e inexplicables cardenales...».

Puede que Gary fuera el padre de Tommie, pero Beverly era su madre. Lo había llevado dentro y lo había traído al mundo. Lo había amamantado, y era ella quien lo había tenido en sus brazos noche tras noche hasta que aprendió a dormir más de unas pocas horas de un tirón. Le cambiaba los pañales y le preparaba las comidas, y se aseguraba de que le pusieran las vacunas, y lo llevaba al médico cuando tenía

115

una fiebre tan alta que temía que sufriera daños cerebrales. Le había enseñado a vestirse solo y le daba baños y lo amaba cada minuto que dedicaba a todas esas cosas, y disfrutaba de la inocencia de Tommie y de su continuo desarrollo, incluso si Gary seguía sus infinitos ciclos de maltrato contra ella, siempre después de que su hijo se fuera a dormir.

Se dijo a sí misma que al final no había tenido más elección que hacer lo que debía hacer. Acudir a la policía era una opción que quedaba descartada; de volver a casa ni hablar. Cualquier cosa asociada con su vida anterior no se podía ni contemplar. Tenía que desaparecer, y dejar a Tommie atrás resultaba inconcebible. Si ella no estaba, ¿en quién descargaría Gary su furia?

Lo sabía. En su fuero interno, sabía exactamente qué le ocurriría a Tommie. Así pues, cuando tramó el plan de fuga, siempre lo hizo pensando en los dos, aunque eso significara que Tommie se separara de sus amigos, de sus juguetes y prácticamente de todo para poder empezar juntos una vida completamente nueva.

14

$\mathcal{A}$ pesar de lo avanzado de la hora, Beverly no se sentía cansada. Bullía con una energía continua y nerviosa (probablemente porque había estado pensado en Gary), así que se levantó de la mecedora y volvió a la cocina. Al ver los botes de pintura amarilla y de imprimación, sintió que se le levantaba el ánimo, a pesar de los recuerdos. La cocina sería un espacio alegre cuando estuviera terminada. Encendió la radio, poniendo bajito el volumen para no despertar a Tommie, pero la música empezó a obrar su magia, ahogando sus pensamientos anteriores.

Con el mundo a oscuras detrás de las ventanas, recordó la sonrisa de Tommie mientras atrapaba renacuajos y se permitió creer que todo iba a salir bien. Sí, había desafíos, pero todo el mundo los tenía, y la gente necesitaba aprender a no preocuparse por nimiedades. Por ahora tenía comida y un techo, y seguridad y anonimato; Tommie iba al colegio y ya se le ocurriría la manera de ganar dinero. Era una persona inteligente y capacitada, y siempre había alguien que necesitaba una mujer de la limpieza, una niñera o alguien que le leyera porque había perdido vista con la edad. Y Tommie se adaptaría. Aunque todavía no había mencionado a ningún amigo, pronto conocería a un chico o una chica en clase y jugarían en el recreo, porque eso es lo que hacían los niños pequeños. A los críos les daba igual quién era quién o lo que uno hacía o ni siquiera si llevaba la misma ropa todos los días. Los niños solo querían jugar. ¿Y Peg?

Se rio en voz alta de lo tonta que había sido, se rio de que la idea hubiera cuajado siquiera en su mente. No pensaba bajar la guardia, desde luego. Gary ya habría hecho correr la voz a través de los canales gubernamentales, distribuyendo un informe sobre la sospechosa o una lista con la más buscada, pero no podía hablar personalmente con todos los policías o *sheriffs* del país. De momento, solo era un nombre y una fotografía desconocida en un cartel colgado en la pared de una oficina de Correos o en alguna bandeja de entrada de correo electrónico, junto con imágenes de terroristas, supremacistas blancos o atracadores de bancos. En un mundo en el que la delincuencia estaba desatada y la gente hacía cosas horribles cada santo día, sencillamente no era posible que la policía retuviera nombres, caras y descripciones de individuos de todo el país. Ya era difícil mantenerse al corriente de todo lo malo que sucedía en una localidad en concreto.

¿En qué había estado pensando?

«Solo estoy intentando mantenernos a salvo», susurró.

De nuevo, deseó haber cogido más ropa para ella y para Tommie. En su armario... No, se corrigió. Ya no era su armario. En su «antiguo» armario tenía unas preciosas bailarinas Christian Louboutin, con suelas rojas de ensueño, de esas que las famosas lucen en las galas de lujo o en los estrenos de cine. Gary se las había comprado por su cumpleaños, y era uno de los escasos regalos que había recibido sin que la violencia lo hubiera provocado. Nunca había tenido unos zapatos así. Probablemente podría haberlos metido a presión en la mochila; quizás es lo que debiera haber hecho. Habría estado bien sacarlas de vez en cuando, solo para contemplarlas, como hacía Dorothy en *El mago de Oz* con sus zapatillas rubí..., pero no. No era exactamente lo mismo, ahora que lo pensaba, porque lo último que deseaba era volver a la vida que había vivido antes. Este era su nuevo hogar, y estaba en su nueva cocina.

—Y mañana las paredes serán amarillas —susurró.

Necesitaban otra mano de limpieza, así que cogió el mismo trapo que había usado antes y se puso a restregar nuevamente, tomándose su tiempo, para asegurarse de que la imprimación se adheriría. Limpiaba y restregaba, mientras, por momentos, la música le despertaba las ganas de bailar. Se imaginaba lo bonita que quedaría la cocina cuando el sol de la mañana se filtrara por las ventanas.

Era tarde cuando terminó. Muy tarde. Tanto que algunas personas habrían considerado que ya era un nuevo día; como Beverly quería oír a Tommie cuando se levantara, se tumbó en el sofá del salón. En algún punto la venció el sueño; fue como si su cerebro hubiera decidido apagarse sin más, pero se despertó antes de oír a Tommie bajar por las escaleras.

El alivio de la noche pasada había desaparecido. No era la misma sensación que había tenido al despertarse del sueño del pirata, o cuando empezó a darle vueltas a la cabeza después de que Peg le dijera que le sonaba su cara. Más bien, era una sensación de temor latente, como un zumbido desagradable que insinuaba que, en su huida, se le había pasado algo por alto.

Gary habría encontrado su documentación y el móvil en casa, lo que le habría indicado que quería desaparecer del mapa. Sin el carné de identidad, no podía ir en avión a ninguna parte, de manera que las primeras paradas que su marido haría en su búsqueda serían las estaciones de tren y autobús. Ya había pensado en eso, y era la razón de que hubiera tomado tantas precauciones. También sabía que había docenas de autobuses con rumbo a distintas direcciones aquella misma mañana. Gary se informaría de eso, pero como él no tenía ni idea de la hora de su fuga, le sería más difícil seguirle la pista. ¿Qué era lo siguiente que haría?

119

Hablaría con los vendedores de las taquillas, pero ¿qué le dirían? Ninguno recordaría a una madre con su hijo. Nadie se acordaría de una mujer rubia con el pelo largo. Después, probablemente empezaría a entrevistar a los conductores, pero, con todas las posibles rutas y horarios del fin de semana, aquello le llevaría su tiempo. No descartaba que a la larga diera con el conductor de su autobús, pero ¿qué es lo que averiguaría? De nuevo, nadie habría reparado en una madre y su hijo viajando juntos. También averiguaría que un nuevo conductor había sustituido al primero y que nadie había visto a una madre y a su hijo llegar juntos a un destino ni partir hacia otro. Aunque uno de los dos conductores los hubiese visto sentados juntos por el espejo retrovisor (cosa dudosa, porque Tommie era muy bajito), ¿recordaría el segundo dónde y cuándo habían bajado exactamente del autobús? ¿Quién sería capaz de acordarse de algo así, especialmente en el transcurso del trayecto, con tantas paradas y con tanta gente subiendo y bajando en cada una de ellas? Sería lo mismo que recordar una cara cualquiera entre una multitud de paso.

Decidió que estaba a salvo porque había sido meticulosa. Estaba a salvo porque había pensado en cada detalle, porque sabía exactamente cómo Gary llevaría a cabo la búsqueda. Y, a pesar de todo, seguía sintiendo que la ansiedad ganaba terreno por dentro, como burbujas que emergen a la superficie. Entonces, cuando súbitamente cayó en la cuenta, fue como si el mismísimo Gary le hubiera propinado un puñetazo en el estómago.

«Cámaras», pensó.

Cielos.

«¿Y si las estaciones de autobús tenían cámaras?».

TERCERA PARTE

Colby

15

*P*or la mañana salí a correr bajo el cielo despejado de Florida. El aire estaba cargado de humedad y, cuando llegué a la playa, tuve que quitarme la camiseta y utilizarla de pañuelo improvisado para impedir que el sudor me entrara en los ojos. Corrí por la arena endurecida de la orilla, pasando por delante del Bobby T's y de innumerables moteles y hoteles, incluido el Don, antes de dar la vuelta y regresar a mi apartamento. Escurrí la camiseta, los pantalones cortos y los calcetines antes de entrar en la ducha para refrescarme. Luego metí toda la ropa en la lavadora, y solo después de dos tazas de café me sentí preparado para empezar el día.

Cogí mi guitarra y me pasé las dos horas siguientes retocando la canción que le había cantado Morgan, con la idea de que estaba cerca de terminarla, pero aún le faltaba un poco; sentía que esa canción tenía algo especial, pero me costaba encontrarlo. Seguí trasteando, pero mis pensamientos volvían a la pregunta de si volvería a ver a Morgan.

Almorcé, fui a dar un paseo por la playa y luego seguí probando distintas variaciones de la canción hasta que se hizo la hora de ir al Bobby T's. Como era domingo, no esperaba que hubiera mucha gente, pero al llegar todas las mesas estaban ocupadas. Busqué entre el público a Morgan y a sus amigas, pero no estaban, e hice cuanto pude por ignorar la punzada de decepción que sentí.

Toqué el primer pase (una mezcla de canciones favoritas del público y de temas propios), después pasé al segundo y luego al tercero, antes de comenzar a aceptar peticiones. Hacia la mitad del concierto, el público había aumentado. No era tan numeroso como el del viernes por la noche, pero había muchas personas de pie, y más que seguían llegando de la playa.

Cuando quedaban quince minutos para el final, aparecieron Morgan y sus amigas. A pesar de la cantidad de público se las ingeniaron para conseguir sillas. Miré a Morgan y me saludó levemente con la mano. Cuando solo me quedaba una canción por tocar, me aclaré la garganta.

—Esta va dedicada a todos los que han venido a pasárselo bien en la playa o en la piscina —grité con una sonrisa especial para Morgan, y me lancé con *Margaritaville*.

El público me jaleó y empecé a cantarla. Al poco vi a Morgan y a sus amigas animarse: fue acabar el concierto por todo lo alto.

16

*P*ara cuando dejé mi guitarra a un lado, el sol se había puesto, dejando solo una franja de amarillo en el horizonte. Mientras empezaba a recoger, un puñado de personas del público se acercaron al escenario para hacerme los habituales cumplidos y también preguntas, pero no me entretuve mucho y fui directo adonde estaban Morgan y sus amigas.

Al acercarme, percibí el regocijo de Morgan. Llevaba unos *shorts* blancos y una blusa amarilla con un amplio cuello redondo que dejaba ver su piel besada por el sol.

—Qué mono —dijo—. ¿Imagino que nos estabas dedicando esa canción a mí y a mis amigas porque te comenté que bebían en la piscina?

—Me pareció oportuno —asentí. La tenue luz del bar se proyectaba sobre su rostro de finos huesos en un juego de sombras—. ¿Cómo has pasado el día? ¿Qué has terminado haciendo?

—No mucho. Nos acostamos tarde, hemos ensayado durante una hora y media y hemos pasado el rato en la piscina. Creo que me ha dado mucho el sol. Me quema la piel.

—¿Qué habéis ensayado?

—Nuestras nuevas rutinas de baile. Hay tres canciones, y eso para nosotras es largo. Hemos llegado al punto en que nos hemos aprendido los movimientos, pero tenemos que ensayarlos mucho para garantizar que estamos perfectamente sincronizadas.

—¿Cuándo vais a grabarlo?

—Este sábado en la playa. Justo detrás del Don.

—Tendrás que decirme la hora para poder estar allí.

—Ya veremos. —Se rio—. ¿Qué haces ahora? ¿Tienes planes?

—Estaba pensando en ir a comer algo.

—¿Quieres venir con nosotras? Vamos a Shrimpys Blues.

—¿A tus amigas no les importará?

—Ha sido idea suya —dijo con una sonrisa—. ¿Por qué crees que estábamos esperándote?

17

Cargué mi camioneta en el aparcamiento mientras ellas llamaban a un Uber. Me imaginé que las seguiría con mi coche, pero Morgan vino corriendo hacia mí mientras les gritaba por encima del hombro a sus amigas: «¡Nos vemos allí!».

—Eso si no te importa, claro —dijo una vez a mi lado.

—En absoluto.

La ayudé a entrar en la camioneta y luego subí por el otro lado. El Uber acababa de llegar y sus amigas se apretujaron en el asiento trasero del sedán color plata de tamaño medio. En cuanto se incorporó al tráfico, salí detrás de él.

—Tengo otra pregunta sobre la granja —dijo.

—¿En serio?

—Me parece interesante. Si tus gallinas no están en jaulas, ¿por qué no se escapan? ¿Y cómo encuentras los huevos? ¿No se quedan desperdigados por todo el prado? ¿Es como una búsqueda de huevos de Pascua?

—Tenemos vallas alrededor de los prados, pero las gallinas son criaturas sociales y les gusta quedarse juntas. Además, prefieren la sombra, que es también donde les dejamos la comida y el agua. En cuanto a los huevos, están entrenadas para utilizar nidales, que depositan los huevos en un cajón para que podamos recogerlos.

—¿Entrenas a tus gallinas?

—No queda otra. Cuando llega un nuevo lote de gallinas, me quedo con ellas y, cada vez que una se agacha para poner un huevo, lo levanto y lo pongo en el nidal. Por lo general, las gallinas prefieren poner huevos en lugares oscuros y tranquilos, así que una vez que están en el nidal, piensan: «Uy, qué gustito», y después empiezan a usarlo regularmente.

—Eso está genial.

—Supongo. Es parte del trabajo.

—¿Haces otras cosas de agricultor? Como..., no sé, ¿también conduces un tractor?

—Claro. Y tengo que saber repararlos. Además, he de hacer un montón de carpintería, fontanería y hasta trabajos de electricidad.

Su rostro se iluminó.

—Mírate. Eres un hombre de verdad. Debe de ser bonito saber que, si hay un apocalipsis zombi, tú serás uno de los supervivientes.

Me reí.

—La verdad es que nunca lo había visto así.

—En comparación, mi vida me parece bastante aburrida.

—No pondría la mano en el fuego.

—¿Cómo es tu hermana? A ver, sé que es una artista y que vivís juntos, pero ¿cómo la describirías? ¿En tres palabras?

Me apoyé en el reposacabezas sin estar seguro de cuánto quería contarle, así que me limité a lo básico.

—Inteligente —empecé—. Talentosa. Generosa.

Aunque podría haber añadido que era una superviviente, no lo hice. Por el contrario, le expliqué que prácticamente se podía decir que Paige me había criado y que esa era una de las razones por las que estábamos tan unidos.

—¿Y tu tía? —insistió.

—Dura. Trabajadora. Honesta. Después de la muerte de mi tío, lo pasó mal, pero en cuanto empezamos a hacer cambios en la granja, volvió a ser la de siempre. La granja lo es prácticamente todo para ella, la adora. Últimamente intenta convencerme de que nos dediquemos a la carne de vacuno ecológica alimentada con hierba, aunque nunca hemos criado ganado y no sé nada al respecto.

—Podría ser buena idea. A la gente le gusta tener opciones sanas cuando hace las compras.

—Sí, pero implica muchas cosas. Tener suficientes pastos, por ejemplo, o encontrar una buena procesadora y organizar el transporte, o elegir las líneas de cría adecuadas, y buscar clientes, aparte de tropecientas mil cosas más. No sé si el lío merece la pena.

Delante de mí, el sedán plateado aminoró la marcha y entró en el aparcamiento del restaurante. Cuando se detuvo, lo rodeé y aparqué.

Una vez dentro, la encargada nos condujo a un reservado en un rincón del fondo del restaurante. En cuanto tomamos asiento y después de unos cuantos cumplidos efusivos sobre mi concierto, empezó el interrogatorio. Al igual que Morgan, sus amigas no daban crédito a que fuera granjero, y mostraron la misma curiosidad que ella sobre mi día a día. También me frieron a preguntas sobre mi niñez, mi familia y mis años en la banda de música. Entre las bebidas y la cena, logré desgranar algunos detalles sobre ellas. Stacy había crecido en Indianápolis, tenía un novio que se llamaba Steve y quería ser pediatra; Holly era de una pequeña ciudad de Kentucky y había crecido practicando casi cualquier deporte que estuviera a su alcance. Maria era de Pittsburgh, también tenía novio y acariciaba el sueño de trabajar en *Bailando con las estrellas*.

—Aunque, siendo realista, lo más probable es que termine trabajando en un estudio de danza. Y, ¿quién sabe?, qui-

129

zás algún día abra uno propio. A menos que mi madre me deje hacer coreografías con ella.

—¿Te dejará?

—Dice que aún me queda mucho que aprender. —Puso los ojos en blanco—. En ese sentido, es un hueso duro de roer.

A diferencia de Morgan, Maria no tuvo reparos en enseñarme su página de TikTok. Puso en cola un vídeo de las cuatro bailando y me pasó su teléfono. Cuando terminó, puso un segundo vídeo, y luego otro.

—Creo que ya lo ha pillado —la interrumpió Morgan, intentando quitarle el teléfono.

—Solo unos cuantos más —protestó Maria, despachándola con un gesto de la mano.

Entendí por qué eran tan populares: sus actuaciones presentaban coreografías K-pop y eran sensuales de una forma divertida, pero sin exagerar. No estaba seguro de lo que había esperado, pero me gustaron.

Después, el interrogatorio volvió a girar en torno a mí; al igual que Morgan, estaban interesadas sobre todo en las gallinas y los tomates, pero fruncieron el ceño cuando supieron que cultivaba tabaco. Tal y como le había contado a Morgan, les hablé de mis años rebeldes con la banda y de cómo había terminado siendo granjero. Morgan acabó resignándose al escrutinio que me hacían sus amigas; de vez en cuando nuestras miradas se encontraban y parecía disculparse en silencio.

No me dejaron pagar; en cambio, todos pusimos un poco de dinero en el centro de la mesa, el suficiente como para dejar una generosa propina. Me di cuenta de que cada una de ellas era tan impresionante, a su manera, como Morgan. Sin excepción, eran desenvueltas, ambiciosas y dueñas de sí mismas.

Cuando salimos del restaurante, Morgan y yo nos rezagamos un poco. Al observarla bajo la tenue luz de la puerta, tuve la sensación de que, si volvía a verla, me metería en un lío.

—Me caen bien tus amigas. Gracias por dejarme acompañaros —comenté.

—Gracias por ser tan buena persona —dijo ella, dándome un rápido pellizco en el brazo.

—¿Qué tienes pensado hacer mañana?

—Nada definitivo. Por la mañana seguro que ensayamos y lo más probable es que pasemos parte del día en la piscina, pero Holly también mencionó que le apetecía ir de compras o al Dalí. —Luego, como si se diera cuenta de con quién estaba hablando, especificó—: Es un museo en Saint Petersburg dedicado a la obra de Salvador Dalí. Un pintor surrealista.

—Mi hermana me comentó algo de eso —dije.

Tuvo que oír algo en mi tono de voz, porque me preguntó:

—¿No te interesa?

—No sé nada de arte como para estar interesado o no.

Se rio con esa risa suya, ronca y profunda.

—Por lo menos lo reconoces. ¿Y tú qué vas a hacer?

—No lo he decidido todavía. Imagino que saldré a correr, pero después... ¿quién sabe?

—¿Compondrás otra canción?

—Si se me ocurre algo, sí.

—Ojalá me pasara lo mismo que a ti, que se me ocurrieran canciones. A mí me cuesta mucho.

—Me encantaría oír algo de lo que has compuesto. Sobre todo ahora que te he visto bailar.

—Sí, claro. Maria se siente muy orgullosa de nuestras rutinas.

—Y con razón. Sois todas muy buenas. Si hubiera sabido de ti, te habría seguido como las otras tropecientas mil personas.

Justo entonces vimos un destello de faros que señalaba la llegada del Uber de las chicas. Vi a Holly echar un vistazo a su teléfono y a la matrícula del coche, confirmando la coincidencia mientras se acercaban a él antes de que se detuviera.

—Si quieres puedo llevarte al hotel.

—Voy a ir con mis amigas, pero gracias. —Luego, al cabo de un segundo añadió—: Me alegra que las hayas conocido.

—Claro.

Se quedó quieta un segundo más, como reacia a marcharse.

—Debería irme, probablemente.

—Probablemente.

—Puede que vayamos a tu próximo concierto.

—Me encantaría.

—Y, si compones otra canción, quiero ser la primera en oírla.

—Cuenta con ello. —Tuve la sensación de que ambos estábamos estancados. Las siguientes palabras me salieron casi sin pensar—: ¿Has hecho kayak alguna vez?

—¿Perdona?

—Mi amigo Ray me habló de un lugar donde puedes alquilar kayaks y remar entre manglares. Dice que es chulísimo.

—¿Y por qué me lo cuentas?

—Me preguntaba si te gustaría venir conmigo. Mañana, como no tienes nada oficialmente programado...

No era la manera ideal de invitar a salir a una chica, pero en ese momento no se me ocurría nada mejor.

Puso las manos en jarras.

—¿A qué hora estás pensando?

—¿A las nueve? Así podrás volver a tiempo para el Dalí, la piscina o lo que sea.

—¿Puede ser a las diez? ¿Por el ensayo?

—Claro. ¿Nos vemos en el vestíbulo?

Volvió a tocarme el brazo y nuestras miradas se encontraron.

—Estoy impaciente.

18

Si antes de venir me hubieran dicho que saldría con alguien en Saint Pete Beach, me habría reído. Sin embargo, mientras observaba a Morgan alejarse, no pude evitar un sentimiento de satisfacción, aunque no dejase de preguntarme dónde me estaba metiendo.

Había algo… «carismático» en ella. Esa fue la palabra que se me vino a la cabeza cuando se alejaban en el coche. Y, cuanto más lo pensaba, más adecuada se volvía la descripción. Aunque lo que sabía de ella hasta ahora agrandaba las diferencias entre nosotros, me sorprendía ser el único al que parecía preocuparle. Por alguna razón, que ambos amáramos la música era un terreno común suficiente para ella. Por ahora, en cualquier caso. O, al menos, suficiente para una primera cita.

Pero ¿adónde nos llevaba? Esta era la parte que no lograba descifrar. ¿Era un primer paso serio o íbamos hacia una simple aventura? Estaba seguro de que a un montón de tíos les habría bastado lo segundo, y puede que con cualquier otra chica a mí también. Pero Morgan me atraía por cosas más profundas.

Me dije que me gustaba, pero luego sacudí la cabeza.

No, no me gustaba. Me gustaba mucho.

19

No creo que fueran los nervios, pero, por alguna razón, me desperté al alba y no pude volver a conciliar el sueño. Salí a correr temprano y luego ordené el apartamento. Después de ducharme, pasé por la tienda de comestibles para rellenar la nevera portátil con tentempiés y algunas bebidas.

Como imaginé que me mojaría, me puse unos pantalones cortos encima del bañador, pillé una camiseta de repuesto y me calcé las chanclas. Eran las nueve y media cuando me puse en marcha hacia el hotel.

El vestíbulo, tan grandioso como el resto del palacio rosa, bullía a la luz del sol de la mañana. Consulté mi móvil y vi un mensaje de Ray, que me informaba de que al día siguiente empezaría a las cuatro y no a las cinco; eso significaba que tocaría una hora más; tampoco cambiaba gran cosa y le respondí que llegaría a la hora. Cuando apareció Morgan, iba vestida de manera informal, con un bikini turquesa asomando bajo un top blanco y unos vaqueros cortos desteñidos. Llevaba una bolsa de playa de Gucci colgada al hombro y unas gafas de sol caras en el pelo.

—Hola —dijo—. Perdona que llegue un poco tarde, pero no sabía muy bien qué ponerme.

—Creo que así vas bien —la reconforté—. ¿Lo tienes todo?

Asintió, deslicé mi brazo hacia la puerta y, un minuto después, bajábamos la larga rampa del hotel.

—¿Qué tal ha ido el ensayo?

—Como siempre. Justo cuando pensamos que ya casi lo tenemos, Maria descubre algo que todavía hay que trabajar.

—¿Dónde ensayáis? No os he visto en la playa por las mañanas cuando salgo a correr.

—Usamos una de las salas de conferencias de la planta principal. Supongo que no deberíamos, pero nadie del hotel se ha quejado. No todavía.

—Espera, ¿me estás diciendo que estás infringiendo la ley?

—A veces —reconoció—. ¿No lo hacemos todos?

—Eso sí que no me lo esperaba de ti.

—Todavía hay mucho de mí que no sabes.

—¿Te gustaría compartirlo?

—Solo si me haces las preguntas adecuadas.

—De acuerdo. —Hice como que sopesaba las posibilidades—. Háblame de tu último novio.

—Nunca te he dicho que tuviera novio.

—Pues entonces considérame un buen adivino.

—¿Qué quieres saber?

—Cualquier cosa. ¿Cómo era? ¿Cuánto tiempo salisteis juntos?

Suspiró.

—Era estudiante de Derecho, dos años mayor que yo, y nos conocimos en mi primer año de carrera. Pero yo estaba muy metida en la música, el baile y mis clases, y también quería salir con mis amigos. A él le costaba entenderlo. Se disgustaba si no podía pasar tanto tiempo con él como quería, o me insinuaba que me saltara las clases de piano o lo que fuera, y eso empezó a crisparme. Así que corté con él un par de meses después, y ahí quedó la cosa.

¿Y tú? Háblame de tu exnovia. O quizás de tu... ¿novia?
—Me miró de reojo.

—Exnovia, definitivamente —le aseguré antes de resumirle mi relación con Michelle, la incompatibilidad de nuestros horarios y que al final se había marchado de la ciudad.

Mientras me escuchaba, Morgan se limpió distraídamente los cristales de las gafas de sol con el top, con el semblante serio.

—¿Lamentas que no funcionara?

—Puede que al principio sí, un poco, pero ya no tanto.

—Yo nunca lamenté dejarlo.

—Es bueno saber que puedes dejar a alguien y que te traiga sin cuidado.

—Se lo merecía.

—Él se lo perdió.

Sonrió.

—A todo esto, a mis amigas les caes bien. Piensan que eres majo, aunque siguen sin estar seguras al cien por cien de que la excursión de hoy sea buena idea.

—Podrían haberse apuntado.

—No es que tengan miedo de que vayas a hacerme nada, es solo que soy la más joven y a veces se ven en la obligación de cuidarme —explicó.

—¿Como tus padres?

—Exacto. Según ellas, siempre he estado muy protegida, cosa que me hace ser un poco ingenua.

—¿Tienen razón?

—Tal vez un poco —reconoció con una risa—, pero creo que la mayoría de los estudiantes universitarios son ingenuos. Va un poco con la zona, especialmente si has nacido en un buen barrio y eres de buena familia. En el fondo, ¿qué sabemos nosotros del mundo real? Pero, claro, si les digo eso a mis amigas, encima dirán que me pongo a la defensiva.

La miré.

—Si te sirve de algo, a mí no me pareces ingenua. Llevas un espray en el bolso, no lo olvidemos.

—Creo que se refieren a mis emociones.

No sabía muy bien qué responder, así que desvié la conversación hacia otros temas más llevaderos. Hablamos de películas y canciones que nos gustaban, y después de que le contara cómo mi tío me había enseñado a tocar la guitarra, ella me contó que, antes de empezar el colegio, ya se había aprendido la letra de casi todas las canciones de media docena de películas de Disney. Me contó cosas de la época en que bailaba y de los conciertos en los que había actuado, y habló maravillas de un profesor particular de canto que tuvo en Chicago. Cuando empezó la universidad, siguió viéndolo cada dos semanas, a pesar de los requisitos de su especialización, que le ocupaban mucho tiempo. Cuando al final mencionó los nombres de los agentes que iba a ver en Nashville y de los cantantes a los que representaban (así como sus puntos fuertes y débiles), junto con los caprichos del negocio de la música en general, pensé otra vez que Morgan era mucho más que una cara bonita. Desprendía una sofisticación que jamás había visto en una persona tan joven, y me chocó darme cuenta de que, en comparación, mis intentos de perseguir mi propio sueño se habían quedado en nada. Mientras que ella se había dedicado a consolidar cuidadosamente sus habilidades paso a paso, sentando las bases para el éxito posterior, yo solo me había divertido.

Por extraño que parezca, eso no me hacía sentir celoso, como tampoco sentía celos de que hubiera tenido más ventajas y oportunidades que yo. Al contrario, me alegraba por ella, sobre todo porque me recordaba lo mucho que ese sueño había significado para mí. También me gustaba escucharla cuando hablaba y no tardé en entender que, cuanto más sabía de ella, más quería saber.

Cuando llegamos a Fort De Soto Park, seguí las señalizaciones y estacioné en un aparcamiento de grava cerca de una cabaña de madera donde se alquilaban kayaks. Salimos del vehículo y fuimos donde estaba el encargado, que cogió el dinero y nos entregó a cada uno un remo y un salvavidas.

—Si lleváis bañadores, es aconsejable que dejéis la ropa en la camioneta —sugirió mientras metía el dinero en la caja registradora—. A no ser que no os importe ir mojados en el camino de vuelta.

Una vez en la camioneta, hice cuanto pude para no mirar a Morgan desvestirse y quedarse en bikini. Dejé su ropa y la mía en el asiento delantero y cogí mis gafas de sol y una gorra de béisbol de la guantera. Vi que Morgan colocaba su teléfono en una funda impermeable, algo que a mí ni siquiera se me había ocurrido.

—¿Necesitas protector solar? —preguntó, recordándome otra cosa que había olvidado—. Tengo para ti si no has traído.

—Si no te importa.

Estrujó el tubo y me dispensó loción en una mano, que me unté por los brazos y la cara.

—¿Quieres que te ponga en la espalda? —preguntó.

No iba a decir que no (me gustaba la idea de sus manos sobre mí), de modo que asentí y pronto noté la loción extendiéndose por mi piel, una sensación más íntima de lo que ella seguramente imaginaba.

—¿Necesitas que te eche en la espalda también? —pregunté.

—Le pedí a Maria que me pusiera antes de salir, pero gracias.

Cuando terminamos, nos pusimos los chalecos salvavidas y llevamos los remos hasta los kayaks, que ya estaban en la orilla. El encargado nos dio una rápida lección sobre

139

cómo sujetarlos, la importancia de dar brazadas largas y suaves y cómo remar hacia atrás para cambiar de dirección. Por último, nos indicó cómo llegar a un canal que atravesaba los manglares.

—¿Vamos a volcar? —se inquietó Morgan mirando el agua.

—Estos kayaks son muy anchos, así que yo no me preocuparía —dijo el hombre—. Subid y os daré un empujón.

Cada uno se subió a su kayak, notando un ligero balanceo. Siguiendo las instrucciones del hombre, doblé ligeramente las rodillas y vi cómo Morgan se deslizaba hacia mí una vez botado su kayak. Giramos y empezamos a remar sobre aquella agua cristalina.

—Apenas se mueve —constató asombrada.

—Eso es porque pesas veintitrés kilos.

—Peso mucho más que eso.

—¿Cuánto más?

—Estás loco si crees que voy a responder a esa pregunta.

Solté una risita y ambos nos dispusimos a disfrutar del paisaje. Avistamos nubes a lo lejos, pero sobre nuestras cabezas había un cielo azul eléctrico que transformaba el agua en un espejo rutilante. Entre el follaje vimos charranes y águilas pescadoras, mientras que las tortugas tomaban el sol en troncos parcialmente sumergidos.

A mi lado, Morgan remaba grácilmente y sin casi esfuerzo.

—Entonces..., ¿esto es lo que haces con tus citas en Carolina del Norte? ¿Llevar a las chicas a experimentar la naturaleza?

—Nunca había navegado en kayak.

—Eso no responde a mi pregunta.

—Vivo en una ciudad pequeña. No hay mucho que hacer aparte de disfrutar de la naturaleza. El río, una excursión a la playa, hacer rutas por los bosques. No tenemos muchos clubes y bares.

Un poco más lejos saltó un pez; Morgan lo señaló con el remo.

—¿Qué clase de pez es ese?

—Creo que es un sábalo, pero no estoy muy seguro. Se supone que son una buena pesca, porque dan mucha batalla.

—¿Tú pescas?

—He ido un par de veces, pero no es lo mío. Lo creas o no, Paige lo disfruta más que yo, pero no me preguntes dónde aprendió. No es algo que hiciéramos mucho de pequeños.

—¿Cómo es vivir con tu hermana? Creo que no conozco ningún adulto que viva con su hermano o hermana.

Volví a preguntarme cuánto deseaba contarle..., pero estaba claro que no era el momento.

—Sé que a algunas personas les parecerá raro —reconocí—. A mí también me lo parece a veces. Pero, bueno, nunca he vivido solo, así que supongo que estoy acostumbrado. No le doy muchas vueltas, la verdad.

—Mi hermana y yo también estamos muy unidas, pero no sé si quiero vivir con ella dentro de unos años.

—Me dijiste que no se parecía nada a ti, pero ¿en qué sentido?

—No le interesan nada la música o el canto, el baile o el piano. Siempre ha sido una atleta superdotada, desde que era pequeña. Se le daban bien todos los deportes: fútbol, sóftbol, atletismo y, finalmente, voleibol, que resultó ser su pasión. La llamaron de una docena de universidades diferentes; empezará en Stanford este otoño. No está de más que mida casi uno ochenta y sea una estudiante de matrícula, por supuesto.

141

—Es alta…

—Lo sé. Le viene de parte de madre. Yo siempre he sido la renacuaja de la familia.

—Debe de ser un desafío inmenso para ti —le dije con cara de fingida tristeza—. Si tuviese aquí la guitarra, te tocaría una canción fúnebre.

—¡Oh, cierra el pico! —se quejó, salpicándome un poco con el remo y haciendo que me agachara.

Seguimos remando tranquilamente y disfrutando de la quietud. Después de un rato y recordando las indicaciones, abrí bien los ojos para detectar la apertura que conducía al canal entre los manglares. Al final lo localicé y viré en esa dirección. A la altura de la boca, el canal tenía dos metros y medio o tres de ancho, pero se estrechaba rápidamente y hacía difícil que pudiéramos remar en paralelo.

—¿Quieres ir tú primero o voy yo?

Morgan dudó.

—Normalmente te pediría que fueras tú primero, no sea que nos encontremos con un oso, una pitón gigante o lo que sea. Pero es posible que te prefiera detrás por si vuelco. Para que no me dejes atrás.

—No pienso dejarte atrás —protesté—. Además, no creo que haya osos por aquí. Y seguramente no pesas lo bastante como para volcar el kayak ni aunque quisieras.

—Entonces solo debo preocuparme por las pitones gigantes.

—Estoy seguro de que tampoco serán un problema. Pero, para tu información, te diré que normalmente las serpientes atacan al segundo o al tercero en la cola. Para cuando la serpiente se da cuenta de lo que está pasando y se prepara para atacar, el primero ya ha pasado por delante de ella.

—Entonces, está claro que abro yo el camino.

Sonreí y la seguí a pocos metros. Al cabo de un minuto,

el canal se había estrechado más; las ramas sobre nuestras cabezas formaban algo parecido a un túnel. El agua estaba tan lisa como una mesa y el aire era fresco por la sombra. Observé a Morgan remar y vi que se movía con la facilidad y ligereza de la bailarina que era. A ambos lados, los cangrejos correteaban por las ramas de los árboles. Estaba observando a uno cuando oí que me llamaba.

—¿Sigues ahí?

—Estoy justo detrás de ti.

—Era para asegurarme.

No conocía la longitud del canal, pero permanecimos bajo el túnel de ramas unos diez o quince minutos. De vez en cuando, Morgan señalaba algo que veía (generalmente, un cangrejo o un grupo de cangrejos) y me llamaba para comprobar que seguía detrás de ella, lo que me parecía tonto, porque me habría sido imposible dar la vuelta aunque hubiera querido. Pero la mayor parte del tiempo remamos en silencio en lo que parecía otro mundo, tan estremecedor como sereno.

El canal empezó a ensancharse, entró más luz a través de las copas de los árboles y, después de unas cuantas brazadas, salimos a un estuario grande.

—Ha sido asombroso —dijo Morgan con los ojos muy abiertos—. Durante unos minutos me ha parecido que perdía la noción del tiempo.

—He tenido la misma sensación.

—¿Dónde estamos?

—No tengo ni la más remota idea.

—¿Sabes cómo volver?

—Por el mismo camino por el que hemos venido, supongo.

El sol estaba alto en el cielo y la repentina falta de sombra le imprimió más intensidad. Morgan apoyó el remo en su regazo y siguió contemplando el paisaje mientras yo hacía todo lo posible por no mirar su piel desnuda, que relucía con un delicado lustre de sudor.

La corriente era débil, pero suficiente para que nuestros kayaks se separaran. Cuando sumergí el remo en el agua para cerrar la brecha, percibí una sombra a unos dos metros detrás de Morgan. Desde mi ángulo, se asemejaba a un tronco o una roca, pero... era extraño, pues también parecía moverse.

Di unas cuantas brazadas rápidas y pasé junto a Morgan. En cuanto escudriñé el agua desde un lado del kayak, comprendí lo que estaba viendo.

—¿Qué haces? —preguntó Morgan, que hizo rotar su kayak.

—Es un manatí —respondí en voz baja.

A aproximadamente un metro de la superficie, pude verle el lomo y cómo remaba casi a cámara lenta con sus enormes y anchas aletas. Morgan se me acercó poco a poco, con cara emocionada, pero también aprensiva.

—¿Son peligrosos?

—No, pero creo que es ilegal acercarse mucho. Aunque no estoy seguro.

—Quiero verlo —dijo, remando hacia mí.

Me incliné y sujeté su kayak para frenarlo hasta que se detuvo. Morgan miró fijamente el agua.

—¡Es enorme! —susurró.

No tenía ni idea de lo grandes que eran los manatíes en general, pero este parecía solo un poco más pequeño de longitud que nuestro kayak, tal vez del tamaño de un hipopótamo. Aunque a veces aparecían en Carolina del Norte, no era muy común encontrárselos; yo nunca había tenido esa suerte. Mientras lo observaba, Morgan sacó su móvil y empezó a hacer fotos. Al examinarlas, frunció el ceño.

—No se aprecia muy bien. Parece una mancha gris grande.

—¿Quieres que salte y vea si puedo acercarlo más a la superficie?

—¿Puedes hacerlo?

—Ni hablar.

Vi que ponía los ojos en blanco y luego se emocionaba.

—¡Eh, mira! ¡Está subiendo a la superficie! ¿Puedes empujar un pelín mi kayak?

Con mi remo, le di un empujoncito, lo que acortó la distancia con el animal. Aunque yo estaba más lejos, vi que, en efecto, emergía lentamente. La forma amorfa cobró nitidez, revelando la cabeza y la ancha aleta circular mientras primero giraba en una dirección y luego en la contraria. Mis ojos se desviaron del animal a Morgan, que estaba entretenida sacando fotos mientras yo maniobraba para controlar el kayak.

—¡Se está alejando! —se lamentó.

Usé mi remo para empujarla otra vez. Después de unas cuantas fotos más, bajó la cámara.

—¿Crees que lo estamos molestando?

—Estoy seguro de que ven pasar kayaks todo el tiempo. —Desde el rabillo del ojo, atisbé otra indefinida sombra a la derecha—. Oye, creo que vamos a tener más compañía. Hay otro aquí mismo.

Era ligeramente más pequeño que el primero. Morgan entrecerró los ojos para distinguirlo.

—¿Crees que son de la misma familia? ¿Como una mamá y su bebé? —preguntó.

—No tengo la menor idea.

—¿Habrá más? En plan, ¿suelen nadar en manadas o como se diga?

—¿Por qué insistes en preguntarme estas cosas? Soy un granjero de Carolina del Norte. No sé nada de manatíes.

Sus ojos centelleaban de alegría.

—¿Te importaría quitarte las gafas mientras saco el móvil? ¿Y subirte la visera de la gorra?

—¿Para qué?

—Quiero una foto tuya en el kayak. Estás muy deportista.

Obedecí y me sacó una fotografía, aunque, por cómo se movía su pulgar, era más probable que fueran una docena. Enseguida las revisó.

—Vale, perfecto. Hay algunas buenas.

Nos quedamos con los manatíes hasta que empezaron a migrar hacia aguas más profundas. Tomándolo como nuestra señal para volver, encabecé la expedición hacia la apertura.

—¿Quieres ir tú primero o voy yo?

—Guíanos tú esta vez. Pero, como te he dicho antes, no me dejes atrás.

146 —¿Qué clase de hombre te piensas que soy?

—Debo procesar esa pregunta, pero prometo responderte en cuanto la sepa.

Sonreí y me adentré en los manglares, remando despacio y mirando por encima del hombro cada poco para asegurarme de que no iba muy deprisa. Mientras tanto, Morgan siguió con sus inacabables preguntas sin respuesta sobre los manatíes. ¿Creía que los dos manatíes iban a aparearse? ¿Cuándo era la época de apareamiento? ¿Pasaban la mayor parte del tiempo en lugares como este o en mar abierto? Le dije que buscaría las respuestas en Google y se las comunicaría. A lo que ella soltó: «Para un segundo».

Me paré y giré mi kayak. Había sacado su móvil y estaba tecleando. Luego empezó a leer:

—«Los manatíes pueden pesar hasta cuatrocientos kilos y se reproducen durante todo el año, pero la mayoría nacen en primavera y verano. Suelen habitar en zonas costeras pantanosas y pueden encontrarse en lugares tan al norte como Virginia. Demuestran habilidades similares a las de los delfines». Así que son inteligentes. Por las fotos de la web, parece un delfín rechoncho cruzado con una ballena en miniatura.

—Mírate, ayudando a los desinformados.

—Me alegra haber sido de ayuda. Ve tú delante.

Seguimos reculando y hacia la mitad nos encontramos con dos kayakistas que se acercaban en la dirección opuesta. Nos movimos a la derecha agachando la cabeza y los otros chicos viraron a la izquierda y se agacharon también, pero, aun así, cuando pasaron apenas nos separaban unos centímetros.

Finalmente salimos de nuevo al canal más ancho, y desanduvimos el camino, conversando con facilidad, relatando algunas de nuestras travesuras favoritas de la infancia. Al acercarnos a la orilla, el encargado nos dirigió y atrajo nuestros kayaks a la tierra dura y húmeda. Al salir, me noté un poco rígido, pero a Morgan se la veía perfectamente ágil cuando volvimos a pie hasta la camioneta.

147

Metió la mano en la cabina y sacó su bolso.

—Vuélvete y no me espíes —avisó, alejándose un paso y dejando un aroma a aceite de coco en el aire—. Tengo el trasero mojado y quiero cambiarme y ponerme los *shorts*.

Hice lo que me pidió y, a su señal, me volví y vi que también se había puesto el top encima del bikini.

—Ahora yo —dije, y nos cambiamos el sitio; me puse los pantalones secos y arrojé mi bañador mojado al remolque.

Morgan prefirió dejar la braguita del bikini en el asiento de atrás, y era tan pequeña que podía haberla colgado del espejo retrovisor.

Le pregunté al encargado cómo ir a la zona de pícnic, que resultó estar a solo unos minutos de distancia. Mientras conducía, vi que Morgan repasaba las fotos en su móvil.

—No sé qué fotos me gustan más, si las de los manatíes o las tuyas.

—Mmm —dije, ladeando la cabeza—. ¿Eso es un cumplido o un insulto?

—Ni lo uno ni lo otro. A ti siempre puedo sacarte más fotos, pero dudo que vuelva a ver otro manatí durante mis vacaciones.

—¿Tienes hambre?

—Un poco. He desayunado, tampoco me muero de hambre.

—¿Qué has comido?

—Un té verde antes del ensayo y una bebida verde después.

Asentí, aunque no tenía la menor idea de lo que era una bebida verde.

Reduje la velocidad cuando vi los merenderos, y luego entré en la zona de aparcamiento. Ninguna de las mesas estaba ocupada y me fijé en una a la sombra de un árbol cuyo nombre desconocía, pero que supuse sería algún tipo de roble. Bajé de la camioneta, saqué la nevera del remolque y fui hacia allí con Morgan a mi lado. Planté la nevera encima de la mesa, abrí la tapa y saqué uvas, nueces, queso y saladitos, junto con dos manzanas crujientes.

—Como no sabía qué te apetecería, he traído un poco de todo.

Cogió una manzana.

—Esto será perfecto —dijo—. ¿Has traído algo de beber?

—Té helado y agua.

—¿No tendrás un té sin azúcar y sin cafeína?

—Pues sí.

Le pasé la botella en cuestión y le echó un vistazo a la etiqueta.

—Granada e hibisco —leyó—. Buena elección.

Me senté y abrí una botella de agua. Luego cogí nueces

y queso. Tras una rápida deliberación, tomé algunas uvas y la otra manzana.

—Yo no he desayunado como tú. Estoy hambriento.

—Come todo lo que quieras. Lo has traído tú todo. Ojalá hubieras traído galletas también. Me encanta una buena galleta casera. O incluso un par de Oreos.

—¿Comes galletas?

—Pues claro que como galletas. Como todo el mundo, ¿no?

—No tienes pinta de comer galletas.

Puso los ojos en blanco.

—Vale, sí, por lo general intento comer alimentos nutritivos, pero también tengo un metabolismo loco, así que, si me apetece una galleta o dos, no me privo. Desde mi punto de vista, se ejerce mucha presión sobre las mujeres para que estén delgadas, en vez de fuertes y sanas. He conocido a demasiadas chicas con trastornos alimentarios.

De nuevo, me chocó no solo la confianza que tenía en sí misma, sino también su sensatez, sobre todo teniendo en cuenta que acababa de salir de la adolescencia, como quien dice. Pensé en todo ello mientras abría las nueces y le quitaba el envoltorio al queso. Morgan sorbía el té y se comió su manzana mientras entablamos una conversación relajada. Le pregunté por sus aficiones e intereses aparte de la música, y también respondí a algunas preguntas más sobre la granja. Luego nos quedamos en silencio. Aparte del trino de los pájaros, no se oía nada, y comprendí que me gustaba que ella no sintiera la necesidad de romper el hechizo.

Le dio otro sorbo al té y luego sentí sus ojos fijos en mí con un renovado interés.

—Tengo una pregunta, pero no tienes por qué responderla.

—Pregunta lo que quieras.

—¿Cómo murió tu madre? Imagino que fue por un cáncer o alguna clase de accidente, porque era muy joven, ¿no?

No dije nada inmediatamente. Sabía que la pregunta caería, porque casi siempre lo hacía. Habitualmente, intentaba desviarla o respondía alguna vaguedad, pero a ella quería contárselo.

—Mi madre siempre fue una persona triste, incluso en la adolescencia —empecé—. O eso dice mi tía, en cualquier caso. Ella piensa que mi madre tenía depresión, pero, por las piezas que he podido recomponer desde entonces, estoy casi seguro de que era bipolar. Supongo que en el fondo no importa. Por la razón que fuera, un día se sintió especialmente deprimida y se cortó las venas en la bañera. Paige fue quien la encontró.

Morgan se llevó la mano a la boca.

—Dios mío, ¡eso es horrible! Cuánto lo siento...

Asentí, reviviendo momentáneamente el pasado; algunos recuerdos eran vívidos, pero otro tan nebulosos que habían desaparecido.

—Acabábamos de volver de la escuela, y cuando llamamos a nuestra madre, no hubo respuesta. Supongo que Paige fue al dormitorio a buscarla. No recuerdo mucho esa parte. Pero sí recuerdo que Paige me agarró de la mano y me arrastró hasta la casa del vecino. Después de eso, recuerdo los coches de la policía y la ambulancia, y a todos los vecinos parados delante de casa. No recuerdo que mis tíos vinieran a buscarnos, pero supongo que tuvieron que estar allí para llevarnos a la granja.

—Pobrecito —susurró, con la cara pálida—. Pobre Paige. No puedo imaginar lo que puede ser encontrarme así a mi madre. Ni ver nada parecido.

—Está claro.

Se quedó callada y luego me cogió la mano.

—Colby, siento habértelo preguntado. Estábamos pasando un día precioso y he tenido que estropearlo.

Negué con la cabeza, reconfortado por el calor de su mano sobre la mía.

—No lo has estropeado. Como te he dicho, eso pasó hace mucho tiempo y apenas lo recuerdo. Además, pase lo que pase, no voy a olvidar que hoy hemos visto manatíes desde los kayaks.

—Entonces, ¿me perdonas?

—No hay nada que perdonar —insistí.

Me estudió desde el otro lado de la mesa, como intentando decidir si me creía. Al final me soltó la mano y buscó las uvas para sacar un pequeño puñado.

—Lo del manatí ha sido muy guay —dijo, intentando cambiar de tema—. Los dos. Era como estar en el canal naturaleza de la tele.

Sonreí.

—¿Qué te apetece hacer ahora? ¿Te llevo de vuelta con tus amigas y así puedes ir al Dalí o de compras?

—¿Sabes lo que me apetecería hacer de verdad? —Se inclinó hacia delante y apoyó los brazos en la mesa.

—Ni idea.

—Me gustaría verte componer una canción.

—¿Así por la cara? ¿Crees que es algo que puedo encender y apagar como si fuera un grifo?

—Tú eres el que me dijo que la inspiración te venía sin más.

—¿Y si no he estado inspirado desde la última canción?

—Entonces piensa en lo que has sentido al ver al manatí, por ejemplo.

Entrecerré los ojos con escepticismo.

—Eso no basta.

—Entonces, ¿qué tal nosotros de pícnic?

—No sé si eso será suficiente.

151

Morgan se levantó de la mesa. Caminó hasta mi lado y se inclinó. Antes de darme cuenta de lo que estaba pasando, sus labios presionaron levemente los míos. No fue un gran beso, ni uno especialmente apasionado, pero fue tierno, y pude saborear un toque de manzana sobre unos labios tan suaves que parecían casi perfectos. Se apartó con una leve sonrisa, consciente de que me había pillado desprevenido.

—¿Y qué me dices de una canción sobre una mañana gloriosa y un primer beso?

Carraspeé, un poco mareado por lo que acababa de suceder.

—Sí —dije—. Eso puede que funcione.

20

*E*n el camino de vuelta al apartamento, Morgan tecleó furiosamente mensajes de texto a sus amigas entre tandas de charlas sin importancia.

—¿Contándoles el día a tus amigas? —pregunté.

—Les he dicho que hemos visto un manatí. Les he enviado algunas fotos.

—¿Están celosas?

—Han ido de compras, así que lo dudo. Tal vez luego vayan a hacer el vago en la piscina.

—¿No hay Dalí?

—Supongo que no. Y también han dicho de ir mañana a visitar Busch Gardens, en Tampa.

—Eso suena divertido.

—¿Quieres venir con nosotras? Estábamos pensando en ir directamente después del ensayo, a eso de las diez. Y pasar el día allí.

—Mañana toco a las cuatro, no puedo.

—Aay… —dijo, sonando más decepcionada de lo que yo habría esperado.

Aunque hablamos de cosas ligeras durante el trayecto, mi mente volvía una y otra vez al beso y a lo que habría significado para ella, si es que había significado algo. ¿Solo pretendía inspirarme una canción? ¿Se había sentido mal por sacar el tema de mi madre? ¿O había querido besarme porque yo le atraía de verdad? Por más que me devanaba los sesos, no llegaba a ninguna conclusión, y Morgan no había sido de gran ayuda. Nada más darme el beso, se metió una uva en la boca y se volvió a su sitio, frente a mí, como si no hubiera pasado nada. Luego me preguntó por mi signo del zodiaco. Cuando le dije que era Leo, apuntó que era Tauro, mencionando de pasada que las personas de estos dos signos no congeniaban mucho. Pero lo dijo riendo, lo que me dejó aún más confuso si cabe.

Una vez en el apartamento, aparqué en mi plaza habitual, cogí la nevera y subí los escalones de madera hasta el segundo piso. Morgan me siguió con su bolso colgado al hombro, nuestras chanclas golpeando el suelo al unísono.

—No sé por qué, pero pensé que habrías alquilado algo a orillas del mar.

—No todos tenemos padres que puedan costearnos el alojamiento.

—Es posible, pero también dijiste que eran tus primeras vacaciones desde hace años. Habría valido la pena decantarse por un sitio con vistas al atardecer.

—No lo necesitaba. Canto en la playa, así que veo atardeceres sin cesar. Aquí vengo sobre todo a dormir, a cambiarme y a hacer la colada.

—Y a componer canciones —añadió.

—Solo cuando me lo pide el cuerpo.

Cuando abrí la puerta, di gracias por haber ordenado el apartamento antes de salir y por haber dejado el aire acondicionado puesto. El verano, ya próximo, se hacía notar y el calor aumentaba a un ritmo constante.

Dejé la nevera dentro. Me notaba nervioso, de una forma que no había esperado.

—¿Qué quieres beber? ¿Agua o cerveza? Creo que queda otro té en la nevera si lo prefieres.

—Tomaré el té —respondió.

Saqué el té para ella y una botella de agua para mí. La observé mientras desenroscaba el tapón y echaba un vistazo a la sala de estar.

—Está chulo. Me gusta la decoración.

Era el típico apartamento de alquiler de vacaciones en la playa de Florida, con mobiliario funcional y barato, cojines de tonos pastel y los clásicos cuadros con peces, barcas y playas del entorno colgados en la pared.

—Gracias —dije.

Cuando lo alquilé, apenas me fijé en las fotos porque estaba centrado en el precio.

Morgan señaló el equipo de música y la guitarra en un rincón cerca del sofá.

—Así que aquí es donde ocurre, ¿eh?

—Suelo sentarme en el sofá, pero la verdad es que soy capaz de componer en cualquier sitio si puedo tocar la guitarra al mismo tiempo.

Dejó el té en la mesa de centro y luego se sentó con cautela en el sofá. Se reclinó y después se sentó hacia delante, moviéndose por los cojines.

—¿Se puede saber qué haces? —pregunté.

—Intento pillar ese don que tienes para componer canciones con tanta facilidad.

Sacudí la cabeza.

—Eres graciosa.

—Soy muchas cosas —dijo—. Pero también tengo que confesarte algo. Me he traído trabajo conmigo. Una canción en la que he estado trabajando, quiero decir. Tengo casi toda la letra y una parte de la música, más o menos, pero me preguntaba si querrías escuchar lo que he hecho. Me gustaría saber qué te parece.

—Enséñame lo que tienes —dije, sintiéndome un poco honrado.

Cogí mi guitarra y me senté a su lado en el sofá. Mientras tanto, Morgan dejó el móvil en la mesa de centro y revolvió en su bolso. Sacó un cuaderno de espiral, de los que gastan los estudiantes en el instituto y la universidad. Cuando me vio mirándolo, se encogió de hombros.

—Me gusta usar boli y papel —dijo—. No me juzgues.

—No te juzgo. —Me incliné hacia el extremo de la mesa y agité mi propio cuaderno delante de ella—. Yo hago lo mismo.

Sonrió y luego apoyó el cuaderno en su regazo.

—Enseñarte esto me pone un poco nerviosa.

—¿Por qué?

—No sé. ¿Tal vez porque tienes mucho talento?

Al principio no estaba seguro de qué responder. Finalmente le dije:

—No tienes por qué estar nerviosa. Ya pienso que eres increíble.

No tenía claro de dónde me habían salido esas palabras; parecían haberse formado sin un pensamiento consciente. Por un momento, al verla bajar la mirada, deseé no haberlo dicho, antes de comprender que en realidad podría estar ruborizándose. Como no quería insistir, di un largo suspiro.

—¿Qué clase de música te interesa? ¿Y en qué clase de canción estás pensando? —pregunté.

Vi que sus hombros se relajaban un poco antes de responder.

—Ahora mismo me interesa sobre todo el *country-pop*. ¿Como Taylor Swift en sus inicios? Pero probablemente más *pop* que *country*..., no sé si me explico.

—¿Qué tienes hasta ahora?

—Tengo la melodía principal y una parte de la letra para el estribillo. Pero todo lo demás me cuesta.

—Todas las canciones empiezan por algo. ¿Tienes la música escrita?

—Hice una grabación con mi teléfono. Al piano. —Abrió el cuaderno en la página apropiada y luego me lo pasó—. Justo aquí —dijo, antes de alcanzar su móvil. Al cabo de un segundo, encontró la grabación—. Esto es solo para el estribillo, ¿vale?

—Entendido.

Le dio al PLAY y, al cabo de un par de segundos, sonaron unos acordes de piano en tono menor que hicieron que me incorporara y me inclinara hacia delante. Supuse que la oiría cantar en la grabación, pero solo había grabado el acompañamiento de piano. Con el dedo sobre la página donde había garabateado la letra, se inclinó hacia mí y entonó la melodía con un susurro, como si le diera vergüenza que la oyeran.

En esta fase no había mucho de la canción (tal vez diez o quince segundos), pero fue suficiente para recordarme a algo que Taylor Swift podría haber escrito al inicio de su carrera. Reflejaba los pensamientos de una mujer que, tras una ruptura, se da cuenta de que está mejor que nunca y evolucionando por su cuenta. No era una idea nueva, pero tendría su público, sobre todo femenino, pues hablaba de la verdad universal de aceptarse a uno mismo. Era un tema que nunca envejecía, sobre todo si iba ligado a una melodía pegadiza que despertaba las ganas de cantarlo.

—¿Qué te parece? —preguntó.

—Es un comienzo fantástico —respondí—. Me gusta mucho.

—Lo dices por decirlo.

—No. ¿Con qué has pensado seguir? ¿Con la música o la letra?

—Ahí es donde estoy atascada. He intentado cantidad de cosas, pero nada parece funcionar. Es porque la letra no me convence, o la música no me convence, y viceversa.

—Eso es normal en las primeras fases.

—¿Y qué haces tú cuando te pasa lo mismo?

—Me pongo a probar cosas, pero sin editar o juzgarme. Pienso que es importante darle una oportunidad a cada idea que se me ocurre, por muy rara que sea. Vamos a hacer eso, ¿te parece?

Volví a escuchar la grabación, siguiendo la letra. La escuché por tercera y cuarta vez mientras rasgueaba distraídamente la guitarra. Cuando apagué la grabación y toqué la música solo con la guitarra, me dejé llevar por mi instinto. Morgan se quedó callada mientras las variaciones empezaban a brotar y superponerse en mi cabeza. Toqué unos cuantos acordes nuevos para seguir el estribillo, pero no me parecieron correctos, eran demasiado genéricos. Lo intenté de nuevo, pero el siguiente intento me pareció torpe. Seguí improvisando y experimentando durante un rato, olvidando la presencia de Morgan mientras buscaba esos pocos compases cruciales. Al final encontré la progresión de acordes que parecía funcionar y luego alteré el ritmo para hacerlo más sincopado. Paré y volví a tocarla, y, de repente, tuve la certeza de que la canción podía ser muy comercial, incluso un éxito. Volví a tocarla con más confianza, lo que atrajo el interés de Morgan. Antes de que pudiera preguntarle qué le parecía, dio una palmada y un saltito en su asiento.

—Guau —exclamó—. ¡Eso ha sido impresionante!

—¿Te gusta? —Sonreí.

—Me encanta, pero verte a ti y tu proceso ha sido la mejor parte. Oír cómo experimentas hasta descubrir qué funciona.

—No he hecho más que empezar.

—Llevas casi veinte minutos tocando.

Como siempre que me sumía en la música, el tiempo se había detenido.

—Pero ¿seguro que te ha gustado?

—Me ha encantado. Y me ha dado algunas ideas nuevas para la letra.

—¿Como qué? —pregunté.

Se lanzó a la historia que quería contar y al sentimiento que quería captar. Improvisó un par de frases pegadizas que me parecieron desafiantes y a la vez alegres, con un gancho definido, y me pregunté por qué no había tomado yo esa dirección. También jugamos con el tempo y el ritmo, y, mientras intercambiábamos ideas, supe que tenía mucho más talento del que ella misma se atribuía. Tenía un instinto afinado para la música comercial y, cuando desglosó la letra y la melodía de la primera estrofa, se abrieron las compuertas y la canción tomó impulso propio. Pasó una hora, luego otra. A medida que trabajábamos, yo notaba cómo crecía su entusiasmo. «¡Sí!», exclamaba. «¡Justo así!», o «¿puedes intentar algo como esto?», mientras tarareaba uno o dos compases. O «¿qué te parece esto para la letra?». Y, de vez en cuando, me hacía entonar la canción desde el principio. Estaba sentada cerca de mí, su pierna caliente contra la mía mientras garabateaba la letra en el cuaderno, tachando palabras o frases rechazadas. Poco a poco fuimos llegando al final, concluyendo en la misma tonalidad menor que abría la canción. Cuando paramos, el cielo detrás de la puerta corredera de cristal había pasado del azul al blanco, salpicado de reflejos rosados. Cuando se volvió hacia mí, no podía ocultar su alegría.

—No puedo creerlo.

—Ha ido bien —dije, convencido de ello.

—Quiero volver a oírlo otra vez desde el principio. Quiero grabarlo entero de una tacada, para que no se me olvide.

—No se te olvidará.

—Puede que a ti no, pero yo no pienso arriesgarme.

—Sacó una foto de la letra y luego preparó el teléfono para una grabación—. Ya está —concluyó—, vamos a oírla desde el principio.

—¿Y si esta vez la cantas tú? Es tu canción.

—Es nuestra canción —protestó—. No podría haberla hecho sin ti.

Negué con la cabeza.

—En eso te equivocas. Puede que yo te haya aclarado los pensamientos, pero es tu idea, tu historia y, en gran parte, tu música. Hace tiempo que llevas dentro esa canción. Lo único que yo he hecho ha sido ayudarte a sacarla.

Su expresión era escéptica.

—Creo que te equivocas.

—Lee la letra —insistí, dando un golpecito en la página del cuaderno—. Enséñame una frase que sea solo mía.

Ella sabía que no había ninguna; era posible que yo hubiera añadido unas palabras aquí y allá, pero eso era más trabajo de edición que de creación, y el gancho y el fraseo fácil de recordar habían sido cosa suya.

—Vale, pero la música es tuya.

—La tenías toda dentro, lo único que necesitabas era salir del atolladero. Tú has dirigido cada frase y cambio fundamental —insistí—. Morgan, yo nunca he compuesto una canción *country-pop*. No es lo que yo hago. Créeme, esta canción es tuya, no nuestra. Ambos sabemos que es una canción que yo nunca habría sido capaz de componer, aunque solo sea porque soy un hombre.

—Vale, eso lo acepto —me concedió con una carcajada antes de volver a callarse—. Todavía no puedo creer lo rápido que ha cuajado todo —murmuró—. Llevo semanas trabajando en esa canción a intervalos. He estado a punto de tirar la toalla, hasta hoy.

—Eso también me pasa a mí —admití—. Al final he aceptado la idea de que las canciones salen solo cuando están listas para salir, nunca antes. Me alegra haber formado parte de ello.

Me sonrió y me puso una mano en la rodilla.

—Gracias —dijo, con una voz llena de... ¿qué? ¿Gratitud? ¿Admiración?—. Esta ha sido... la mejor experiencia de aprendizaje que he tenido nunca.

—De nada. Y ahora quiero oírte cantar.

—¿Yo?

—Es tu canción. Deberías cantarla.

—Ha sido un día largo —objetó—. La voz sonará muy cansada.

—Deja de poner excusas.

Mientras dudaba, su mano siguió apoyada en mi rodilla; su calor se expandía por mi cuerpo.

—Vale —se ablandó, aclarándose la garganta. Apartó la mano y alcanzó su cuaderno—. Dame un momento para prepararme.

La observé levantarse del sofá y colocarse en el centro de la estancia.

—Dale al botón de grabar cuando esté lista, ¿vale? —me indicó.

Juntó las manos, como si se estuviera armando de valor. Cuando por fin levantó el cuaderno y asintió con la cabeza, pulsé GRABAR en su móvil y lo dejé en la mesita que había entre nosotros.

Al sonido de los primeros compases, Morgan pareció cobrar vida. Sus miembros se aflojaron y su rostro relució como si fuera incandescente. Antes de que terminara la primera estrofa, ya me sentía... electrizado.

La voz que emergía de la figura joven y menuda que tenía ante mí no tenía nada que envidiarles a Adele, Taylor o Mariah. Su registro y su control eran increíbles, y su sonido era grandioso. No podía creer que una complexión tan delicada pudiera producir el sonido profundo y conmovedor de una diva en su mejor momento. Estaba anonadado. Me obligué a concentrarme en el acompañamiento, procurando no despistarme. Por otro lado, Morgan actuaba sin esfuerzo, como si llevara años cantando la misma canción. Hacía ajustes sobre la marcha, improvisando la letra y completando el estribillo con trinos y vibratos que yo no había previsto. Su presencia llenaba la habitación; y, sin embargo, mientras me miraba a los ojos, era como si cantara solo para mí.

La gente se pregunta qué hace falta tener para ser una estrella, y cada músico que ha triunfado tiene su propia historia. En ese momento, sin embargo, supe sin un atisbo de duda que estaba ante un talento de talla mundial.

—Eres increíble —dije finalmente mientras su voz se apagaba.

—Eres un sol —respondió restándole importancia—. Yo dije lo mismo de ti, ¿recuerdas?

—La diferencia es que yo estoy siendo sincero. Tu voz... No se parece a nada de lo que haya oído.

Dejó el cuaderno en la mesa y luego se me acercó. Se inclinó hacia mí, atrajo mi cara hacia la suya y me besó los labios suavemente.

—Gracias. Por todo.

—Vas a ser una estrella —murmuré, completamente convencido de lo que decía.

Sonrió.

—¿Tienes hambre?

El cambio de tema me hizo pisar de nuevo con los dos pies en el suelo.

—Tengo.

—¿No sabrás dónde conseguir una buena hamburguesa con queso, por casualidad?

La observé contoneándose alrededor de la mesa de centro; entonces, el día que habíamos pasado juntos desfiló en veloces imágenes: la excursión en kayak, el sol en su pelo, la sensación de sus labios en el merendero, la visión de sus ojos cerrándose mientras cantaba. «Me estoy enamorando de ella», comprendí de pronto.

O tal vez, solo tal vez, ya lo estaba.

Me aclaré la garganta, incrédulo.

—Conozco el sitio perfecto.

21

Salimos del apartamento y nos fuimos paseando en dirección a la playa, esperando para cruzar el siempre concurrido Gulf Boulevard.

El cielo cambiaba continuamente de color y aún había cientos de personas vadeando las olas en la orilla del mar y recogiendo lentamente sus pertenencias. Yo caminaba al lado de Morgan, estudiando la forma en que los rayos del sol resaltaban los reflejos rojos y dorados de su cabello oscuro y lustroso. No podía evitar sentir que algo había cambiado en mi mundo en el poco tiempo que la conocía. Pensaba que tenía mi vida más o menos resuelta, pero pasar tiempo con Morgan había cambiado tal perspectiva. No sabría decir por qué ni cuándo había sucedido, pero me sentía diferente: eso no podía negarlo.

—Estás pensando en algo —dijo Morgan.

—A veces ocurre.

Me dio un codazo en el hombro, como había hecho en el hotel la otra noche.

—Cuenta —me apremió.

—Estoy pensando en la canción —contesté evasivo.

—Yo también —dijo, y luego se volvió para estudiarme—. ¿Quieres que trabajemos juntos en más canciones? He trabajado antes con otros letristas, pero nada comparado con lo de hoy.

La observé mientras avanzaba lentamente y la brisa alisaba su ropa contra su esbelta figura.

—Claro —respondí—. Me gusta la idea. Pero creo que me gustaría hacer cualquier cosa que implique pasar tiempo contigo.

Mis palabras la pillaron desprevenida. Avanzó unos pasos en silencio observando fijamente el mar, y comprendí que no tenía ni idea de lo que estaba pensando.

—Bien —dijo alegremente, como para disimular su incomodidad—, ¿dónde está ese sitio de las hamburguesas con queso?

Señalé un poco más lejos en la playa, donde apenas se vislumbraba un techo de paja detrás de unas dunas.

—Justo ahí.

—¿Crees que encontraremos sitio libre? —Frunció el ceño—. Al ser la hora de la puesta de sol, quiero decir. ¿O estará muy lleno?

—Eres consciente de que sueles hacerme preguntas que no tengo ni idea de cómo responder, ¿verdad?

Echó la cabeza hacia atrás y se rio, desnudando la extensión morena de su cuello. La sensación de sus labios sobre los míos me vino como un *flash*.

—Vale, pues hablemos de algo que sí sabes. ¿Tienes anécdotas divertidas de la granja que me puedas contar?

—¿Como qué?

—Como… había una vez un pollo y su dueño le cortó la cabeza porque iba a comérselo, pero el pollo todavía vivió un año más. ¿Supongo que el tronco del encéfalo no se vio afectado? Pero, en cualquier caso, el granjero le dio de comer con un gotero porque no tenía cabeza.

—Eso no es verdad.

—¡Que sí! Una vez vi el vídeo, cuando estaba en Nueva York. Salió en *Ripley, ¡aunque usted no lo crea!* En Times Square.

165

—Y tú te lo creíste, claro.

—Puedes buscarlo en Google. El granjero incluso montó un espectáculo itinerante con el pollo, que, a todo esto, se llamaba Mike. Te lo enseño cuando estemos comiendo, ¿vale?

Sacudí la cabeza.

—No tengo ninguna anécdota de pollos descabezados. Puedo hablarte de los gusanos del tabaco, pero no es gracioso.

—¡Puaj!

—Pues sí. ¿Por qué no me cuentas algo que no sepa? Como… sé que solías venir aquí con tu familia y que fuiste a la casa del lago en Minnesota, pero ¿os ibais de vacaciones a otros lugares?

—¿Y qué importancia tiene eso?

—La tiene. Como estas son mis primeras vacaciones, intento vivir indirectamente a través de tu infancia. Así sé lo que me he perdido.

—No te has perdido gran cosa —me aseguró.

—Dame ese gusto.

Levantó un poco de arena con el pie, dibujando torbellinos a su paso.

—Bueno —empezó—, cuando era pequeña, viajábamos mucho. Cada dos años íbamos a Filipinas, donde vivían mis abuelos paternos. Yo lo odiaba de cría. No hablo ni chino ni tagalo (la familia de mi padre es de etnia china, pero vivió en Filipinas durante generaciones enteras), y ¡hace un calorazo en verano…! Pero cuando fui creciendo empezaron a gustarme más esos viajes. Ver a mis primos y la comida que cocinaba mi abuela. —Se calló un momento, esbozando una sonrisa nostálgica—. A mis padres les encanta viajar, así que a veces íbamos a Hawái o Costa Rica, pero el viaje más largo que he hecho fue después de mi primer año en el instituto, cuando mis padres nos llevaron a mi hermana y a mí a Europa. Londres, París, Ámsterdam y Roma.

—Eso suena emocionante.

—En esa época yo no estaba tan emocionada como te imaginas. Fuimos sobre todo a ver museos e iglesias, y, echando la vista atrás, entiendo el valor de ver obras de Da Vinci o Miguel Ángel, pero entonces me aburría como una ostra. Recuerdo contemplar la *Mona Lisa* y pensar: «¿Esto es todo? ¿Y qué tiene de increíble?». Pero mis padres creían que cultivarse era importante para moldear la mente.

Sonreí mientras torcíamos hacia Sandbar Bill's. Todas las mesas estaban ocupadas, pero tuvimos suerte porque en ese momento una pareja se levantó de la barra, que además ofrecía una vista del atardecer.

—Mira eso. Hoy es nuestro día —dije.

Sonrió.

—No me cabe ninguna duda.

167

22

*P*edimos té helado, y eso hizo que fuéramos los únicos clientes que no bebían cerveza o cócteles. Cuando el camarero nos puso la carta delante, ambos pedimos hamburguesas con queso sin molestarnos en examinarla.

Mientras esperábamos, Morgan me enseñó el vídeo de Mike, el pollo descabezado, en YouTube, y a petición mía me contó más cosas de su infancia. Había estudiado en una escuela privada hasta el final, lo que no me sorprendió, pues sus padres valoraban claramente la educación. Me describió las clásicas camarillas e inseguridades, y los estudiantes que la habían sorprendido de forma positiva y negativa; si bien nuestras experiencias no podían haber sido más diferentes, estaba claro que, como yo, la música era el hilo conductor de todas ellas. Pensé que, para ambos, la música era una forma de moldear nuestras identidades y escapar de los traumas. Cuando se lo dije, frunció ligeramente el ceño.

—¿Crees que por eso Paige se hizo artista también?

—Puede. —Me rasqué la barbilla, recordando—. Ella solía dibujar animales y escenas asombrosas de la naturaleza, pero un día hizo un boceto de mis tíos y estaban tan vivos que parecía una foto. Recuerdo que le pedí si podía dibujar a nuestra madre, porque yo no me acordaba de ella, pero Paige dijo que ella tampoco la recordaba. —Pensando en mi hermana, añadí—: A lo mejor eso es bueno.

Sentí la mirada de Morgan fija en mí mientras le daba un sorbo al té. Se acercó un poco más.

—Ojalá pudieras venir con nosotras a Busch Gardens mañana. Nos lo pasaremos bien.

—Estoy seguro, pero el deber me llama… y todo eso. —Luego le dije mirándola a los ojos—: ¿Y si nos vemos cuando vuelvas? ¿Después del concierto? Puedo cocinar algo en casa o podemos salir por ahí.

Vi los hoyuelos de su sonrisa.

—Buena idea.

—Bien —dije, sabiendo que contaría las horas hasta entonces—. Y no pienso perderme tu actuación de danza el sábado…, eso si quieres decirme a qué hora es, para no tener que acampar fuera todo el día, quiero decir.

—Será a mediodía o quizás unos minutos después.

—Sé que tienes tropecientos seguidores, pero ¿cuántos vídeos has subido?

—Seguramente unos cuantos cientos —respondió.

—¿Tantas rutinas de baile habéis hecho?

—¡Qué va! —dijo, con un rápido movimiento de cabeza—. No sé cuántas hemos hecho, pero, básicamente, creamos rutinas para una o dos canciones, y luego partimos cada una en diez o quince segmentos.

—Entonces…, ¿qué vais a hacer para mantenerlo ahora que cada una seguirá caminos diferentes?

—Lo hemos estado hablando mucho últimamente, sobre todo esta semana. Ellas saben desde hace tiempo que el sábado es mi última actuación con el grupo. Y, hasta hace poco, Holly y Stacy también dijeron que pensaban seguir adelante con sus vidas. Sin embargo, ahora que estamos moviendo algo de dinero, creo que buscan la manera de mantenerlo vivo, al menos durante el verano. Posiblemente encontrar la manera de ensayar en FaceTime y luego reunirse en persona los fines de semana. Todavía están dándole vueltas.

—Pero ¿para ti se ha acabado?

Guardó silencio y tuve la sensación de que intentaba escoger cuidadosamente sus palabras.

—Ya sabes lo que pienso de ser una *influencer*, pero, más que eso, no quiero cometer un error a la hora de lanzar mi carrera musical. Como... No quiero que la gente piense que lo he conseguido únicamente por tener seguidores en las redes sociales. He trabajado muy duro. O sea, he estudiado ópera, por el amor de Dios. Tal vez un representante, si consigo uno, me diga qué hacer. Por ahora publicaré lo que he aceptado publicar, y eso me servirá para el próximo mes o así, pero después, ¿quién sabe? Ya veremos.

—¿Lo echarás de menos?

—Sí y no —reconoció—. Me encantan mis amigas y, al principio, las rutinas eran muy divertidas, y obviamente era emocionante ver cómo se disparaban nuestras cuentas. Pero últimamente parece que todo tiene que ser perfecto cada vez que grabamos, así que es mucho más estresante. Al mismo tiempo, intento recordarme que he aprendido mucho. He llegado a un punto en el que creo que podría coreografiar mi propio vídeo musical.

—¿En serio?

—Puede. Pero, si no, llamaré a Maria y ya está.

Sonreí. El camarero nos trajo las hamburguesas con queso y empezamos a comerlas mientras contemplábamos las primeras luces del atardecer en el cielo.

—No hemos parado de hablar de mí, pero ¿qué vas a hacer tú cuando vuelvas a casa? —me preguntó entre bocado y bocado.

Al contrario que yo, había apartado el panecillo y se comía la hamburguesa con cuchillo y tenedor; sin embargo, las patatas fritas sí que las atacó con ganas.

—Lo mismo de siempre. Ocuparme de la granja.

—¿Qué es lo primero que haces por las mañanas cuando empiezas el trabajo?

—Me aseguro de que se recojan los huevos y luego muevo las mallas de sombreado.

—¿Qué es una malla de sombreado?

Pensé en cómo podía describírselo a alguien que nunca había visto una para que lo entendiera.

—¿Recuerdas cuando te dije que a las gallinas les gusta la sombra? Eso es lo que hace una malla de sombreado. Es como una gran tienda de campaña abierta a los lados que está montada sobre patines, con cajas nido a lo largo de uno de los lados. Pero, de todas maneras, a las gallinas les gusta comer insectos, y también cagan mucho. Así que tenemos que mover la malla de sombreado cada día para procurar que tengan un ambiente limpio y fresco. También ayuda a fertilizar el suelo.

171

—¿La mueves con un tractor?

—Por supuesto.

—Quiero verte conducir un tractor.

—Serás bienvenida a la granja siempre que quieras.

—¿Y luego qué?

—Depende de la estación. Reviso el invernadero o los cultivos, veo cómo va la cosecha, o trabajo con un nuevo lote de gallinas, o remuevo la tierra de los campos, y luego está toda la gestión personal de las cosas, además de hablar con los clientes. Eso sin olvidar que siempre hay algo que se rompe y hay que repararlo. Me levanto cada día con la sensación de que hay mil cosas que hacer. Te asombrarías de lo que cuesta llevar un huevo o un tomate de la granja a la tienda.

—¿Cómo consigues hacerlo todo?

—Mi tía hace mucho, al igual que el capataz. También he aprendido a priorizar.

—No creo que esté hecha para una vida así —dijo, negando con la cabeza—. O sea, soy responsable, pero no tanto.

—Tú no tienes que vivir una vida así. Vas a ser famosa.

—Que Dios te oiga.

—Créeme —le respondí, porque nunca había tenido algo tan claro.

23

Cuando terminamos de cenar, paseamos por la playa hasta el Don. El restaurante estaba medio lleno; vi que algunos disfrutaban del atardecer desde las tumbonas de la piscina. Otra pareja salía del hotel hacia la playa; absortos en su conversación, pasaron por delante de nosotros sin percibir nuestra presencia. Morgan se detuvo en la arena a unos pasos de la terraza y se volvió hacia mí. Al mirarla, volví a pensar que 173 era lo más bonito que había visto en mi vida.

—Supongo que nos despedimos aquí —dije.

Pareció estudiar el hotel antes de volverse hacia mí.

—Gracias por el día de hoy. Por todo.

—Ha sido un placer. Ha sido el mejor día desde que llegué.

—Para mí también —dijo con tanta ternura que lo que sucedió a continuación parecía inevitable.

Acorté la distancia que nos separaba y la atraje suavemente hacia mí. Vi que sus ojos se abrían apenas y por un instante me pregunté si debía parar. Aunque me había besado dos veces, creo que ambos sabíamos que este beso implicaría emociones que ninguno había previsto hasta ese preciso momento.

Pero no pude contenerme y, ladeando la cabeza, cerré los ojos mientras nuestros labios se juntaban, primero dulcemente y luego más apasionadamente. Sentí su cuerpo apretarse contra el mío y, cuando nuestras lenguas se encontraron, el calor recorrió mi cuerpo como una corriente subterránea. La rodeé con mis brazos y la oí emitir un ronroneo gutural, y su mano me acarició el pelo.

Mientras nos besábamos, mi mente buscaba respuestas, intentando comprender cuándo y cómo había ocurrido. Podría haber sido mientras estábamos en los kayaks o cuando la oí cantar, o incluso mientras cenábamos juntos, pero sabía que me había enamorado de esta mujer, una mujer que había conocido hacía solo unos días; sin embargo, era como si la conociera de siempre.

Cuando nos separamos, mis sentimientos amenazaron con desbordarse, pero me obligué a conservar la calma. Nos quedamos mirándonos hasta que finalmente dejé escapar un suspiro, sin darme cuenta de que lo había estado reteniendo.

—Te veo mañana por la noche, Morgan —dije con la voz casi ronca.

—Buenas noches, Colby —respondió, estudiando mi cara como si estuviera memorizándola; unos minutos más tarde, mientras caminaba por la playa, me encontré reviviendo aquel beso, con la certeza de que mi vida nunca volvería a ser la misma.

CUARTA PARTE

Beverly

24

*B*everly no podía dejar de pensar en las cámaras de las estaciones de autobús.

¿Cómo podía haber sido tan tonta? ¿No había tropecientas películas y programas de televisión donde el Gobierno usaba cámaras para atrapar a espías y delincuentes? Claro, sabía que la vigilancia electrónica no era tan sofisticada como la pintaba Hollywood, pero incluso los noticiarios televisivos locales confirmaban que en la actualidad había cámaras por todas partes. Estaban instaladas en las esquinas de las calles, en los semáforos, encima de las cajas registradoras de los pequeños comercios. Recordó su presencia cuando llevó a Tommie a la tienda de comestibles para comprarle algo de comer. ¿Cómo era posible que se le hubiera pasado por alto algo tan obvio?

Con las piernas temblorosas y la mente a mil por hora, Beverly consiguió llegar a la mesa, y seguía allí sentada cuando Tommie entró en la cocina. El niño se dejó caer en la silla, frotándose los ojos del sueño. Para calmar sus nervios, Beverly se obligó a levantarse. Le sirvió un cuenco de cereales, añadió leche y le llevó el desayuno a la mesa junto con una cuchara.

Esbozó una sonrisa fugaz, deseando que él no se diera cuenta de que guardaba la compostura a duras penas, y luego fue a prepararle el almuerzo. Un sándwich de mantequilla de cacahuete y jalea, y una manzana, junto con el cambio para la leche de la cafetería. Lamentablemente, no había Doritos ni Fritos ni Oreo ni Nutter Butters, pero en estos momentos era lo único en lo que podía centrarse para no mirar por la ventana, ya con el temor de encontrar a Gary en el jardín.

—Anoche oí a alguien —dijo Tommie finalmente.

Sus palabras la sobresaltaron. Intentó recordar la última vez que el niño había hablado por la mañana sin que ella tuviera que sonsacarle las palabras. Cuando por fin procesó la frase, sintió otra oleada de ansiedad.

—Seguramente era yo —dijo—. Me quedé hasta tarde limpiando la cocina.

—Oí a alguien fuera.

El grifo goteaba con un plinc, plinc, plinc constante y rítmico que chocaba con el trino de los pájaros de la mañana. Una vieja camioneta circulaba por la carretera y Beverly vio un brazo que se agitaba desde la ventanilla antes de que desapareciera de su vista. Se levantó niebla de los campos, como si una nube hubiera caído del cielo.

—No había nadie fuera —dijo—. Lo habría oído.

—Estaba en el tejado.

El año anterior, Tommie había empezado a tener pesadillas. Beverly pensó que tenía algo que ver con la televisión que veía o tal vez con el libro *Donde viven los monstruos*. En sus primeras pesadillas, se despertaba gritando y decía que un monstruo lo perseguía. A veces, era como un dinosaurio; otras, era un animal salvaje o algún encapuchado. Y, siempre siempre, Tommie juraba que el monstruo decía su nombre.

—¿Estás seguro de que no estabas soñando?

—Estaba despierto. Podía oír la música de la cocina.

Beverly se dijo que, si hubiera sido Gary, habría ido a la cocina. Si hubieran sido los socios de Gary, ya los habrían cargado a Tommie y a ella en el todoterreno negro con las ventanas tintadas. Intentando calmarse, buscó la cera para el pelo y alisó el remolino de Tommie, aunque le temblaban las manos ligeramente.

—Lo comprobaré cuando te hayas ido al cole, pero lo más seguro es que fueran ardillas.

—Dijo mi nombre.

Beverly cerró los ojos, con un suspiro de alivio. Era claramente un sueño, gracias a Dios. Pero el alivio duró poco, barrido por su primer miedo como un castillo de arena en una marea creciente.

—Estaba cantando en la cocina con la radio. Seguramente eso es lo que oíste. —Su voz sonó extrañamente metálica y lejana.

Tommie levantó la vista hacia ella y de pronto pareció mayor para sus años, pero, al mismo tiempo, más pequeño.

—Puede —dijo finalmente.

Beverly decidió cambiar de tema.

—Si quieres, puedes traerte a un amigo después de clase.

—No tengo amigos aquí.

—Los tendrás. Seguro que hay un montón de niños simpáticos en tu clase. Y seguro que los conocerás más a fondo el día de campo. Dijiste que era dentro de poco, ¿verdad?

El niño se encogió de hombros y después se quedó callado y se terminó los cereales. Luego levantó el cuenco para beberse la leche. Beverly pensó de nuevo que debía comer algo cuando el niño se marchara al colegio; el día anterior no había tomado casi nada. Se dijo a sí misma que sería capaz de escribir un libro para personas que quisieran adelgazar; lo titularía *La dieta para los sin blanca*.

Metió el almuerzo de Tommie en la mochila y luego lo llevó al tocón de la carretera. Se sentaron y esperaron.

—Voy a buscar un viejo tarro por si te apetece que vayamos a atrapar más renacuajos después. No sé si podrás llevártelos a la exposición, pero puedes traerlos a casa durante un tiempo, si quieres.

179

Tommie estudió el suelo.

—No quiero morir, mamá.

Beverly pestañeó.

—¿Qué has dicho?

Se volvió hacia ella, con la frente fruncida.

—He dicho que no quiero que se mueran, mamá.

—¡Ah! —dijo ella, pensando que era difícil mantener sus pensamientos en orden entre tanto pensar en las cámaras y las pesadillas, entre lo poco que dormía, lo casi nada que comía y el calor cada vez más sofocante de la mañana. Tenía que esforzarse más. Debía conseguir que Tommie se sintiera a salvo.

El autobús amarillo se detuvo, chirriando y gimiendo; la puerta rechinó al abrirse. Tommie se levantó y subió al autobús sin darse la vuelta, sin ni siquiera decirle adiós.

25

Cámaras.

Aquella palabra seguía rebotando en su mente como una pelota de pimpón. Necesitaba distraerse, hacer cualquier cosa que le calmara los nervios, pero todavía le temblaban las manos y no podía ponerse a pintar. Decidió subir al dormitorio de Tommie. Aunque sabía que su hijo solo había tenido una pesadilla, le dijo que lo comprobaría para asegurarse; eso es lo que hacían las buenas madres. La ventana de su cuarto estaba metida en un hueco, por lo que era imposible ver si alguien podía subirse al tejado. Examinó el techo y se tumbó en la cama de Tommie. Intentó deducir de dónde habrían venido los sonidos, si es que los había habido, pero fingir que era Tommie no le sirvió de ayuda.

Salió de la casa y se alejó para tener una perspectiva adecuada. La habitación de su hijo daba a un lateral, y un simple vistazo confirmó que la pronunciada inclinación del tejado hacía aún más improbable que alguien pudiera pasearse por allí arriba. Pero uno de los robles tenía una rama que se extendía sobre una parte del tejado y la convertía esencialmente en una autopista para ardillas. Un día de viento, la rama podría raspar incluso las tejas, e intentó recordar si había soplado viento por la noche.

La única certeza era que nadie había pisado el tejado; nadie había susurrado el nombre de Tommie. Eso ya lo sabía; no obstante, estaba contenta de haberlo comprobado. Igual que estaba segura de que las estaciones de autobuses tenían cámaras. Ahora que lo pensaba, seguramente eran un requisito desde el 11 de septiembre, y sabía que Gary podía acceder a ellas.

Aunque se notaba más mareada que los dos últimos días, se obligó a pensar. Una vez dentro de la casa, se sentó a una mesa y se frotó las sienes, apretando fuerte con los dedos.

Sin duda, Gary exigiría ver las imágenes de la estación de autobús local del viernes por la noche, el sábado, el domingo y quizás incluso el lunes por la mañana. Se sentaría pegado a la pantalla del ordenador, a ratos pasando rápido la cinta, observando atentamente, «buscando». Aunque a ella no la reconociera de inmediato, sí que reconocería a su hijo enseguida. Podría llevarle horas o días, pero sabía que Gary acabaría por averiguar exactamente en qué autobús habían huido de la ciudad.

¿Y luego? A no ser que los autobuses tuvieran cámaras (cosa que dudaba), no podía saber dónde se habían bajado. En ese punto, seguramente intentaría hablar con los conductores, pero ¿recordaría el segundo conductor dónde se habían bajado? Era poco probable, lo que significaba que el siguiente paso de Gary sería comprobar las cámaras de otras estaciones de autobús a lo largo de la ruta. Y, de nuevo, en un momento dado, seguramente reconocería a Tommie. Luego repetiría el proceso, como un lobo con la nariz pegada al suelo, acechando a su presa, acercándose cada vez más, centrándose. Puede que hasta encontrara un vídeo de ella en la tienda de comestibles.

Pero ¿y después?

El rastro se perdía, porque ella y Tommie habían hecho autostop y habían subido a una ranchera conducida por una mujer. La mujer que sabía que no debía hacer preguntas.

¿Podría Gary encontrarla? ¿Y al vendedor de alfombras que olía a Old Spice?

Lo dudaba.

Pero ¿y si había otras cámaras en la autovía? ¿Como cámaras de tráfico? ¿Cámaras que grababan las matrículas de los vehículos?

Eso sí que era posible.

Aun poniéndose en lo peor, en lo «imposible» (que, de algún modo, Gary la hubiera seguido hasta aquel pueblo), ¿qué pasaría entonces? Podría comprobar el motel, podría ir a la cafetería, podría incluso hablar con la camarera, pero después el rastro se enfriaba. La camarera no sabía que ella buscaba un lugar donde vivir y, aparte de la propietaria de la casa, nadie sabía que estaban en la ciudad. Lo que Gary no sabía es que se había subido a otro coche en una dirección completamente distinta.

Gary podía ser tenaz e inteligente, y era capaz de explotar   183
el poder de los Gobiernos federal y estatal hasta un punto que asustaría hasta al ciudadano más valiente, pero no era Dios.

—Estoy a salvo —dijo con su voz más convincente—. No hay manera de que pueda encontrarme.

26

Sin embargo, incluso después de repasarlo todo para quedarse más tranquila, la ansiedad tardó en desaparecer. Tenía los nervios de punta, o tal vez era más la sensación de estar andando sobre una cuerda floja muy alta sin red de seguridad, pero, en cualquier caso, sabía que no estaba pensando con claridad. Le daba demasiadas vueltas a ciertas ideas y olvidaba otras por completo; tenía que centrarse, si no ya por ella, al menos sí por Tommie. La necesitaba y estaban empezando de cero. Por otro lado, las paredes naranja de la cocina parecían oprimirla y empezaban a darle jaqueca.

—Necesito pintar la cocina —susurró—. Eso hará que me sienta mejor.

Se levantó de la mesa y cogió una de las brochas, un rodillo y un cubo. Al igual que el día anterior, se quitó la camisa y los vaqueros para no mancharlos con salpicaduras de pintura. Utilizó un cuchillo de untar para abrir el bote de imprimación. En las tiendas de pintura había una máquina que agitaba los botes, pero, como no podía permitírselo, encontró una espátula de madera en uno de los cajones y la utilizó para remover. La imprimación era más espesa en el fondo, como la sustancia viscosa de un lecho pantanoso, pero ella removió y removió, intentando hacerla revivir para poder eliminar el naranja de la cocina de una vez por todas.

¿Quién en su sano juicio habría escogido un color tan feo? ¿Cómo era posible examinar todas las muestras de pintura que las tiendas ofrecían, todos los neutros bonitos, los tonos pastel o los colores de primavera, y pensar «quiero que las paredes de mi cocina parezcan una calabaza de Halloween»?

La imprimación parecía a punto, de modo que vertió un poco en el recipiente y empujó el rodillo hacia delante y hacia atrás, absorbiendo el líquido. Pasó el rodillo por las paredes, trazando rayas sobre el color calabaza y acercándose todo lo que podía a los armarios. Después utilizó la brocha, descubriendo con placer lo fácil que era llegar hasta los armarios sin dejar ni la más mínima mancha.

—Tendría que encontrar un empleo pintando cocinas feas —dijo con una risita.

Dejó secar la imprimación,limpió la brocha y el rodillo, y los puso cerca del calentador de agua del porche trasero para que se secaran. Volvió a verter el resto de la imprimación en el bote, enjuagó el recipiente, lo secó con una toallita de papel y le añadió pintura blanca brillante. Cogió otra brocha y otro rodillo, y centró su atención en los armarios, inmersa en su tarea. Cuando terminó, se plantó en medio de la cocina, asimilándolo todo.

Los armarios tenían un aspecto estupendo, como nuevos. Pero el feo color naranja se había filtrado a través de la imprimación, ensuciando las paredes de un color gris. Sintió el principio de una migraña.

«Debería comprarle ropa a Tommie», se recordó.

No solo porque no quería que los otros niños se burlaran de él, sino también porque no quería que la maestra se fijara en un detalle que podría abocar a una reunión, y lo último que ella o Tommie necesitaban en ese momento era que alguien se fijara en ellos.

Miró el reloj y calculó el tiempo necesario para ir a la ciudad, encontrar un sitio donde comprar y volver. Si salía

185

pronto, le daría tiempo; así pues, después de enjuagar rápidamente la brocha y el rodillo, subió las escaleras y se puso la peluca y la gorra de béisbol, y se enrolló los pechos con la venda elástica. Sacó un poco de dinero de su escondite y salió de casa, levantando polvo del camino de grava mientras caminaba. Y caminaba. Y caminaba. Cuando pasaba por delante de la tienda donde había comprado la comida y se acercaba al restaurante y al motel, se preguntó si estos dos comercios tendrían cámaras. Y, en ese caso, ¿durante cuánto tiempo conservarían las grabaciones? ¿Un par de días? ¿Una semana? ¿Un mes? No las conservarían para siempre, ¿no?

Por si las moscas, necesitaba mantener el perfil más bajo posible. Teniendo esto en cuenta, cruzó la calle con la visera de la gorra de béisbol bajada al pasar por delante del restaurante, y luego volvió a cambiar de acera cuando llegó a la altura del motel. Por un exceso de precaución, se detuvo e hizo como que se ataba los cordones. Echó un vistazo hacia la cafetería, y luego al motel, para ver si alguien había salido a vigilarla. Pero no había nada fuera de lo normal; se recordó que debía tener el mismo cuidado en el viaje de vuelta.

Reanudó la marcha y llegó a los límites del distrito comercial. Poco a poco, los comercios se agolpaban a ambos lados de la calle; ojalá tuviera un móvil para poder buscar la dirección de la tienda de segunda mano. En lugar de eso, pidió ayuda a unas desconocidas. Ambas eran mujeres. La primera llenaba el depósito de gasolina; la segunda salía de una cadena de restaurantes Hardee's. Incluso desde fuera, Beverly pudo oler el aroma de la fritanga, y lamentó no haber desayunado. La mujer del Hardee's le dijo que la tienda de segunda mano estaba a dos manzanas, en un centro comercial apartado de la carretera.

Beverly encontró el centro comercial y luego localizó la tienda de segunda mano, situada en un extremo. Se llamaba Segundas Oportunidades, y se metió dentro. Mantuvo la cabeza agachada al pasar por delante de la cajera, una mujer en la sesentena que tenía el cabello canoso y apagado, y le recordó a las paredes de su cocina.

La mayoría de los artículos de la sección de ropa infantil eran para bebés y niños pequeños, pero al fin encontró las tallas que necesitaba. Los artículos, aunque usados, estaban limpios, sin roturas ni manchas, y, tal como esperaba, el precio era mínimo. Al final eligió cuatro camisetas, dos pantalones cortos, unos vaqueros y unas zapatillas. Pensó que tendría que haberse llevado la mochila, pues le habría resultado más fácil cargar con todo hasta casa, pero tuvo que conformarse con una bolsa de plástico.

Emprendió el largo camino de vuelta. El sol brillaba en lo alto y hacía un calor pegajoso. Mareada, pues tenía el estómago vacío, se paraba de vez en cuando para recuperar el aliento. Le hubiera gustado disponer de un coche, pero sabía que Gary había colocado un rastreador en el que ella solía conducir. Unos meses antes de marcharse para siempre, lo había visto debajo del parachoques trasero: una lucecita roja intermitente que la incitaba a quitarla y averiguar para qué servía.

La peluca y la gorra le daban calor y le picaban, y notó que se le derretía el maquillaje. Cuando llegó a casa, se desnudó y se metió en la ducha para refrescarse; luego volvió a vestirse. Salió y se sentó en el tocón, justo a tiempo. El autobús apareció menos de un minuto después y no pudo evitar sentir una sensación de orgullo por haberlo conseguido. Como el día anterior, saludó amistosamente al conductor y pensó que quizá, solo quizá, las cosas saldrían a derechas.

—$\mathcal{H}$oy he ido a comprarte más ropa para que no tengas que seguir llevando la misma.

Estaban sentados a la mesa y Tommie asintió mientras se comía el sándwich que su madre le había preparado. Beverly le sirvió un vaso de leche también, sorprendida de lo mucho que podía comer y beber un ser humano tan pequeño.

188 —Como te habrás dado cuenta, también he empezado a pintar la cocina —añadió.

Tommie levantó la vista, como si no hubiera notado el cambio.

—¿Por qué la has pintado de gris?

—Eso es la imprimación —respondió ella—. Voy a pintar las paredes de amarillo.

—Ah —dijo Tommie. No parecía interesarle lo más mínimo, pero ella supuso que a la mayoría de los niños de su edad les daba igual la pintura de la pared.

—¿Quieres que vayamos a atrapar renacuajos cuando hayas terminado?

Él asintió otra vez mientras masticaba.

—También he comprobado el tejado. Está demasiado empinado como para que alguien pueda caminar por él, pero hay una rama que podrían haber usado las ardillas, puede que rasparan las tejas. Seguramente eso es lo que oíste o, como te dije, estarías soñando.

—Estaba despierto, mamá.

Ella sonrió; cada vez que tenía una pesadilla, decía lo mismo.

—¿Quieres más leche?

Cuando Tommie sacudió la cabeza, Beverly apreció su parecido con Gary, en la forma que el pelo le tapaba los ojos, y se preguntó cuándo le preguntaría por él.

—¿Cuándo viene papá?

Lo conocía tan bien que a veces sentía que era casi una vidente.

—Sigue trabajando —respondió—. ¿Recuerdas cuándo te lo dije? ¿Cuando nos fuimos de casa?

—Lo recuerdo —dijo, con el último bocado embutido en las mejillas, pero ella sabía que eso no respondía del todo a su pregunta.

Beverly acercó el plato al fregadero y lo enjuagó, luego hizo lo mismo con el vaso, cuando se terminó la leche. En los armarios, que no estaban mojados pero sí pegajosos —por lo que tuvo cuidado al abrirlos—, encontró un viejo tarro de cristal con tapa; concretamente, en uno de los estantes superiores. Se lo enseñó.

—¿Qué te parece si vamos a atrapar renacuajos?

189

28

Pasearon hasta llegar al arroyo, pero esta vez Beverly no se metió en el agua con Tommie. En lugar de eso, después de arremangarle los pantalones y quitarle los zapatos y los calcetines, tomó asiento en la maleza baja próxima a la orilla. Tommie sujetaba el tarro mientras vadeaba lentamente la suave corriente.

—Antes de atrapar alguno, no olvides de poner agua del arroyo en el tarro.

Tommie cogió agua con las manos y llenó el tarro hasta el borde.

—Quita un poco de agua. Está demasiado lleno y no te cabrán los renacuajos.

Hizo lo que le indicó y luego volvió a la pesca de renacuajos. Intentó atrapar uno y se le escapó, pero luego apresó dos.

—¿Cuántos puedo meter?

Beverly lo pensó un poco.

—No estoy segura, pero son pequeñitos, así que puede que siete u ocho. Si puedes atrapar tantos, claro.

—Puedo atrapar tantos —respondió, y su confianza le infundió una ráfaga de calidez.

Tommie era su misión, su mundo, y lo había sido desde el día de su nacimiento. Intentó imaginar cómo sería cuando creciera. Sería guapo, no le cabía duda, pero se le escapaban otros detalles.

—¿Qué tal te ha ido en la escuela? ¿Habéis hecho algo divertido?

—Hoy hemos tenido arte. He hecho dibujos.

—¿Qué has dibujado?

—Nos dijeron que dibujáramos nuestra casa.

Beverly se preguntó cuál habría dibujado, si la antigua o la nueva, la casa donde vivían solos y estaban finalmente a salvo.

—¿Lo tienes en tu mochila?

Asintió con la cabeza agachada, desinteresado. Se inclinó más y atrapó otro renacuajo.

—Quiero verlo cuando volvamos a casa, ¿vale? ¿Me lo enseñarás?

Él volvió a asentir, ensimismado en su pequeña aventura, y Beverly recordó las horas que había pasado coloreando con él durante los meses previos a su decisión de marcharse. Nunca había sido una de esas madres que pensaban que todo lo que hacía su hijo demostraba lo dotado que era, pero Tommie se las apañaba bastante bien para permanecer en la media, lo que no dejaba de parecerle impresionante. También le enseñó los rudimentos de la escritura, de modo que cuando empezó la guardería era capaz de escribir su propio nombre y otras palabras sin su ayuda.

Debería de haberle comprado libros para colorear y lápices en la ciudad. Eso lo habría ayudado a adaptarse a su nueva vida, y ella sabía que lo necesitaba. Su sueño de la noche pasada revelaba que, a su manera, la de un niño, estaba tan estresado como ella. Odiaba que echara de menos a su padre, odiaba que seguramente no entendiera por qué habían tenido que salir huyendo. Se preguntaba cuántas semanas o meses transcurrirían antes de que él se diera cuenta de que, en adelante, solo estaban ellos dos.

Permanecieron en el pequeño arroyo otra media hora. En ese tiempo, Tommie atrapó ocho renacuajos. Todos estaban en el tarro, como alienígenas con sus extraños cuerpos titilantes. Beverly cerró la tapa y observó cómo Tommie se ponía los calcetines y las zapatillas. Ella le había enseñado a atarse los cordones el año anterior, aunque los lazos distaban mucho de estar rectos.

En el camino de vuelta, Tommie llevó el frasco sin despegar los ojos de los renacuajos. Estaban rodeando el destartalado granero cuando Beverly miró distraídamente hacia la casa y vio una vieja camioneta sucia aparcada en la entrada.

Parpadeó para comprobar que su mente no le estaba jugando una mala pasada y el corazón le dio un vuelco cuando comprendió que lo que estaba viendo era real. Cogió a Tommie de la mano y retrocedió, manteniendo el granero entre ella y la casa, mientras su corazón seguía latiendo con fuerza.

—¿Qué pasa? —preguntó Tommie—. ¿Por qué nos paramos?

—Creo que he perdido mi pulsera —improvisó ella, a pesar de que ni siquiera se había llevado una pulsera en su huida—. Se me habrá olvidado en el arroyo. Vamos a comprobarlo, ¿vale?

Le flojeaban las piernas mientras llevaba a Tommie al punto de partida. En su cabeza seguía viendo la camioneta en la entrada de la casa. ¿Quién había venido y por qué? Intentó ralentizar el ritmo de sus pensamientos, consciente de que Tommie la estaba mirando.

No eran la policía ni el *sheriff*, porque no conducirían una camioneta como esa.

No era un todoterreno negro con los cristales tintados.

Y tampoco había visto a un grupo de hombres pululando por la propiedad. Si fueran los hombres de Gary, llevarían trajes, gafas de sol y el pelo corto. Así pues, ¿quién podía ser? Intentaba pensar con claridad, pero las ideas se volvieron confusas hasta que aspiró hondo y eso pareció ayudarla.

—Piensa —murmuró—. Piensa.

—¿Mami?

Oyó a Tommie, pero no respondió. Intentaba recordar, sin éxito, si la propietaria de la casa conducía una camioneta…, no había prestado suficiente atención. Pero ¿por qué se acercaría la propietaria hasta la casa? ¿Para ver si se había instalado bien? ¿Porque quedaba papeleo por hacer? O tal vez había enviado a un manitas para arreglar algo. ¿No le había dicho la mujer que trabajaba con un manitas? ¿O eran imaginaciones suyas?

¿Era él? ¿El manitas? ¿Se habría acercado a la casa aunque ella no hubiera llamado a la propietaria para solicitar alguna reparación? ¿O era alguien igual de inofensivo, como un vendedor o alguien preguntando por alguna dirección?

Las preguntas daban vueltas en su cabeza, sin hallar las respuestas.

Una vez en el arroyo, soltó a Tommie de la mano. Le sudaban las palmas. Se sentía débil, como en un tris de desmayarse.

193

—No sé si me la habré dejado donde estaba sentada —le dijo a Tommie—. ¿Puedes comprobarlo? Yo busco por aquí.

Se agachó, intentando pasar desapercibida, y se dio cuenta de que, a través del espeso follaje de los cornejos, podía ver el parachoques trasero de la vieja camioneta sucia en la lejana entrada a la casa. Pero tenía que fingir, hacer como que buscaba su pulsera para que Tommie no se asustara. Tenía que actuar como una artista en un escenario, aunque la palabra camioneta empezara a parpadear en su mente como una luz estroboscópica, junto con las preguntas obvias. «La camioneta, la camioneta, ¡la vieja camioneta sucia! ¿De quién era? ¿Por qué había venido?».

Si fuera uno de los esbirros de Gary, no se habría contentado con llamar a la puerta. Entraría y registraría la casa. Vería una pequeña mochila colgada de la silla de la cocina. Vería el plato con migas de sándwich y un vaso con restos de leche en el fregadero, pero ¿qué le diría eso más allá de que alguien había estado allí? Tendría que aventurarse al piso de arriba, a sus habitaciones, pero como no habían traído casi nada y los armarios estaban llenos de ropa de otras personas, no había ninguna pista que pudiera llevarle hasta Beverly o Tommie...

Excepto...

Se quedó petrificada al acordarse de ¡*Perro, corre, perro!*, el libro preferido de Tommie, junto con la figura de acción de Iron Man.

Ambos estaban en la mesita de noche. Si el hombre se asomaba a la habitación (y tenía que ser un hombre, decidió Beverly), los encontraría, sin duda, pero la cuestión era si Gary se habría percatado de que ella los había cogido.

Se preguntó si aquel hombre estaría en estos momentos en la casa. Se preguntó si habría más de un hombre abriendo cajones y verificando el frigorífico y buscando libros como ¡*Corre, perro, corre!* y figuras de Iron Man. Se preguntó si llevaría guantes de cuero negro y una pistola debajo de la chaqueta mientras otro tipo igual de peligroso se quedaba abajo vigilando. Se preguntó si la esperaría o si decidiría ir a buscarla. Y, mientras escudriñaba los pastizales detrás del arroyo, supo que no había ningún lugar donde esconderse.

—A lo mejor se me ha caído de camino —le dijo a Tommie—. Tú sigue mirando por aquí, ¿vale? Ahora vuelvo.

Las palabras sonaron temblorosas a sus oídos, pero se obligó a volver sobre sus pasos hasta el antiguo granero. Se arrastró hasta la esquina y se asomó por un lateral.

La camioneta seguía en su sitio, pero un momento después vio que alguien bajaba del porche y caminaba hacia ella. Sin duda era un hombre: su forma de moverse lo delataba; llevaba vaqueros, camisa de manga larga, botas de trabajo y una gorra de béisbol. Iba solo. Estaba convencida de que se pararía y miraría en su dirección, pero, por el contrario, solo abrió la puerta de la camioneta y subió. Beverly oyó que el motor arrancaba y después vio cómo la camioneta daba marcha atrás. Cuando llegó al camino de tierra, se fue en dirección contraria a la ciudad, hacia Dios sabía dónde. Esperó, y luego esperó un poco más, pero, aparte del trino de los pájaros, no se oía nada. Se deslizó hasta la casa. Quería cerciorarse de que no había nadie dentro, de que no era una trampa. Subió los escalones del porche y vio huellas de polvo que conducían a la puerta, impresas en el felpudo; luego volvían hacia los escalones del porche.

Cuando abrió la puerta no había huellas visibles; tampoco había ningún rastro en el linóleo del suelo de la cocina ni en las escaleras. Arriba vio *¡Corre, perro, corre!* y el Iron Man en la mesita junto a la cama de Tommie. En el cuarto de baño, su ropa colgaba de la barra de la cortina de la ducha; su peluca estaba cerca de la pila, en el mismo sitio donde la había dejado. No daba la impresión de que hubiesen alterado nada.

Seguía temblando cuando fue corriendo al arroyo. Tommie continuó pateando la hierba y la tierra hasta que se percató de su presencia. 195

—¿La has encontrado? —le preguntó el niño.

—No. Supongo que se ha perdido —respondió ella.

Él asintió y cogió el tarro.

—¿Cuánto tiempo puedo quedármelos? —preguntó.

El sonido de su voz la sosegaba, aunque no se había repuesto del susto.

—Los traeremos después de la cena, ¿vale?

29

$\mathcal{U}$na vez en casa, abrió la mochila de Tommie y estudió el dibujo que había hecho, con la esperanza de que eso la ayudara a dejar de pensar en la camioneta y en el hombre que había salido de la nada. Cuando vio la imagen de su antigua casa, con el tejado plano y los grandes ventanales, sintió tristeza, pero, aun así, sonrió.

—Está muy bien. Estás hecho un artista.

—¿Puedo ver los dibujos?

—Un ratito. Mientras preparo la cena, ¿vale? ¿Quieres que te lleve los renacuajos para que se sienten contigo?

—Ajá —murmuró mientras iban al salón.

Encendió el televisor y, por suerte, echaban dibujos animados.

—No te sientes muy cerca de la pantalla. No es bueno para los ojos.

Él asintió, inmerso en los dibujos en cuestión de segundos.

Dejó el tarro en la mesa de centro y volvió a la cocina. Se dio cuenta de que había olvidado descongelar el pollo, ¿o esta noche les tocaba hamburguesa? Como no dejaba de ver al hombre de la camioneta, le resultaba casi imposible recodarlo.

—¿Esta noche toca pollo o hamburguesa? —preguntó gritando.

—Hamburguesa —respondió Tommie.

«Uy, claro», pensó. Habían cenado pollo la noche anterior, con alubias y zanahorias, y ella había mordisqueado las zanahorias que Tommie no se había terminado...

Sacó del congelador dos porciones de hamburguesa, dudó y volvió a meter una. Con el estómago cerrado como un puño, era imposible que pudiera comer una ración completa. En realidad, no tenía hambre.

Buscó una bolsa con cierre, metió la porción de hamburguesa y la puso en agua caliente para descongelarla. Troceó las zanahorias, cortó algunos ramilletes de un tallo de coliflor y lo puso todo en una bandeja. Encendió el horno, sabiendo que tardaría unos minutos en alcanzar la temperatura deseada, y vio que le temblaban las manos.

No podía dejar de mirar por la ventana para controlar la carretera. ¿Estaban a salvo? Y, si no lo estaban, ¿adónde podrían ir? No tenía dinero suficiente para otra fuga, para billetes de autobús, alquiler y comida. Mientras metía la bandeja en el horno, se preguntó cuánto tiempo le quedaba si Gary había enviado al hombre de la camioneta.

¿Minutos? ¿Horas?

¿O estaba dejando que sus pensamientos se descontrolaran, como había ocurrido con Peg?

Fue a la puerta principal y, tras abrirla, se quedó mirando las huellas de polvo en el felpudo y los escalones. Esto no tenía nada que ver con el sueño de Tommie y las voces en el tejado. Ni tampoco con lo de Peg, que seguramente repetía la misma cantinela al primero que entraba en la tienda.

Esto era real, no cabía ninguna duda.

Oía los dibujos animados desde el salón; de vez en cuando, Tommie se reía. Preparó la hamburguesa en una sartén, consciente del nudo que tenía en el estómago. Cuando las verduras se ablandaron, justo como le gustaban a Tommie, le sirvió casi toda la comida y lo llamó a la mesa. Comieron en silencio. Beverly picoteó con desgana un poco de coliflor.

197

Tenía los nervios de punta y esperaba las sirenas y las luces intermitentes de un momento a otro, y un abrupto y furioso aporreo en la puerta.

Pero no se presentó nadie.

Mientras dejaba los platos en el fregadero, pensó que, si Gary había enviado al hombre, no perdería el tiempo yendo a por ellos. No se arriesgaría a que volvieran a huir; no se arriesgaría a perder a Tommie. El año anterior, después de darle un puñetazo, le advirtió que si alguna vez intentaba marcharse o llevarse a su hijo los perseguiría hasta el fin del mundo. Y, cuando los encontrara, ella no volvería a ver a Tommie.

Pero todo seguía tranquilo.

—¿Y si vamos a soltar los renacuajos? —le preguntó a Tommie, y ambos emprendieron el camino de vuelta al arroyo.

198 Mientras observaba a su hijo abrir el tarro y liberarlos, tuvo la certeza de que la casa estaría rodeada cuando volvieran.

Sin embargo, aparte del sonido de las ranas y los grillos, no se oía nada. Una vez en casa y demasiado cansada como para jugar a algún juego con Tommie, le dejó mirar más dibujos, hasta que empezó a bostezar. Lo mandó arriba para que se bañara y se cepillara los dientes, y sacó la camisa, los pantalones y las zapatillas que había comprado ese mismo día. Intentó calcular cuántas horas habían transcurrido desde que había visto al hombre de la camioneta. Si Gary no podía venir inmediatamente, ordenaría a la policía local o al *sheriff* que cumplieran su voluntad, así que... ¿dónde estaban?

Le leyó *¡Corre, perro, corre!* a Tommie, le dio un beso en la mejilla y le dijo que lo quería. Después, una vez abajo, se sentó en el sofá a esperar, al acecho de destellos de faros en las paredes, atenta al ruido de motor de algún coche aproximándose.

Pasó más tiempo. Y luego más horas, hasta que pensó que debía de ser pasada la medianoche, pero el mundo exterior seguía oscuro e inmóvil. No obstante, dormir estaba fuera de toda cuestión; cuando finalmente fue a la cocina a servirse un vaso de agua, las paredes le siguieron pareciendo deprimentes. Y si, Dios no lo quisiera, este iba a ser su último día allí, no pensaba quedarse encerrada entre paredes grises y lúgubres.

Abrió el bote, removió la pintura amarilla hasta que se asemejó al color margarita de verano, y luego la vertió en el recipiente. Con el rodillo y la brocha que había dejado secar cerca del calentador de agua cubrió la tristeza gris de las paredes, tomándose su tiempo e, incluso antes de terminar, supo que deseaba añadir una segunda capa, que empezó a pintar inmediatamente después de haber terminado la primera. Ya que estaba en ello, decidió que los armarios también necesitaban otra mano... Así pues, cuando salió el sol y Tommie bajó despacito las escaleras para desayunar, ella seguía pintando.

30

$\mathcal{A}$ pesar de la falta de sueño, Beverly se encontraba asombrosamente bien, sobre todo porque nadie había circulado en toda la noche por la carretera que pasaba por delante de su casa y, de alguna manera, había sido capaz de acabar la cocina. Tommie tampoco había tenido pesadillas; cuando le preguntó cómo había dormido, se encogió de hombros, le dijo que bien y se comió los cereales, como hacía la mayoría de los días.

Lo acompañó al autobús y se despidió de él con la mano mientras tomaba asiento. Para su alegría, él también levantó la mano, cosa que le hizo pensar que se estaba acostumbrando a su nueva vida.

Dentro, las paredes de la cocina eran de un amarillo vivo y alegre, y los armarios parecían como nuevos. Era increíble lo mucho que un solo color podía modificar el ambiente; recordó su idea de ir a recoger flores silvestres para el tarro de mermelada. Volvió a salir, arrancó todas las flores que pudo, las puso en el tarro y llevó el arreglo a la mesa. Dio un paso atrás y observó la cocina en su conjunto, sintiéndose satisfecha. Era bonita, la clase de cocina que siempre había querido, y volvió a preguntarse quién había tenido la locura de creer que las paredes naranjas podían quedar la mitad de bien.

Pero la pared burdeos del salón tenía que desaparecer,

aunque probablemente una siesta era lo que más necesitaba. Sabía que tenía los nervios a flor de piel por el susto del día anterior (igual que sabía que seguramente caería rendida más tarde), pero el color burdeos se le hacía intolerable, como sacado de una funeraria espeluznante.

Encendió la radio antes de ponerse manos a la obra. Primero, desconectó todos los cables del televisor. El mueble de la pared pesaba mucho y tuvo que vaciarlo, incluidos el televisor y el reproductor de DVD; dejó todos aquellos objetos esparcidos por el salón. Aun así, apenas podía mover semejante armatoste. Cuando logró hacer suficiente hueco para caber detrás, le dolían los brazos y la espalda. Volvió a la cocina y limpió el rodillo y la brocha, sacudiéndoles el agua en el porche delantero y sustituyéndolos por otros secos. Apenas quedaba imprimación, pero tendría que servir. Lo llevó todo al salón y vertió lo que quedaba en el recipiente. Lo extendió sobre la odiosa pared burdeos en largos y anchos brochazos, como si dirigiera una banda de música; con cada pasada, la habitación iba adquiriendo mejor aspecto.

De vez en cuando, el pinchadiscos aparecía entre canción y canción, contando chistes, anunciando conciertos o destacando las últimas noticias, siempre de otros lugares; lugares en los que ella nunca había estado. Por lo que Beverly sabía, aquella era la clase de ciudad donde nunca ocurría nada emocionante. Entonces volvió a sumirse en sus preocupaciones: la pesadilla de Tommie, Peg, las cámaras en las estaciones de autobuses y el hombre de la camioneta que había ido a su casa. Se reprendió a sí misma por permitir que su paranoia se descontrolara y se preguntó si se pasaría el resto de su vida mirando con miedo a todas partes. Supuso que era lo más probable.

—Estamos a salvo porque me preocupo —susurró—. Y me preocupo para mantenernos a salvo.

La imprimación se acabó cuando la pared estaba a medias; ¿encontraría más en el porche trasero? Echó un vistazo al salón, que parecía arrasado por un tornado (Tommie pensaría que se había vuelto loca), pero, a menos que estuviera dispuesta a colocarlo todo en su sitio y a sacarlo al día siguiente para volver a meterlo de nuevo una vez pintada la pared, el salón tendría que permanecer en este estado durante uno o dos días. Además, no podía dejar la pared a medias.

De camino al porche, cogió el bote de pintura amarilla, pensando que podía aprovechar para guardarlo mientras buscaba más imprimación. Sin embargo, cuando lo colocó en la estantería, se le cayó otro bote por accidente. Al chocar contra el suelo de cemento, sonó a hueco. Vio que la tapa estaba parcialmente abierta; curiosa por averiguar por qué alguien guardaría un bote de pintura vacío, la levantó del todo. Dentro había una bolsita de plástico llena de marihuana, junto con una pipa y un mechero.

No era una mojigata; había fumado hierba en el pasado, pero no le había gustado la sensación, así que no era lo suyo. No había una cantidad enorme (no era como los ladrillos que había visto en las películas), pero le pareció excesivo para un consumidor ocasional. Levantó la vista y observó la cantidad de botes de pintura en las estanterías y no pudo evitar preguntarse si también otros contendrían marihuana. Vio un taburete bajo en un rincón. Lo usó para comprobar los otros botes uno a uno, oyendo el chapoteo del líquido al agitarlos. Respiró aliviada; lo último que necesitaba era que la encontraran en una casa llena de drogas. Si el secuestro no la metía entre rejas de por vida, los cargos por drogas se encargarían de hacerlo. Llevó la bolsita a la cocina y se preguntó si la gente que había vivido en la casa antes que ella (sin duda los mismos que habían pintado la cocina de un naranja espantoso) había olvidado las drogas o las habían dejado a propósito porque no querían que los pillaran con ellas. En cualquier caso, aquello explicaba por qué la casa estaba en condiciones para entrar a vivir; tal como había supuesto, era probable que los antiguos residentes hubieran huido. Eso también explicaba por qué la propietaria no había hecho demasiadas preguntas y se había mostrado más que dispuesta a aceptar dinero en metálico. Estaba acostumbrada a inquilinos de los que prefería no saber nada.

Sin embargo, Tommie no debía vivir en una casa con drogas, de eso estaba segura. Sacó una taza de café del armario, machacó los cogollos hasta deshacerlos en diminutos granos, luego llenó la bolsita de agua y lo tiró todo por el desagüe del fregadero. Por si acaso, encendió el triturador de basura. En cuanto a la pipa y el mechero, se limitó a tirarlos a la maleza lo más lejos posible de la casa, sabiendo que, incluso si Tommie encontraba la pipa por casualidad, no tendría ni la menor idea de lo que estaba viendo. También decidió que sería buena idea revisar el resto de la casa, solo para asegurarse de que Tommie no encontrase nada que no debiera.

Fue solo al volver a la cocina para empezar su inspección cuando se dio cuenta de que había una bolsa de papel sobre la encimera. Se quedó sin aliento.

«El almuerzo de Tommie».

Se le había olvidado meterlo en la mochila. El reloj de la pared indicaba que se acercaban las diez y media. No sabía a qué hora solían almorzar en la escuela, pero sí que no le quedaba mucho tiempo y subió corriendo las escaleras. Se puso la peluca y la gorra a toda prisa, y cogió las gafas de sol, pero no se molestó en ponerse el maquillaje ni la venda elástica, pues lo único que iba a hacer era dejar el almuerzo en la secretaría. Entraría y saldría del colegio en un minuto.

Pero ¿cómo iba a llegar hasta allí?

La escuela estaba a muchos kilómetros de distancia, demasiado lejos para ir andando, lo que significaba que su única esperanza era que algún buen samaritano la llevara. Como la anciana de la ranchera o el vendedor de alfombras que olía a Old Spice. Nunca había mucho tráfico en la carretera, pero tal vez tendría suerte.

Cogió la bolsa del almuerzo y salió trotando por la puerta hacia el camino de grava, girando en dirección a la ciudad.

Caminó durante seis o siete minutos, mirando de vez en cuando por encima del hombro, hasta que por fin vio un coche que se acercaba por detrás. Temía que, si se limitaba a levantar el pulgar, el conductor la ignoraría, así que empezó a agitar los brazos, el grito universal de auxilio en carretera. Como era de esperar, el coche aminoró la marcha y se detuvo a poca distancia de ella. La mujer al volante del todoterreno compacto plateado tenía unos treinta años y llevaba el pelo rubio, recogido en una coleta despeinada. Beverly se acercó a la puerta del conductor y se quedó mirando mientras bajaba la ventanilla.

—Gracias por parar —empezó a decir—. Sé que esto sonará raro, pero he olvidado darle a mi hijo su almuerzo y mi coche no arranca —balbució, sosteniendo en alto la bolsa—. Necesito ir al colegio y me preguntaba si podrías acercarme. Por favor. Es una emergencia.

La mujer vaciló, momentáneamente confusa, y Beverly tuvo la sensación de que la conocía, como si la hubiera visto en la tele. Estaba claro que la mujer nunca había recogido a un extraño y Beverly adivinaba que recorría mentalmente todas las opciones.

—Oh, mmm... Sí, supongo que puedo ayudarte —dijo finalmente—. De todas formas, voy en esa dirección. Te refieres a la escuela primaria John Small, ¿no?

—Eso es —asintió Beverly, con gran alivio—. Muchas gracias. No sabes lo mucho que esto significa para mí.

Antes de que la mujer pudiera cambiar de opinión, Beverly rodeó el coche y subió. La mujer pareció estudiarla de tal modo que se aseguró de que llevaba la peluca y la gorra bien puestas.

—¿Cómo has dicho que te llamas?

—Beverly.

—Soy Leslie Watkins —dijo ella— Creo que te he visto en la escuela. Mi hija Amelia también estudia allí. Está en cuarto. ¿En qué curso está tu hijo?

—Está en primero —respondió Beverly; en realidad, solo había ido una vez a la escuela, para matricular a Tommie.

—¿Con la señora Morris o con la señora Campbell? —Sonrió tímidamente a Beverly—. Soy voluntaria en la escuela un par de veces a la semana. Conozco a casi todo el mundo.

Lo que explicaba que la mujer la hubiera reconocido, comprendió Beverly.

—No lo sé seguro —dijo—. Debería saberlo, pero acabamos de mudarnos y con todo el lío…

—Lo entiendo —respondió la mujer—. Mudarse siempre es un estrés. ¿De dónde eres?

—De Pensilvania —mintió Beverly—. Pittsburgh.

—¿Y qué te ha traído a esta parte del mundo?

«Como si pudiera responder a eso», pensó Beverly.

—Quería empezar de cero —respondió al cabo de un momento.

Deseó que la mujer fuera más como la anciana de la ranchera o la propietaria de la casa, que habían intuido que era mejor no hacer tantas preguntas. Detrás de ella, Beverly oyó una vocecita.

—Mamá…

205

La mujer miró por el espejo retrovisor.

—Ya estamos casi, Camille. ¿Estás bien, tesoro?

Beverly echó un vistazo rápido por encima del hombro, sorprendida de no haber visto que había una niña en la silla del coche detrás de ella. ¿Cómo era posible que se le hubiera pasado por alto?

—¿Cuántos años tiene?

—Casi dos —respondió la mujer, sin apartar la vista del retrovisor—. Y hoy es mi compañera de recados, ¿a que sí, tesoro?

—Ca… dos —repitió Camille con una vocecita aguda.

Beverly la saludó con la mano, acordándose de Tommie cuando tenía esa edad y cada día aprendía algo nuevo. Había sido un bebé tan dulce que ella apenas se había dado cuenta de los supuestos «terribles» dos años mientras transcurrían.

—Es preciosa —comentó Beverly.

—Gracias. Eso pienso yo. Mamá tiene mucha suerte, ¿a que sí, Camille?

—Suer… te —repitió Camille.

Beverly se volvió, pensando en imágenes de Tommie cuando era pequeño, y pronto abandonaron el camino de grava para desviarse por una pista de asfalto que se extendía a ambos lados entre granjas. Llevaba la bolsa con el almuerzo en el regazo y volvió a preguntarse cómo era posible que se le hubiera olvidado meterlo en la mochila: ojalá llegara a tiempo.

—¿Sabes cuándo comen los niños?

—Los más pequeños comen a las once y cuarto. No te preocupes. Te dejaré allí con tiempo de sobra. ¿Te gusta nuestra pequeña ciudad… por ahora?

—Es tranquila.

—Sí, eso es cierto. A mí también me costó un tiempo acostumbrarme. Nos mudamos hace cinco años para estar más cerca de los padres de mi marido. Les encanta pasar tiempo con sus nietos...

A partir de ahí, Leslie siguió con el parloteo, haciendo solo alguna pregunta ocasional y hablando como una guía turística local. La informó de sus restaurantes favoritos en la ciudad, de algunas tiendas que valían la pena cerca del paseo marítimo y del centro recreativo, donde Beverly podía apuntar a Tommie al béisbol o al fútbol, y prácticamente a cualquier otra actividad que pudiera interesar a su hijo. Beverly escuchaba a medias: no tenía dinero para apuntar a Tommie a nada.

Solo unos minutos más tarde entraron en el recinto de la escuela y Beverly tuvo una sensación de *déjà-vu* al acercarse al edificio. Vio los campos a un lado y, al otro, el gimnasio y los columpios. Se preguntó si Tommie habría jugado ya en ellos; de pequeña, le encantaba columpiarse. Recordaba rogar a sus amigos que la empujaran cada vez más alto, para sentirse como si se estuviera cayendo.

«Como en el sueño del pirata, el de hace un par de noches...».

Beverly tuvo un espasmo y el movimiento sobresaltó a Leslie, que la miró con preocupación. Para evitar preguntas, Beverly volvió a darle las gracias rápidamente cuando el coche se detuvo. Se volvió en el asiento y se despidió de Camille con la mano antes de abrir la puerta y salir de un salto. Saludó por última vez con la mano mientras Leslie se alejaba.

Cuando entró en el edificio, la familiaridad que había experimentado anteriormente dio paso a una ligera sensación de desorientación. Donde pensó que habría una secretaria detrás de un escritorio, no había más que un espacio vacío; donde pensó que estaría la puerta del despacho del director, había un largo pasillo, y el lugar entero le pareció

207

más estrecho y claustrofóbico de lo que recordaba. Solo después de sacudir la cabeza comprendió que estaba imaginando el antiguo colegio de Tommie.

—El que ha dejado atrás —susurró.

Oyó unas pisadas y, al volverse, vio que se acercaba una mujer.

—Hola —la saludó—. ¿Me estaba usted diciendo algo?

—No, lo siento —respondió Beverly—. Estoy un poco desorientada.

—¿Qué puedo hacer por usted?

—Mi hijo va a primero —empezó, y luego explicó lo que había pasado y al final le enseñó la bolsa con el almuerzo.

—Se lo llevaré con mucho gusto —dijo la mujer con una sonrisa—. ¿Cuál es su profesora?

Beverly esperaba esa pregunta, ¿por qué no conseguía acordarse? Tenía que decirle a Tommie que volviera a recordárselo.

—Lo siento, pero no estoy segura. Es nuevo en la escuela.

—No hay problema —dijo la mujer restándole importancia con un gesto—. Las aulas de primero están puerta con puerta. ¿Cómo se llama su hijo?

Beverly se lo dijo y le tendió la bolsa.

La mujer pareció estudiarla antes de tomar una decisión.

—Tranquila, yo me ocupo.

—Gracias —dijo Beverly.

Tras ver que se alejaba por el pasillo, salió de la escuela, aliviada. Desanduvo el camino hasta la carretera y empezó a andar a paso firme, sintiendo la fuerza del sol en la espalda. Los vehículos pasaban a toda velocidad en ambas direcciones, algunos aminoraban la marcha, pero ninguno paraba. No le importaba; en cambio, se puso a pensar en la mujer que acababa de ver en la escuela. Estaba claro que no había reconocido el nombre de Tommie y, aunque no llevase allí mucho tiempo, sería bueno creer que su hijo iba a una escuela donde el personal conocía a cada uno de los niños, especialmente a los nuevos, pues eran los que podían necesitar un poco más de atención. Y Tommie era tan callado que podía pasar fácilmente desapercibido. No le extrañaba que le costase hacer amigos.

Pensó que quizá sería buena idea rehacer su dormitorio para ayudarlo a instalarse y sentirse más a gusto. Deshacerse de toda la ropa, los cuadros y demás cosas de adultos para que fuera más acorde al cuarto de un niño. Hoy no, quizás el fin de semana. Podían convertirlo en un proyecto divertido. Sería maravilloso conseguirle pósteres para las paredes, pero cayó en la cuenta de que no sabía con seguridad qué querría Tommie. ¿Le gustarían los pósteres de monopatines o de surf, de fútbol o de béisbol? Supuso que podría preguntárselo, pero la verdad era que no podía permitirse ninguno.

La idea de rehacer su cuarto le hizo recordar la estancia que le había preparado en los meses previos a su nacimiento. Sabía que iba a ser niño (cuando el técnico que realizó la ecografía le preguntó si quería saber el sexo del bebé, le dijo: «¡Sí, por supuesto!») y el fin de semana siguiente encontró una cenefa clásica que combinaba con las paredes azul claro que ya se imaginaba. En el papel pintado había escenas de un niño haciendo cosas campestres (pescando desde un muelle, paseando junto a un perro desaliñado pero feliz, dormitando bajo un árbol); Gary había hecho bromas al respecto, pero aceptó comprarlo. Se pasó días enteros pintando, empapelando y montando el resto de los muebles. Consiguieron una cuna, un cambiador, una cómoda y una mecedora que usaría cuando amamantara al bebé; cuando Gary le dio dinero para comprarle ropa, recorrió las tiendas, deseando encontrar todo lo necesario. Los conjuntos eran preciosos, las prendas eran las más bonitas que había visto nunca, y ya se imaginaba a Tommie vestido con ellas.

Eran tiempos felices, de los mejores de su vida. Gary no bebía ni le pegaba, y ella conducía un coche, en lugar de tener que ir andando a todas partes. Ni en un millón de años se habría esperado el giro que había dado su vida, y pensó en todo lo que había sucedido desde el momento en que despertó a Tommie en la cama y le dijo que iban a emprender una aventura.

Sumida en sus pensamientos, apenas notó la caminata o el paso del tiempo. Solo cuando llegó al camino de grava comprendió lo cansada que estaba. Era como si estuviera corriendo una maratón y la línea de meta retrocediera cada vez más en la distancia, pero continuó poniendo un pie delante del otro. A ambos lados había cultivos, verdes y frondosos bajo el sol de finales de primavera; más allá de los cultivos, vio un prado salpicado de graneros, cobertizos de aspecto singular y un invernadero gigantesco. Cerca de uno de los graneros había un tractor y dos camionetas, diminutos desde su posición y, como siempre, un grupo de personas en los campos, haciendo lo que fuera que hicieran los jornaleros. Al ver el invernadero, pensó en la marihuana que había encontrado en la casa.

¿Se podía cultivar marihuana en un invernadero?

Seguro que sí, pero al instante se rio de lo absurdo de intentar relacionar ambas cosas. Por lo que ella sabía, el invernadero ni siquiera estaba en uso, aunque la idea era lo bastante llamativa como para que se preguntara de nuevo si habría más drogas en la casa. Se recordó a sí misma que debía comprobarlo, y cuanto antes, mejor.

Ya veía la casa a lo lejos. Beverly pasó por delante de un segundo grupo de jornaleros, este más cerca de la carretera que el primero, a unos cincuenta metros quizá. Estaban agachados examinando las frondosas plantas, con los rostros ensombrecidos por los sombreros. Por el rabillo del ojo, no obstante, vio que uno de ellos se erguía poco a poco y miraba en su dirección; otros tres cerca de él hicieron lo mismo, como suricatas, o como si siguieran una coreografía. Beverly se bajó más la visera de la gorra y apretó el paso, pero podía notar los ojos clavados en ella, como si hubieran estado esperando su regreso.

31

Cuando llegó al porche, el corazón le latía con fuerza e intentó calmar los nervios. Volvió a pensar que no solo estaba paranoica: claro que había jornaleros en las granjas, y ver a alguien caminando en medio de la nada era una rareza. Además, tampoco es que uno de ellos la hubiera seguido hasta la casa; cuando miró por encima del hombro, habían vuelto a la faena. Se recordó a sí misma que, a menos que aprendiera a evitar que sus pensamientos rebotaran como canicas lanzadas sobre una mesa de granito, aquello no era bueno ni para ella ni para Tommie.

Se quitó la peluca y la gorra, y subió las escaleras hasta el cuarto de baño. Una ducha la ayudaría a despejarse, pero, cuando empezó a quitarse la ropa empapada en sudor, se acordó de la marihuana. Por reflejo, tras reajustarse la camisa, abrió el espejo del botiquín. Le pareció que albergaba una pequeña farmacia. Había todo tipo de medicamentos con receta, la mayoría con nombres que no reconocía, pero uno sí: Ambien, para dormir. Recordaba vagamente haber visto los anuncios. Pensando que todos podían ser peligrosos para Tommie, tiró los frascos en una pequeña cesta de mimbre cerca de la puerta. A continuación, rebuscó en los cajones y en el armario que había debajo de la pila, y luego cogió la cesta de mimbre y cargó con ella hasta la cocina, donde vertió el contenido en una bolsa de basura.

—¿En qué otro sitio escondería yo drogas? —murmuró en voz alta.

Pero, claro, no tenía ni la menor idea, cosa que significaba que tendría que mirar en todas partes. No quería pensar que Tommie era la clase de niño que ingeriría pastillas o polvos si los encontraba, pero ¿quién lo sabía con certeza? A veces, los niños hacían tonterías simplemente por desconocimiento. Y, de todos modos, ¿quién sabía si había otros peligros? ¿Como cables defectuosos, pintura con plomo, veneno para ratas o navajas automáticas? ¿Y si hubiera otras cosas horribles, como revistas guarras o polaroids con imágenes que los niños nunca deberían ver? Peor aún, ¿y si hubiera armas? ¿No atraían las armas a todos los críos?

Volvió a pensar que debería haberlo hecho nada más mudarse, pero más valía tarde que nunca. Empezó por los cajones de la cocina, revisándolos uno a uno, rebuscando entre el desorden y los utensilios de cocina y las velas a medio usar y los bolígrafos y las notas adhesivas y el resto de los trastos que se acumulaban en los cajones. Como sus pensamientos todavía eran confusos (tendría que haberse duchado para despejarse), dejó cada cajón abierto después de registrarlo, para tenerlo todo controlado. Después, revisó aquellos armarios repletos de ollas y sartenes, así como otro grupo de armarios llenos de cuencos, artículos para hornear y tarteras; también dejó las puertas abiertas, para confirmar que lo había revisado todo.

Sacó todo lo que había debajo del fregadero, descubriendo todo tipo de productos de limpieza, como los que había utilizado anteriormente. Algunos eran venenosos, cosa que significaba que debían guardarse en otro sitio, tal vez en los estantes altos de la despensa, donde Tommie no pudiera llegar. De momento, los dejó en el suelo.

En la despensa, despejó los estantes, con la intención de reorganizarlos más tarde, pero afortunadamente no había

213

más drogas ni otras cosas terribles. En cuanto al salón, ya había sacado todo lo que había en el armario, así que no quedaban muchos más sitios donde buscar, y apenas tardó unos minutos en hacerlo. El siguiente paso fue el armario del vestíbulo, que estaba atestado de chaquetas, junto con una pequeña aspiradora, una mochila y otros cachivaches. En el estante superior encontró sombreros, guantes y algunos paraguas; mientras vaciaba el armario y examinaba los artículos uno por uno, pensó que seguramente era buena idea guardar la mayor parte en cajas en otro lugar; no había razón para volver a guardar nada en el mismo sitio. Además, estaba en racha y, como no quería interrumpir ni bajar el ritmo, se acercó al porche trasero.

Una rápida inspección reveló que las estanterías necesitaban una reorganización completa. En uno de los estantes inferiores había un bote de disolvente; justo al lado, una pequeña hacha oxidada y una sierra igual de oxidada. En el mismo estante había un taladro eléctrico. Al mirarlos, se maravilló de que Tommie no se hubiera lastimado ya. Al igual que en la despensa y el armario, lo sacó todo de las estanterías y lo amontonó a sus pies. Comprobó los botes de pintura por segunda vez y luego cogió una bolsa a medio abrir claramente marcada con una calavera y dos tibias cruzadas. En la etiqueta ponía que era para roedores y, aunque prácticamente podía garantizar que había ratones en la casa, por nada del mundo se le ocurriría esparcir veneno aquí y allá, de modo que fue a parar a la basura. Utilizó un pequeño taburete para colocar el disolvente, el hacha, la sierra y el taladro en el estante superior, pero todo lo demás podía esperar. Quería dar un repaso por toda la casa antes de que Tommie llegara, así que arrastró la bolsa dentro y subió las escaleras.

En el pasillo, revisó el armario de la ropa blanca, pensando que probablemente habría que lavarla toda, así que la dejó amontonada en el suelo; en su dormitorio, revisó el armario junto con la cómoda y la mesita de noche, con la bolsa de basura preparada. El cuarto de baño de Tommie era lo siguiente; finalmente solo le quedó el dormitorio del niño.

Fue allí, debajo de la cama, en el primer lugar donde probablemente debería haber mirado, donde encontró las armas.

$\mathcal{H}$abía dos, una más larga que la otra. Ninguna era un arma corta, y ambas tenían cañones tan negros y aterradores como la mismísima muerte. A un lado, había dos cajas abiertas de munición.

Beverly ahogó un sollozo, rezando para que sus ojos le estuvieran jugando una mala pasada, pero cuando volvió a centrar la vista en las armas, la embargó un odio hacia sí misma y se echó a llorar. Se hizo un ovillo en el suelo y supo que le había fallado a su hijo. ¿Qué clase de madre era? ¿Cómo no se le había ocurrido comprobar que la habitación de Tommie era segura? En su mente, veía a Tommie asomarse debajo la cama, con los ojos brillantes de emoción mientras alcanzaba las armas, las sacaba y se sentaba en el suelo, sintiendo el peso y el metal frío y resbaladizo de los cañones. Reconocería el gatillo y sabría exactamente para qué servía. Incluso podría perfilarlo con el dedo, solo para ver qué se sentía, y entonces…

—Eso no ha sucedido —dijo con voz ronca, intentando convencerse a sí misma, pero la visión seguía desplegándose como una pesadilla, sofocando sus palabras.

Entonces se derrumbó por completo, rindiéndose a las imágenes y llorando hasta quedar completamente agotada. No sabía cuánto tiempo había llorado, pero, cuando recuperó cierto equilibrio, se dio cuenta de que tenía que ocuparse de eso sin más demora, antes de que Tommie volviera a casa.

Con resolución, alcanzó el primero de los rifles, conteniendo el miedo a que se disparara. Tiró suavemente de él por la culata y lo deslizó por el suelo de madera, procurando que el cañón apuntase en dirección contraria. Conservando la sangre fría, alcanzó con cuidado el otro, con el mismo miedo que si fuera a desactivar una bomba. Era una escopeta. No tenía ni idea de si alguna estaba cargada (ni siquiera estaba segura de cómo comprobar algo así) y, una vez que las tuvo en el suelo a su lado, alcanzó las cajas de munición.

Pero, ahora, mientras miraba las armas que podrían haber matado a su hijo, no sabía muy bien qué hacer. Tenía que esconderlo todo o, mejor aún, deshacerse de ello. Pero era más fácil decirlo que hacerlo. Al fin y al cabo, no se tira un arma a los arbustos sin más, pero tampoco podía plantearse guardarla en algún lugar de la casa.

«Tengo que enterrarlas», pensó.

Intentó recordar si había visto una pala. No la había visto, pero supuso que habría una en el granero. Sin embargo, la idea de ir allí la asustaba. No solo la propietaria le había dicho que entrar en el granero estaba terminantemente prohibido, sino que, si había armas y drogas en la casa, ¿quién sabía qué más podría haber almacenado allí? ¿Qué clase de lugar era ese?

No tenía ni idea. Lo único que sabía con seguridad era que las armas tenían que desaparecer antes de que Tommie volviera a casa. Beverly se puso de pie y bajó las escaleras dando tumbos. Una vez en la puerta, viró en dirección al granero. Mientras se recomponía, el sol golpeaba fuerte, espesando el aire hasta el punto de que pareció absorber todos los sonidos. No oyó grillos ni trinos de pájaros; incluso las hojas de los árboles permanecían inmóviles. El granero esta-

217

ba en la sombra, como si la desafiara a seguir adelante, a descubrir la verdad de por qué allí no se podía entrar.

A medida que se acercaba, se preguntó si sería capaz de hacerlo. No sabía si la puerta podría estar cerrada con candado o con uno de esos cerrojos indestructibles. Incluso, pese a su apariencia, podía haber algún tipo de sistema de seguridad que incluyera…

«Cámaras».

La palabra trajo consigo una súbita necesidad de precaución, y se detuvo mientras las escenas de los últimos días se agolpaban en su mente.

«Una propietaria que acepta dinero en metálico para el alquiler sin hacer demasiadas preguntas… Drogas y armas en una casa cuyo inquilino anterior tuvo que salir pitando… Un hombre que aparece en su puerta con una camioneta… Hombres en los campos que rodean su casa que la observan con cierta suspicacia…».

218

Lo único que sabía a ciencia cierta era que no quería saber en qué andaba metida la propietaria y que había llegado el momento de que ella y Tommie siguieran su camino. Había algo terriblemente raro en esta situación, y tendría que habérselo olido antes. Debería haber sabido que todo era demasiado bonito para ser verdad. Aunque no tenía suficiente dinero para marcharse, ya se las arreglaría, incluso si tenía que mendigar a un lado de la carretera con uno de esos carteles. No estaba segura allí, ya no, y, como mínimo, cambiar de sitio le complicaría la vida a Gary.

Dio media vuelta hacia la casa, aliviada por haber tomado una decisión. Sin embargo, no quería que las armas siguieran allí ni un minuto más. Sabiendo que aún le quedaba enterrarlas, fue a la cocina, que era un verdadero caos. En el cajón abierto junto a los fogones había visto un cucharón de metal, de los que se usan para remover un guiso, y lo sacó. Tardaría un rato, pero si encontraba tierra blanda, funcionaría.

Una vez fuera, sin alejarse de la casa, comenzó a buscar un lugar donde la tierra no estuviera muy dura o seca. No podía cavar cerca de los árboles grandes, porque las raíces probablemente absorberían toda el agua, pero, mientras le daba vueltas, se acordó del arroyo. El suelo debería ser más blando allí, ¿no?

Se apresuró en esa dirección; como podía ser que Tommie quisiera volver a atrapar renacuajos, se aventuró un poco más lejos del lugar que frecuentaban. Se arrodilló y examinó la tierra, comprobando con alivio que cedía con facilidad, en cucharadas pequeñas pero regulares. Trabajó metódicamente, procurando que el agujero fuera lo bastante largo y profundo para enterrar las dos armas y la munición. No sabía qué profundidad debían tener, porque no sabía nada acerca del arroyo. ¿Se ensanchaba después de una gran tormenta? ¿Se volvía toda la zona un estanque durante un huracán?

Supuso que no importaba. Ella y Tommie se habrían ido 219 mucho antes de que tal cosa pudiera suceder.

Pero no le quedaba mucho tiempo. Tommie no tardaría en regresar y tenía que acabar con esta historia. Corrió a la casa, pero se quedó paralizada a medio camino. Le costaba respirar.

La camioneta que había visto el día anterior había vuelto.

QUINTA PARTE

Colby

33

Casi me pasé toda la noche en vela. Me dije que no podía haberme enamorado, que el amor verdadero necesitaba tiempo y multitud de experiencias compartidas. Sin embargo, mis sentimientos hacia Morgan eran más fuertes a cada minuto, aunque luchaba por comprender cómo algo así era posible siquiera.

Pensé que Paige podría ayudarme a darle un sentido. Aunque era tarde, la llamé al móvil, pero no obtuve respuesta. Sospeché que me diría que lo mío no era amor, sino un encaprichamiento salvaje. Tal vez había algo de eso, pero, cuando pensaba en mi relación anterior con Michelle, me daba cuenta de que nunca había sentido las emociones desbordantes que sentía con Morgan, ni siquiera al principio de nuestra relación. Con Michelle jamás había sentido la necesidad de darle sentido a lo que sucedía entre nosotros. Y el mundo no desaparecía cuando nos besábamos.

Asumiendo que lo que sentía era verdadero, me preguntaba igualmente adónde conduciría nuestra relación y si saldría algo de ella. Mi parte razonable me recordaba que nuestros caminos se separarían al cabo de unos días, y ¿qué pasaría después? No lo sabía; lo único que sabía era que deseaba más que nada pasar el mayor tiempo posible con ella.

Después de que el sueño me venciera por fin a altas horas de la madrugada, dormí hasta tarde por primera vez desde mi llegada a Florida y me desperté con un cielo matutino algo amenazante. El calor y la humedad eran de los que prometen tormentas más tarde; efectivamente, un vistazo a la previsión del tiempo de mi móvil me lo confirmó; se esperaba lluvia justo a la hora de mi concierto. Un rápido intercambio de mensajes con Ray me hizo saber que debía ir de todos modos. Ray me garantizó que estaría pendiente del tiempo y que me avisaría cuando fuera necesario.

Seguí con mi rutina matutina, aunque nada era normal, en absoluto. Morgan dominaba mis pensamientos; cuando pasaba corriendo por delante del Don, no podía evitar buscarla con la mirada; cuando me paraba a hacer flexiones en unos andamios cerca de la playa, conjuraba su tersa piel. Después de ducharme, pasé por el supermercado y me imaginé a Morgan ensayando en la sala de conferencias o gritando de placer mientras subía la montaña rusa de Busch Gardens. Puse unas pechugas de pollo en la cesta de la compra y me pregunté qué les habría contado a sus amigas de nuestro día juntos, o si lo habría mencionado siquiera. Pero, sobre todo, intentaba averiguar si sentía lo mismo por mí que yo por ella.

Esa era la parte que no lograba entender. Sabía que la atracción era mutua, pero ¿sus sentimientos hacia mí eran tan profundos como los míos respecto a ella? ¿O solo era una forma de pasar el tiempo, una aventura para darle más sabor a las vacaciones antes de volver a la vida real? En muchos sentidos, Morgan seguía siendo un misterio para mí, y cuanto más intentaba descifrarla, más difícil me parecía conseguirlo. Sin saber qué me depararía la noche, compré dos velas, cerillas, una botella de vino y fresas cubiertas de chocolate, aunque sabía que ella tal vez tendría ganas de salir.

De vuelta en el apartamento, lo guardé todo y dediqué unos minutos a ordenar las habitaciones. Sin nada más que hacer y con Morgan en la cabeza, cogí la guitarra.

Arranqué las notas de la melodía que había tocado para ella en la playa la otra noche, aún atormentado por la certeza de que no estaba terminada. La letra necesitaba más dimensión, una especificidad que no terminaba de encontrar.

Mientras tachaba fragmentos de lo que tenía escrito, pensé en cómo me hacía sentir Morgan, no solo en las emociones que me inspiraba, sino también en lo diferente que me veía a mí mismo a través de sus ojos. En el pasado, solo en un puñado de ocasiones me pareció que una canción se componía sola, pero eso fue lo que empecé a experimentar. La nueva letra resonaba sin esfuerzo, anclada en detalles arrancados del día que habíamos pasado juntos. Mientras tanto, aumenté la energía del estribillo, imaginando ya una grabación con varias capas que le diera el sonido de un coro de góspel.

Un vistazo al reloj me dijo que iba a llegar tarde. No tuve tiempo de garabatear la nueva letra en el cuaderno, pero sabía que no era necesario. Me puse una camiseta limpia, recogí a toda prisa lo que necesitaba para el Bobby T's y me precipité por las escaleras. En lo alto, las nubes se arremolinaban y se retorcían como si estuvieran acumulando energía antes de explotar. Llegué con solo cinco minutos de antelación y vi que había menos de la mitad de gente que en el concierto anterior, aunque todos los asientos estaban ocupados. No esperaba ver a Morgan entre el público, pero, aun así, noté una punzada de decepción por su ausencia.

Di el concierto rellenando la hora extra con peticiones, básicamente, mientras las nubes se oscurecían en el cielo. Hacia la mitad, se levantó brisa y empezó a soplar viento

225

con fuerza. Por primera vez desde que había empezado a actuar en el Bobby T's, algunas personas del público se levantaron de sus asientos camino de la salida. No los culpaba: pude atisbar los negros nubarrones que se formaban en el horizonte; cuando estuvieron cerca, esperé que Ray cortara el espectáculo de un momento a otro.

De vez en cuando, los rayos de sol se abrían paso entre las nubes, creando prismas de color y un glorioso atardecer. Detrás del público, la playa se había quedado vacía. Al tiempo que más gente se marchaba, me pregunté si Morgan aparecería siquiera. Pero, justo cuando los últimos rayos de sol se desvanecían, Morgan llegó. Venía de la playa y llevaba un vestido amarillo que le favorecía mucho; colgada al hombro, reconocí la bolsa de Gucci del día anterior. Al contraluz de la cambiante claridad, parecía una visión sobrenatural. Me saludó con la mano e, instintivamente, me lancé con la canción que había estado trabajando, esa que nunca hubiera acabado si no la hubiera conocido.

Incluso desde cierta distancia, adiviné su expresión complacida al reconocer las primeras notas que llenaron el espacio. Aunque normalmente cantaba para todo el público, no pude evitar centrar casi toda mi atención en ella, en especial al entonar la nueva letra. Cuando terminó la canción, el público guardó silencio hasta que estalló en una oleada de aplausos más larga de lo habitual, solo interrumpida por un prolongado relámpago que partió el cielo sobre el mar. Segundos después, el profundo gruñido de un trueno rodó por la playa como una planta rodadora morosa.

Los aplausos se apagaron cuando la mayoría de los asistentes que quedaban se levantaron de sus asientos. Vi que Ray venía hacia mí y me hacía un gesto de cortarse el cuello. Dejé inmediatamente la guitarra a un lado y Ray se acercó al micrófono y anunció que el concierto había terminado. Para entonces ya me dirigía hacia Morgan.

—Has venido —dije, incapaz de ocultar que me encantaba verla. La gente pasaba por nuestro lado hacia la playa con un ojo puesto en el cielo; otros se apresuraban en la dirección opuesta, hacia el aparcamiento—. No las tenía todas conmigo.

—Has tocado la canción —dijo con dulzura. Apoyó una mano en mi brazo, los ojos relucientes—. Pero esta vez era distinta.

Ahí, delante de ella, estuve a punto de explicarle el motivo, pero me asaltó la idea de que ella ya lo sabía. Sobre el mar, los relámpagos cortaron el cielo de nuevo, seguidos de unos truenos que retumbaron con más rapidez que solo unos minutos antes. El viento era más fresco, pero en lo único que yo podía pensar era en el calor de su mano sobre mi piel.

Buscando algo que decir, le pregunté:

—¿Qué tal en Busch Gardens?

Hizo un gesto hacia el cielo, con una sonrisa divertida.

—¿De verdad quieres hablar de eso ahora? ¿No crees que deberíamos irnos como el resto de la gente?

Aunque no quería hacerlo, aparté el brazo.

—Espera que recoja, ¿vale?

Morgan me siguió por delante de las mesas, ya vacías. Ray y otros empleados habían recogido la mayor parte del equipo; cuando cogí la funda de mi guitarra, sentí la primera gota de lluvia. Lo hice todo rápidamente, pero, incluso antes de enfilar hacia la zona del aparcamiento, la primera gota se transformó en llovizna, seguida de un aguacero casi instantáneo. Abrí la puerta de Morgan mientras las nubes desataban el diluvio que había estado formándose durante todo el día.

Rodeé la camioneta a la carrera y subí a la cabina con la camisa y los pantalones empapados. Accioné los limpiaparabrisas, pero aquello era como estar en un túnel de lavado. Circulé casi a ciegas por el aparcamiento. En Gulf Boulevard, varios coches se habían detenido con las luces de emergencia puestas, mientras que otros avanzaban poco a poco. Los relámpagos destellaban como luces estroboscópicas.

—Creo que necesito ropa limpia si vamos a salir.

—No vamos a salir con la que está cayendo —dijo—. Vamos a tu casa y ya está, ¿vale?

Pensando que ya estaba mojado y que había conducido a través de huracanes en Carolina del Norte, bajé la ventanilla y saqué la cabeza, intentando ver el giro que se avecinaba. La lluvia me golpeó en la cara y se coló en la camioneta, pero al final pude desviarme de Gulf Boulevard por una tranquila calle lateral.

La cara me escocía bajo las ráfagas de lluvia; volvieron a caer rayos, esta vez casi directamente sobre nuestras cabezas, y los truenos retumbaban como disparos. De repente se produjo un apagón de luz en un lado de la calle, hasta donde me alcanzaba la vista. Supuse que mi apartamento, justo enfrente, también se habría visto afectado.

La calle empezaba a inundarse cuando llegamos. Yo estaba calado, con el agua que había entrado por la ventanilla acumulada en mi regazo. Envuelto en la oscuridad, todo el complejo parecía extrañamente desierto.

Consciente de que era inútil intentar evitar la lluvia, Morgan corrió hacia las escaleras. Yo hice lo mismo, con la llave en la mano.

Dentro del apartamento, la única luz visible era el parpadeo constante de los relámpagos detrás de la puerta corredera de cristal. A pesar de la tormenta, el aire se hacía sofocante. Morgan se detuvo en el salón y yo la rodeé, dejando pequeños charcos a mi paso. En el armario de la cocina encontré las velas y las cerillas que había comprado ese mismo día, agradecido de tenerlas a mano.

Una vez encendidas las velas, el salón quedó envuelto en sombras. Las coloqué en la mesita y abrí la puerta corredera de cristal para que entrara un poco de aire. El viento soplaba con fuerza en el pequeño porche y la lluvia se movía horizontalmente.

A la tenue luz amarillenta, vi una mancha de rímel en la mejilla de Morgan, un mínimo indicio de imperfección en alguien que parecía impecable en todos los sentidos. Tenía el vestido mojado pegado a la piel, perfilando sus curvas, y la humedad había devuelto a su larga melena aquella ondulación natural. Procuré no mirarla, preguntándome una vez más cómo había podido llegar a absorberme tanto en tan poco tiempo. Apenas había pensado en la granja, en mi tía o en Paige, e incluso la música que me gustaba se centraba en ella. Tuve la súbita certeza de que jamás volvería a amar a otra persona del mismo modo.

Morgan se quedó quieta. La luz de las velas se reflejaba en sus ojos, tranquilos y cómplices, como si adivinara exactamente lo que yo sentía y pensaba. Pero siguió rodeada de misterio, incluso cuando me acerqué a ella.

Me incliné y la besé, queriendo creer que ella podía sentir la crepitante intensidad que me atravesaba. Cuando me moví suavemente para acercarla, sentí su mano en mi pecho.

—Colby... —susurró.

Entonces aflojé y simplemente la rodeé con mis brazos. La abracé durante un buen rato, deleitándome con la sensación de su cuerpo contra el mío, hasta que finalmente empezó a relajarse. Cuando sentí que me rodeaba el cuello con los brazos, cerré los ojos, deseando que ese momento durara para siempre.

Poco a poco, ella aflojó el abrazo y dio un pasito hacia atrás.

—Voy a ponerme algo seco —murmuró—. He traído algo de ropa por si acaso.

229

Tragué saliva, apenas capaz de articular palabra.

—Vale —logré decir.

Cogió una de las velas y se fue por el pasillo hacia el cuarto de baño. Cuando oí que cerraba la puerta, comprendí que estaba solo en el salón, incapaz de imaginar qué pasaría a continuación.

34

Saqué una toalla del armario de la ropa blanca y fui al dormitorio con una vela en la mano. Mientras me quitaba la ropa mojada, intenté no pensar demasiado en el hecho de que, a unos metros, fuera de mi vista, Morgan también se estaba quitando la suya. Me sequé y me puse unos vaqueros y mi otra camisa de botones. Me la arremangué hasta los codos y me arreglé el pelo como buenamente pude, mirándome en el espejo que había sobre la cómoda. Recogí la vela y volví a la cocina.

Con el apagón, los fogones no eran de utilidad, pero las fresas cubiertas de chocolate y el vino aún estarían frescos en el frigorífico, junto con parte del queso que había sobrado del pícnic. Saqué el queso, lo corté en lonchas y lo dispuse en un plato, junto con los saladitos y las fresas. Tuve que rebuscar en los cajones, pero finalmente encontré un abridor de vino y abrí la botella. Cogí un par de copas del armario y lo llevé todo a la mesita. Nervioso, me serví una copa y bebí un sorbo. Me pregunté si a Morgan le apetecería un poco.

Detrás de las ventanas, la lluvia caía como astillas de diamante bajo el interminable fulgor de los relámpagos. Las frondas de las palmeras danzaban al viento como sombras chinescas cuando me acomodé en el sofá. Mientras giraba distraídamente la copa de vino en mi regazo, pensé en la voz de Morgan al susurrar mi nombre y me pregunté qué estaría pasando por su cabeza en estos momentos. Esa chica ya sabía lo que yo sentía por ella, pero ¿lo sabía cuando vino al concierto? ¿Lo sabía desde la víspera? Ni idea. Pero, aunque a una parte de mí le asustara que mis sentimientos no fueran correspondidos, comprendí que no podía hacer nada para cambiarlos.

Me preguntaba igualmente si, de no haber venido a esta pequeña ciudad de Florida, me habría enamorado. No de Morgan, sino de cualquier otra mujer. Yo no había estado enamorado de Michelle, pero en el fondo sabía que la incompatibilidad de nuestros horarios solo era una de las razones. Había tenido más que ver con la granja y el carácter general del trabajo. Como siempre había algo que hacer, en cierto sentido había perdido la capacidad de relajarme sin más pretensiones y disfrutar de la vida o dedicarle tiempo a alguien especial. Como excusa había sido buena, tan sutil que me había impedido ver qué estaba sucediendo, pero, mientras daba otro sorbo de vino, comprendí que tenía que hacer cambios en mi vida, a menos que quisiera acabar como mi tío. Necesitaba permitirme un descanso de vez en cuando para componer canciones o salir a pasear o sentarme simplemente y no hacer nada en absoluto. Necesitaba ponerme al día con mis amigos de toda la vida y abrirme a nuevas posibilidades y personas, y el tiempo que había pasado en Florida no hacía sino subrayar la importancia de hacerlo.

La vida no era solo trabajo, al fin y al cabo, y comprendí que ya no quería ser la persona en la que me había convertido en los últimos tiempos. Quería abrazar las cosas que eran importantes para mí y preocuparme menos de las que escapaban a mi control. Y no quería hacerlo en algún momento del futuro, sino que deseaba empezar en cuanto volviera a la granja. Pasara lo que pasara entre Morgan y yo, sabía que me reinventaría como la persona que quería ser.

Lo había hecho antes, me recordé a mí mismo, y no había razón para que no pudiera hacerlo de nuevo.

Me levanté del sofá y fui hacia las puertas correderas. Sabía que una tormenta de estas características en mi casa me haría preocuparme por las cosechas, las gallinas o el tejado del invernadero, pero en estos momentos el espectáculo me resultaba inspirador de una forma casi desconocida para mí.

Al parecer, el destino había conspirado para que esta noche no fuera como ninguna otra de las que había pasado aquí. Y si bien la idea tenía un componente romántico, sospechaba que le estaba dando demasiada importancia. Sabía que Paige estaría de acuerdo, pero, mientras seguía contemplando la tormenta, me dije que quería creer en ello a pesar de todo.

Aun así, me hubiera gustado hablar con Paige, aunque solo fuera para preguntarle si lo que me estaba sucediendo era normal. ¿Tenía el amor el poder de hacer que una persona se lo cuestionara todo? ¿El amor hacía que una persona quisiera convertirse en alguien nuevo? Cuando pensaba en Paige y en su experiencia, no estaba muy seguro. Había estado enamorada una vez, pero era raro que hablara de ello, salvo para decirme que el amor y el dolor eran dos caras de la misma moneda. Yo entendía por qué lo decía, pero a veces la sorprendía leyendo novelas románticas, así que dudaba que estuviera tan harta. Sospechaba que entendería lo que estaba viviendo. Recordé que, cuando conoció al que sería su marido, dejó de estar tan presente por las tardes y, las pocas veces que estaba, se la veía alegre y despreocupada. En aquella época, yo estaba tan metido en mi mundo que no le di mucha importancia, aparte de alegrarme de que ella y mi tía se llevaran bien. No fue hasta que me anunció durante una cena que se marchaba de la granja cuando me di cuenta de lo serias que se habían vuelto las cosas con su novio. Poco después de marcharse, una llamada telefónica anunció que los había casado un juez de

233

paz. Todo el asunto me pareció vertiginosamente rápido: yo solo había visto a ese tipo una vez, y durante unos minutos apenas, cuando había pasado a recoger a Paige para salir. Un día era la Paige que yo siempre había conocido, y al siguiente me preguntaba si había estado viviendo con una extraña toda mi vida. Ahora, sin embargo, tenía una idea de lo que ella había sentido entonces; empezaba a comprender que el amor seguía sus propios tiempos y volvía inevitables incluso los cambios más drásticos.

Deseé haber sacado mi guitarra de la camioneta. Tocar algo, cualquier cosa, me habría ayudado a aclararme las ideas, pero decidí que era mejor dejarla donde estaba a causa de la tormenta. Busqué mi teléfono y puse una lista de reproducción con las canciones que había escrito, las que creía que eran mejores. Dejé el teléfono en la mesita y bebí otro sorbo de vino. Luego volví a las puertas de cristal, reviviendo los recuerdos que habían inspirado cada una de las canciones y preguntándome qué habría pasado si mi tío no hubiera fallecido. No tenía claro que me hubiese quedado en la granja, pero ¿habría intentado hacer carrera en la música con el mismo tesón que Morgan? En aquella época no parecía posible, y tal vez no lo fuera, pero no podía evitar sentir una nueva sensación de decepción por no haberlo intentado. La ambición de Morgan había despertado en mí algo que llevaba dormido mucho tiempo, incluso si aceptaba la idea de que ella tenía mucho más talento que yo.

Oí un ruido detrás de mí y miré por encima del hombro. Morgan había vuelto al salón con la vela entre las manos. Llevaba otro vestido de verano, con un escote bajo, y no pude evitar mirarla. Su pelo, como el mío, seguía ligeramente húmedo, y las gruesas ondas brillaban a la luz de la vela. La mancha de rímel de su mejilla había desaparecido, pero vi que se había aplicado un poco de maquillaje que acentuaba sus ojos oscuros y daba a sus labios un brillo intenso y lustroso; sus brazos y piernas relucían como el sa-tén. Sentí que se me cortaba la respiración.

Se detuvo a unos metros de mí, como deleitándose con mi mirada.

—Estás… preciosa —le dije, con la voz casi ronca.

Sus labios se entreabrieron, y, sin esperarlo, vi en su expresión desprevenida que sus sentimientos eran un reflejo de los míos. Abierta y hambrienta, su expresión me dijo todo lo que necesitaba saber: al igual que yo, se había enamorado de un desconocido, y eso había cambiado nuestras vidas. Se acercó a la mesita y, sin mediar palabra, dejó la vela junto a la mía. Echó un vistazo a lo que yo había servido y luego se tomó un momento para concentrarse en la música que salía de mi teléfono.

—¿Eres tú? —preguntó.

—Soy yo —respondí.

—Creo que esta no la había oído.

Tragué saliva.

—No es una de las que suelo tocar en mis conciertos.

Mi voz sonaba extrañamente distante; la observé mientras se sentaba en el sofá. Cuando fui a sentarme a su lado, su vestido de verano se levantó ligeramente dejando entrever su muslo, terso, una visión que me pareció de un intenso erotismo. Hice un gesto hacia el vino.

—¿Te apetece una copa?

—No, pero gracias.

—No sabía si tendrías hambre.

—He comido algo nada más volver, pero puede que me tome una fresa dentro de un minuto. Tienen una pinta deliciosa.

—Las he comprado. No las he hecho yo.

—Aun así, estoy impresionada.

Sabía que me estaba yendo por las ramas, pero al parecer era lo único que podía hacer. Tenía la garganta seca de nue-

235

vo y di otro sorbo al vino. En el silencio, tuve la súbita sensación de que ella estaba tan nerviosa como yo, lo que me pareció extrañamente reconfortante.

—Los cambios que has hecho en la canción son preciosos —dijo.

«Como tú», quise decir, pero no lo hice.

—Tú has sido mi inspiración —dije, intentando sonar despreocupado, pero sabiendo que no lo conseguía.

—Me preguntaba... —susurró, dejando que el pelo le cayera sobre la cara. Y luego—: He pensado en ti todo el día. Te he echado de menos.

Alargué la mano para coger la suya y sentí cómo sus dedos se entrelazaban con los míos.

—Me alegro de que estés aquí, ahora, conmigo.

Percibí la expectante tensión en su mano mientras sujetaba la mía, y volví a pensar en besarla. Tenía los ojos entrecerrados y la boca parcialmente abierta, pero, justo cuando me inclinaba hacia ella, empezó a sonar un teléfono, débil pero insistente. Cuando se dio cuenta de que no era mi teléfono, me soltó la mano y se levantó del sofá. Después de desaparecer por el pasillo, se asomó con el teléfono sonando en la mano. Parecía inusualmente azorada.

—Es mi madre —me explicó con un tono de timidez—. Me ha llamado un par de veces y no le he devuelto la llamada.

—Entonces deberías responder.

Con cierta renuencia, apretó el botón y se acercó el móvil a la oreja.

—Hola, mamá. ¿Qué tal? Sí, perdona. Sé que no te he llamado, pero no hemos parado... No mucho. ¿Y eso? ¿Está bien?

Volviéndose hacia mí, articuló algo así como «nuestro perro está enfermo».

—¿Qué ha dicho el veterinario? Bueno... Sí... Es bueno saberlo. ¿Cómo lo lleva Heidi? Ajá... Ajá...

No dijo nada durante un rato y luego:

—Bueno, ya veremos. Ensayamos por las mañanas y luego solemos ir a la playa o a la piscina. Hemos ido a escuchar música en directo y al centro de Saint Pete... Sí, se lo están pasando en grande. Es el primer viaje de Holly y Stacy a Florida, así que ha sido divertido enseñárselo...

Permanecí callado en el sofá, porque no quería distraerla.

—Ajá... No, aún no hemos ido. Puede que mañana o pasado. Pero hemos ido a Busch Gardens. ¿En Tampa? Sí, fue divertido. Las colas eran cortas, así que pudimos montar a casi todo... No, esta noche no. Vamos a pedir el servicio de habitaciones y ver una peli. Ha sido un día superlargo —dijo, poniéndome cara de culpabilidad.

Reprimí una sonrisa.

—Sí, están aquí. Sacamos algunas fotos de la playa nada más llegar. Ah, y también he visto dos manatíes... En uno de los parques, pero no recuerdo el nombre... Alquilamos kayaks y atravesamos los manglares, y estaban allí cuando nos dimos la vuelta... No, en realidad, ellas no vinieron. Fui con alguien que he conocido aquí...

No pude evitar aguzar el oído.

—Sí, mamá. Es simpático... Es un granjero de Carolina del Norte... No, no es broma... Colby... Veinticinco... Lo oímos cantar en el Bobby T's. Está aquí en una especie de vacaciones de trabajo...

Me dio la espalda, bajando la voz.

—No, no ha ido a la universidad, pero ¿qué más da eso? Mamá... Mamá... Solo ha sido un paseo en kayak. No hagas una montaña de un grano de arena. No te olvides de que ya soy adulta...

Pude oír un atisbo de frustración en su voz. En mi lista de reproducción, terminó una canción y empezó otra. La vi pasarse una mano por el pelo, tirando de las raíces.

—Aún no he tenido tiempo de comprobarlo. Llamaré al encargado del apartamento en cuanto llegue a casa, ¿vale?

237

Seguro que no es mucho rollo dar de alta los servicios. Puedo arreglármelas... Tampoco he tenido tiempo para eso... ¿Cuántas veces te he dicho que no me interesa un trabajo de profesora de música? Sí... Ajá... Lo sé... Lo siento, estoy cansada y tengo que colgar. Me están diciendo que la película va a empezar... Dile a papá y a Heidi que los quiero... Yo también te quiero.

Apretó el botón de colgar y se quedó mirando el teléfono. Me levanté del sofá, me acerqué a ella y le puse una mano en la parte baja de la espalda, acariciando su suave piel bajo la tela.

—¿Estás bien?

—Sí, estoy bien. Pero a veces me interroga; no siempre es una conversación, ¿sabes?

—Seguro que solo quería comprobar que estás bien.

—Y que no me meto en líos. —Suspiró—. Pero ni siquiera sé por qué piensa eso. Sobre todo, en comparación con otros estudiantes universitarios. Es como si no pudiera aceptar el hecho de que soy adulta y tengo edad suficiente para tomar mis propias decisiones.

—Los padres se preocupan. —Me encogí de hombros—. Lo llevan en el ADN.

Una breve pero incierta sonrisa se dibujó en sus labios.

—A veces es mucho más fácil hablar con papá. A ver, está nervioso porque me voy a Nashville, y estoy segura de que también preferiría que aceptara un trabajo de profesora, pero al menos entiende por qué quiero ir, y siempre ha sido mi mayor admirador. Mi madre, en cambio, siempre me recuerda lo duro que es el negocio de la música, que miles de personas tienen el mismo sueño que yo, pero nunca lo consiguen...

Cuando se interrumpió, le aparté el pelo de los ojos con un dedo.

—Quieren protegerte de la decepción.

—Lo sé, y lo siento. No debería haber contestado. Por

eso no respondí las dos primeras veces que llamó. No para de hablar de una vacante en un colegio privado de Chicago, y da igual las veces que le diga que no me interesa. A veces… es difícil.

Se volvió hacia mí e inclinó la cabeza. La rodeé con mis brazos.

—Claro que lo es.

En mi lista de reproducción empezó otra canción. Morgan me rodeó el cuello con los brazos y yo la acerqué más a mí, pensando en la naturalidad con que su cuerpo parecía encajar con el mío. Inconscientemente, cambié mi peso de un pie al otro, nuestros cuerpos balanceándose al compás.

—Recuerdo que cantaste esta canción la primera noche que te oí tocar. Me quedé embelesada —murmuró.

Fuera, el viento aullaba y seguía arreciando la lluvia. Las velas bañaban la estancia con un resplandor dorado. Percibí el aroma del perfume de Morgan, algo almizclado y seductor.

Se apretó contra mí y, cuando levantó la mirada para buscar la mía, perfilé el contorno de su pómulo con un dedo. Nuestros rostros se acercaron, nuestras respiraciones entrecortadas, pero casi en perfecta armonía.

Entonces la besé, hambriento y nervioso, y cuando nuestras lenguas se unieron, sentí una sacudida a través de mi cuerpo que me electrizó cada nervio. Una de sus manos bajó por mi espalda y me rodeó el costado, con un tacto tan ligero que casi parecía que no estuviera sucediendo. Sus dedos acabaron por encontrar la parte inferior de mi camisa y, tras un rápido tirón, sus uñas rozaron mi piel, una sensación que me impedía casi respirar. Lentamente, recorrió los músculos de mi abdomen y mi pecho, mientras su lengua seguía vibrando contra la mía. Respiraba entrecortadamente, tenía los ojos entrecerrados y yo solo podía mirarla, presa de su sensualidad. Uno a uno, me desabrochó los botones de la camisa hasta dejarla abierta. Quitándome la camisa por en-

239

cima de los hombros, me inmovilizó los brazos, reteniéndome así por un momento, como burlándose de mí, antes de dejarla caer al suelo. Se inclinó hacia mí y me besó el pecho, recorriéndolo con su boca hasta mi cuello. Su aliento caliente sobre mi piel hizo que mi cuerpo se estremeciera, y acerqué las manos a los tirantes de su vestido. Me mordió suavemente el cuello antes de volver a acercar su boca a la mía. Bajé un tirante, luego el otro, y alcancé el dobladillo de su vestido. Lo levanté con el dedo y le acaricié el interior del muslo. La oí jadear y sentí que me agarraba la nuca con la mano. Empezó a besarme con más pasión y me vi deslizándome hacia el lugar al que de pronto supe que siempre había estado destinado. Le bajé lentamente el vestido, lo deslicé por su cuerpo y me separé de ella, deleitándome con su belleza. Cuando el vestido cayó al suelo, rodeé su estrecha cintura con mis manos y la ayudé a salir de él, consciente de que nunca había deseado algo tanto como a ella. Sin más palabras, cogí una vela y la llevé al dormitorio.

35

Después nos quedamos acostados uno junto al otro sin hablar durante un buen rato, su cuerpo caliente contra el mío, hasta que al final rodó a un lado y nos venció el sueño en la maraña de sábanas.

Al despertarme en el crepúsculo gris del amanecer, la besé con ternura, incapaz de retener las palabras dentro de mí por más tiempo.

—Te quiero, Morgan —le murmuré al oído.

Morgan se limitó a sonreír antes de abrir los ojos y mirarme a los míos.

—Oh, Colby —dijo, acercándose para tocarme la boca—. Yo también te quiero.

SEXTA PARTE

Beverly

36

*E*l hombre de la camioneta había vuelto.

Beverly intentó respirar más despacio al agacharse detrás del granero. ¿Qué habría pasado si hubiera llegado diez minutos antes, cuando ella todavía estaba en la casa? ¿La habría visto a través de las ventanas? ¿Habría abierto la puerta? ¿Y si hubiera entrado en el granero y la hubieran descubierto donde no debía estar?

La descarga de adrenalina hizo que se le revolvieran las tripas. Se apoyó en los listones de madera de la pared y cerró los ojos, dando gracias a Dios por no haber sido tan estúpida, por haber decidido no ir al granero antes de que fuera demasiado tarde.

«Necesito calmarme para poder pensar», se dijo, cerrando los ojos. Esperaba que no la hubiera visto, que creyera que no estaba en casa y se marchara como la última vez. Esperaba que se fuera antes de que llegara el autobús escolar…

Dios mío…

Tommie…

Volvió a asomarse por la esquina y vio al hombre parado en el porche, mirando primero en una dirección y luego en la otra. Un momento después, bajó los escalones y se encaminó hacia el granero. Beverly se pegó al entarimado y permaneció inmóvil. Luchó contra el impulso de observarlo acercarse.

Oyó que se abrían las puertas del granero. En su cabeza, lo imaginó escudriñando el interior, comprobando que no habían tocado nada. Se preguntó si había hecho lo mismo el día anterior, cuando ella y Tommie estaban en el arroyo, o si estaría en contacto con los granjeros, vigilando sus rutinas.

Tommie...

«Por favor, que hoy el autobús llegue tarde». Apretó los puños, esperando, hasta que volvió a oír el chirrido de la puerta del granero, seguido de un golpe al cerrarse. Se quedó en su sitio, rezando para que el hombre no rodeara el granero, preguntándose qué haría con ella si la encontraba. Consideró la posibilidad de salir corriendo hacia el arroyo, pero, justo cuando se mentalizaba para hacerlo, oyó el portazo de la camioneta, seguido del arranque del motor. Finalmente, oyó el crujido de la grava cuando la camioneta dio marcha atrás y desapareció por la carretera.

Beverly se quedó allí durante lo que parecieron siglos, con la respiración ya menos agitada, antes de reunir el valor suficiente para asomarse de nuevo. La camioneta se había ido y, por lo que pudo ver, no había nadie al acecho. No había movimiento, pero se demoró un rato para estar segura y luego echó a correr hacia la casa. Cruzó corriendo la puerta, dejándola abierta, y subió a toda prisa las escaleras.

En la habitación de Tommie, las armas estaban donde las había dejado. No era posible cargar con ellas y con las cajas de munición con las manos, así que, pensando con rapidez, cogió la almohada de Tommie. Le quitó la funda, metió dentro las cajas de munición y, con cuidado, levantó las dos armas por la culata, manteniendo los cañones apuntando al suelo mientras recogía la funda.

No era el momento de precipitarse, ni siquiera si el autobús se paraba enfrente. Salió del cuarto caminando despacio. Bajó los escalones con cautela, agradecida por no

246

haberse molestado en cerrar la puerta al entrar. Con cuidado de no tropezar, desanduvo el camino del arroyo, hasta el hoyo que había cavado.

Metió una de las armas, luego la otra, y después arrojó la munición de la funda de la almohada. Rellenó el hoyo con las manos para ir más deprisa. Cuando hubo terminado, aplastó la tierra con las manos y luego la pisoteó, pero no había mucho más que pudiera hacer. Cualquiera que pasara por allí se daría cuenta de que había algo enterrado, pero comprendió que no le importaba.

Pensaba largarse de allí antes de que nadie lo descubriera.

37

Ya en casa, Beverly se frotó las manos en el fregadero hasta dejar la piel en carne viva, pero la tierra le había dejado un tinte marrón en las palmas, como una mancha de madera. Al ver el caos de la planta principal, pensó que tendría que limpiarlo todo antes de huir, no porque le importase la propietaria, sino porque el hombre de la camioneta podría volver, y una casa ordenada podía dar la impresión de seguir habitada, lo que les haría ganar algo de tiempo...

¿Y de momento? Tendría que descongelar y cocinar la hamburguesa, el pollo y el arroz, y también tendría que poner las judías en remojo y cocinarlas, pero sin nevera dudaba que la comida durara más de un día en la carretera. Después, solo comerían sándwiches, manzanas y rodajas de zanahoria durante Dios sabía cuánto tiempo. También tenía que guardar la ropa en la maleta antes de escabullirse de noche. Nadie los vería, pero eso también significaba que tal vez no habría nadie que los recogiera en el camino. Al comprender todo lo que le quedaba por hacer, algo se derrumbó en su interior y el miedo dio paso a otro torrente de lágrimas.

¿Cómo era posible que hubiera pasado esto? ¿Salir de una situación peligrosa para acabar en otra igual? Si hubiera vivido cien vidas, mil..., era poco probable que le volviera a suceder lo mismo.

Era incapaz de entender cómo era posible. Se sintió agotada. Se secó las lágrimas, respiró hondo y salió de la casa, bajando los escalones del porche hacia la carretera. Cuando se sentó en el tocón, la adrenalina desapareció rápidamente. ¿Cuánto hacía que no dormía más de unas horas seguidas? Demasiado, de eso no cabía duda, y ahora estaba pagando el precio. Con cada exhalación, como un globo desinflándose, un manto aplastante de agotamiento sustituía la frenética energía de apenas un instante antes. En el silencio, sus miembros parecían entumecerse y, aunque intentaba concentrarse en la hierba y en las armas, en los secretos del granero y en el hombre de la camioneta, se sintió extrañamente desconectada de todo aquello, como si se observara a sí misma desde fuera. En lo más profundo de su ser, comprendió que debía marcharse, pero la urgencia se había transformado en una marea decreciente. Se alejaba de ella, cada vez más distante, mientras el resto del mundo se desdibujaba. Notó que empezaba a tambalearse e intentó mantener el equilibrio, pero su cuerpo se rebelaba. Necesitaba descansar, dormir. Lo que más deseaba era cerrar los ojos y dejarse llevar, aunque solo fuera durante unos minutos. ¿Qué daño podría hacer? Aunque el hombre de la camionera apareciera de improviso, no tenía energía para esconderse…

—No —dijo en voz alta.

Consciente de que necesitaba concentrarse, se obligó a ponerse de pie. Intentó evocar el miedo que acababa de sentir, pero era sordo y lánguido, más fantasmal que real.

«Mantente despierta», se dijo, sacudiendo la cabeza.

Se puso a andar de un lado a otro, como un león enjaulado. Al cabo de unos minutos oyó el sordo gruñido del autobús en la distancia. La imagen apareció como un reluciente y líquido espejismo que fue solidificándose a medida que se acercaba. Los frenos chirriaron, el autobús aminoró la marcha y se detuvo. Las puertas se abrieron con un siseo.

A través de las ventanas, vio a Tommie sentado al fondo del autobús y lo observó levantarse y avanzar con la mochila colgada al hombro. Su amor por él le proporcionó un único instante de claridad, como un rayo de sol que se filtra a través de una nube. De repente, volvió a sentirse ella misma. Entonces, justo antes de saltar a la carretera, su hijo se volvió y saludó a alguien. A pesar del agotamiento, Beverly esbozó una amplia sonrisa.

«Por fin ha hecho un amigo», pensó. Cuando estuvo cerca, le cogió la mochila y se encaminaron hacia la casa. Tommie estaba allí, a salvo, y había hecho un amigo. Pero con cada paso que daban, la claridad se desvanecía. Quería preguntarle cómo le iba en el colegio, con quién había estado hablando en el autobús, pero no le salían las palabras. Se recordó que debían marcharse antes de que volviera el hombre de la camioneta, se recordó que tenían que huir antes de que fuera demasiado tarde, pero el miedo se había empañado de nuevo como el aliento en un espejo. Luchaba por mantener los ojos abiertos. Tommie dio una patada a una pequeña piedra del camino y la hizo rebotar.

—¿Vendrás mañana a la escuela?

El sonido de su voz la sobresaltó, y le costó procesar lo que le había preguntado.

—¿Por qué iba a ir a la escuela? —preguntó finalmente.

—Es el día de campo, ¿no te acuerdas? Amelia dice que es muy divertido y que algunas madres traen magdalenas y galletas. Tú también podrías venir.

No podía situar ese nombre: ¿dónde lo había oído?

—Ya veremos —dijo, sus palabras como un murmullo.

Cuando abrió la puerta, Tommie se paró en seco al ver aquel enorme desorden. Tendría que haberle avisado, pero también eso se le había hecho un mundo.

—No es nada.

Fue a la cocina arrastrando los pies, cogió una manzana y

llevó a Tommie al salón. Echando mano de sus últimas energías, enchufó el televisor y conectó el cable; observó el parpadeo de la pantalla antes de que aparecieran los dibujos animados. Era *Scooby-Doo*, que ella solía ver de niña, y Tommie se acomodó en el suelo, fascinado. Le oyó vagamente dar el primer mordisco mientras ella se tumbaba en el sofá; sus ojos empezaban a cerrarse. Distraídamente, empujó con el pie una pila de DVD hacia el suelo para poder tumbarse más. Chocaron contra la alfombra con un ruido de plástico. En la televisión, perseguían a Scooby y su pandilla en un parque de atracciones supuestamente encantado. Aunque su mente se apagaba poco a poco, recordó que había visto ese episodio.

—Mamá está muy cansada, así que va a echarse un sueñecito, ¿vale?

Había tanto que hacer antes de marcharse, pensó de nuevo, pero al instante siguiente le pareció que empezaba a caer; eso fue lo último antes de que todo se apagara y se quedara profundamente dormida.

38

Estaba oscuro cuando empezó a desperezarse. El parpadeo del televisor le hizo entrecerrar los ojos y luego pestañear antes de abrirlos. El mundo detrás de las ventanas era negro, la habitación iluminada por la luz en movimiento.

—Dibujos —murmuró.

—¿Mamá?

La voz de Tommie la despertó y la habitación se volvió más nítida. El armario estaba en un ángulo torcido y había libros y chismes amontonados por todo el salón. Cuando Tommie se volvió hacia ella, Beverly pudo ver el blanco de sus ojos, aunque el resto de su cuerpo permanecía en la sombra, como un fantasma.

—¿Cuánto tiempo he dormido? —dijo con voz ronca.

—Mucho tiempo —respondió él—. He intentado despertarte, pero no he podido.

—Lo siento.

Apretó los párpados y se apartó el pelo de la cara, intentando reunir suficiente flujo sanguíneo para incorporarse. Lo único que quería era cerrar los ojos, pero cuando lo hizo, volvió a oír a Tommie.

—Tengo hambre.

Su voz la hizo concentrarse y, respirando hondo, pudo levantar las piernas del sofá y sentarse. Luchando contra el impulso de volver a tumbarse, juntó las manos, mientras su mente y su cuerpo seguían resistiendo la orden de levantarse. En la televisión, Bob Esponja hablaba con una estrella de mar; en la alfombra había un corazón de manzana que ya se estaba volviendo marrón, junto con otro. Pensó en recogerlos, o al menos decirle a Tommie que los tirara a la basura, pero comprendió que le daba igual. Tenía la sensación de que podría dormir mil años, pero su hijo necesitaba comer. Se apoyó en el reposabrazos para impulsarse, pero tuvo que permanecer quieta cuando le entró una suerte de vértigo. Cuando por fin se le pasó, fue a la cocina.

Evitando la luz del techo, encendió la de la encimera de la cocina. Pero incluso esta luz le hizo daño en los ojos; cuando se acercó al fregadero, estuvo a punto de tropezar con la pila de delante antes de recuperar el equilibrio. Echó un vistazo al reloj e intentó calcular cuánto tiempo había dormido. Todavía mareada, no recordaba a qué hora había llegado el autobús de Tommie. Había sido a las cuatro menos cuarto o a las cuatro y cuarto, pero, en cualquier caso, se acercaba la hora de acostarlo.

«Necesita comer». Se sintió desconectada de su cuerpo mientras sacaba una cacerola y la llenaba de agua caliente para descongelar un par de muslos de pollo. De alguna manera, mantuvo el control muscular suficiente para cortar la coliflor y las zanahorias, y luego las echó en una bandeja que metió en el horno. Cerró los ojos y se apoyó en el frigorífico, mientras su cuerpo se apagaba, hasta que recordó lo que había sucedido. Aunque las imágenes de las drogas, las armas y el hombre de la camioneta eran oníricas, bastaron para estremecerla.

—¿Tommie? —lo llamó, procurando mantener la voz firme.

—¿Hum?

—¿Ha venido alguien mientras estaba durmiendo?

—No.

—¿Has visto una camioneta aparcar en la entrada?

—No.

Miró por la ventana; ¿por qué ese hombre no había vuelto?, se preguntó. Pero sus pensamientos seguían siendo viscosos y se trababan entre sí. Todavía apoyada en el refrigerador, cerró los ojos de nuevo. Las señales de alarma que había percibido antes le parecían lejanas, como si tuvieran que ver con otra persona, pero le quedaba suficiente sentido común para sacar el resto del pollo y la hamburguesa del congelador para que también se descongelaran.

Después, se obligó a ser la madre que sabía que era. Aunque sus movimientos eran lentos y robóticos, cocinó los muslos en la sartén de hierro fundido, con la mente en blanco mientras luchaba por mantener los ojos abiertos. Después de servir la comida en dos platos, llamó a Tommie, oyó apagarse el televisor y luego el niño se sentó con ella a la mesa. El agotamiento le había quitado el apetito, así que pasó la mayor parte del contenido de su plato al de Tommie. Bostezó una y luego varias veces; cuando el chico terminó, lo mandó arriba a darse un baño. No se molestó en fregar los platos. En lugar de eso, salió al porche.

A la luz plateada de la luna, pudo ver el granero, oscuro y siniestro, pero el miedo le pareció alucinatorio. Oyó a Tommie hablando solo en el piso de arriba mientras chapoteaba en la bañera. Se recordó que tenían que huir, pero había mucho que hacer antes para que eso fuera posible y no podía reunir la energía necesaria para empezar. Arrastrando los pies, se fue del porche y subió al piso de arriba. Las piernas le pesaban y se sentía descoordinada, algo así como si fuera sonámbula.

En el cuarto de baño, Tommie ya había salido de la bañera y se había envuelto en una toalla. El pelo mojado le brotaba en todas direcciones; cuando se volvió, ella vio al bebé y al niño pequeño que había sido, y algo le dolió por dentro.

—¿Te has acordado de lavarte el pelo con champú?

—Ya no soy un bebé.

Los pensamientos de Beverly iban a la deriva, contra su propia voluntad, ralentizándose mientras lo seguía al dormitorio. Por un instante, las paredes eran azul claro con bordes de papel pintado que mostraban escenas campestres antiguas; luego el dormitorio volvió a la realidad. Le buscó una camisa limpia y ropa interior, pensando en lo mucho que lo quería mientras Tommie se metía en la cama. Le alisó el pelo con los dedos y le dio un beso en la mejilla.

Volvió a oscuras a la planta de abajo como una zombi. Solo la luz de la cocina seguía proporcionando el brillo suficiente para impedir que tropezase en medio del desorden.

«Tengo que prepararme», pensó, mirando el pollo y la hamburguesa. Pero estaba funcionando con el piloto automático, había dejado de controlar conscientemente su cuerpo, y salió de la cocina en dirección al salón. Cuando se tumbó en el sofá, con la mente en blanco, sus ojos se cerraron.

Por un instante se imaginó a un pirata cayendo del Empire State y, de pronto, la venció el sueño.

39

No se despertó hasta que oyó a Tommie bajar las escaleras, sus ojos abriéndose con un parpadeo. Una luz grisácea se filtraba por las ventanas. Cuando Beverly empezó a desperezarse, todo lo que había sucedido en los últimos días se le vino a la cabeza con un peso tan opresivo que le entraron ganas de llorar.

Se acordó de que su madre solía llorar mucho por las mañanas; eran recuerdos de sus ojos enrojecidos y de la forma que tenía de abrazarse la cintura con los brazos, como intentando no desmoronarse. Beverly nunca sabía qué hacer en esos momentos, nunca supo qué hacer para que su madre se sintiese mejor. Y por eso guardaba las distancias. Se preparaba ella sola el desayuno, se iba al colegio y, mientras la profesora soltaba su perorata, se pasaba el resto del día en su pupitre preguntándose qué había hecho para disgustar tanto a su madre.

«Yo no soy mi madre», se recordó. Se concentró en Tommie y se incorporó, luchando por contener las lágrimas y lográndolo en parte. Para entonces, Tommie había entrado en la cocina. Beverly fue junto a él y reconoció que habían pasado una noche más a salvo, lo que tendría que hacerla sentir mejor, pero no era el caso; en el fondo de su cabeza, sintió un renovado temor, como si lo peor estuviera por venir.

—¿He perdido el autobús? —preguntó Tommie, ignorante de lo que ella sentía—. No quiero llegar tarde.

«Es verdad», recordó. «Es el día de campo». Beverly miró el reloj.

—Llegarás a tiempo, pero vamos a prepararte el desayuno.

Tenía los músculos agarrotados cuando se acercó al armario. Le preparó un tazón de cereales, se lo llevó a la mesa y le alisó el remolino de pelo usando la cera que había sobre la encimera. Se dejó caer en la silla frente a él y lo observó mientras empezaba a comer. Su mente intentaba deshacerse de los efectos del sueño, pero vagaba del pasado al futuro. Mirando fijamente a su hijo, no pudo evitar pensar que se merecía algo mucho mejor. Tendría que haberle proporcionado un hogar y una vida normales, pero ahora estaba a punto de desarraigarlo de nuevo, porque había cometido errores que una buena madre no cometería jamás. Se preguntó si debía advertirle ahora o simplemente despertarle en mitad de la noche, como había hecho la última vez. Se preguntaba dónde acabarían y si encontraría un empleo y cuánto tiempo pasaría hasta que sus vidas volvieran a ser remotamente normales. Había intentado hacerlo todo bien, pero todo había salido mal.

No era justo. Nadie merecía una vida como la que le estaba dando a su hijo, y sus ojos se llenaron de lágrimas. Se dio la vuelta para que Tommie no las viera.

—¿Te gusta esto? —preguntó, mientras su mente seguía divagando—. A veces pienso que estaría bien vivir cerca de la playa. ¿Te acuerdas de cuando fuimos a la playa? ¿Cuando eras pequeñito?

En esa época, él era pequeño, casi un bebé todavía, y ella le había untado tanta crema solar que la arena se le pegaba como pegamento. Construyeron castillos de arena, chapotearon en la orilla del mar y lanzaron uvas a las gaviotas, lo

257

que hacía a Tommie gritar de la risa mientras los pájaros se apiñaban de un sitio a otro. Gary había decidido ir a jugar al golf; en ese momento, ya se había dado cuenta de que su hijo era lo único que necesitaba en esta vida.

—Fue un día maravilloso —recordó, sabiendo que hablaba más consigo misma que con él—. Nos lo pasamos tan bien que quizá deberíamos repetirlo. Buscar un lugar cerca de la playa, donde podamos jugar en la arena o ver la puesta de sol sobre el mar. A veces pienso que podría sentarme y escuchar las olas durante horas. ¿No sería perfecto?

Tommie la miró.

—Amelia me ha dicho que hoy puedo sentarme a su lado en el autobús.

Era obvio que no había captado la indirecta, y la melancolía le pudo aún más mientras se levantaba de la mesa. Después de secarse las lágrimas, le preparó un sándwich y añadió una manzana al almuerzo, asegurándose de meterlo en la mochila. Parecía que había pasado una eternidad desde el día anterior.

Para entonces, Tommie ya casi había terminado. Apuró el cuenco, dejándose un bigote de leche. Ella le limpió los labios.

—Sabes que te quiero, ¿verdad?

Cuando Tommie asintió, pensó de nuevo que debía decirle la verdad, pero no le salían las palabras. En lugar de eso, se agachó sobre una rodilla, temblando, y odiándose por todo lo que estaba a punto de hacerle pasar.

—Deja que te haga un doble nudo en los zapatos para que no se te desaten cuando corras.

Luego le colgó la mochila a la espalda y salieron de casa en el momento justo. Cuando llegaron a la carretera, el autobús se estaba parando. Besó a Tommie en la mejilla y caminó con él hasta las puertas del autobús, que se abrieron en ese momento. Lo observó mientras subía los escalones y le hizo un último gesto con la mano, pero, de espaldas a ella, Tommie no pareció advertirlo.

Cuando dio media vuelta hacia la casa, la vio como la primera vez, cuando pensó que podría convertirla en un hogar. Recordaba recorrerla pensando que las paredes de la cocina quedarían perfectas de amarillo. Se había permitido creer que todo iría sobre ruedas, pero, ahora que le echaba un nuevo vistazo, la vio como la trampa que era, algo que lo único que había pretendido era engatusarla con falsas esperanzas, para luego frustrarlas.

Pensando en lo injusto que era todo y en los errores que había cometido, enumeró sus fracasos como madre. Y, esta vez, cuando le brotaron nuevas lágrimas, llegó al sofá a duras penas. Sabía que no podría dejar de llorar.

40

Cuando terminó de llorar, se sentía exhausta. Al limpiarse la cara con la parte inferior de la camisa, observó numerosas manchas marrones en la tela y se dio cuenta de que lo que estaba viendo era tierra.

«Del hoyo que cavé para esconder las armas». Debía de haber ido por ahí con la cara sucia (lo que no era de extrañar, puesto que no se había duchado) y se preguntó por qué Tommie no le había dicho nada al respecto. Tenía que haberse dado cuenta, y Beverly sospechó que estaba reaccionando igual que ella de pequeña, cuando no entendía lo que le pasaba a su madre. En momentos así, era mejor fingir que no pasaba nada, aunque estuviera asustada. No era extraño que Tommie hubiera permanecido en silencio durante la cena y apenas la hubiese mirado durante el desayuno. Tenía miedo por ella y de ella; aquello le formó un nudo en la garganta. Era otro error, uno más en la larga lista de errores que había cometido últimamente.

El llanto le había restado energía y levantarse del sofá le resultaba extrañamente difícil. Fue dando tumbos hasta la cocina y abrió el grifo. Se lavó la cara ahuecando las manos y notó motas de suciedad en el nacimiento del pelo, en las orejas e incluso en las pestañas. Un espejo le iría bien, pero subir al cuarto de baño para comprobarlo implicaba demasiado esfuerzo.

Miró la comida que había sacado del congelador la víspera, le quitó el envoltorio de plástico y lo puso todo en un plato, pensando que sería una cosa menos que tendría que hacer más tarde. Encontró una cacerola grande en uno de los cajones abiertos. Añadió agua y puso las judías en remojo. No estarían listas para cocinar hasta dentro de un par de horas. Pensó en preparar los bocadillos, pero, cuando cogió la barra de pan, se le vino a la cabeza la imagen de Tommie sentado entre ella y la anciana en la ranchera, cuando la miró fijamente con los ojos llenos de amor y confianza, y se le rompió el corazón.

Saberlo le dolía y sus pensamientos empezaron a dispersarse nuevamente. Recordó a Tommie de bebé, cuando lo acunaba a altas horas de la noche; reflexionó sobre la tranquilidad con que ahora se movía por el mundo. Decidió preparar los bocadillos más tarde y, aunque no entendía el motivo, no se molestó en cuestionarlo. Volvió a preguntarse quién en su sano juicio elegiría paredes naranjas para una cocina.

Sus pensamientos eran erráticos y le traían a la memoria un recuerdo tras otro; sabía que la única forma de acallarlos era volver a dormir. Sin embargo, sacó las zanahorias del frigorífico y las dejó en la encimera antes de rebuscar en los cajones para encontrar el pelador. Como no lo encontró, se conformó con un cuchillo de carnicero. Le temblaban las manos. Ansiaba volver a dormirse; ese había sido el único momento de los últimos días en el que se había sentido a salvo y libre del peso de las preocupaciones.

Sus movimientos eran cada vez más descoordinados, hasta que su mano resbaló y la hoja se le clavó profundamente en el dedo índice, devolviéndola al presente. Soltó un grito (un alarido, en realidad) al ver aparecer una gruesa gota de sangre y luego cómo el tajo se enrojecía por completo. La sangre salpicó la encimera y su camisa. Se pellizcó el corte con la mano libre, momentáneamente hipnotizada, antes de que el escozor surgiera con toda su furia, transformándose en un dolor punzante. Cuando soltó el dedo, la sangre se derramó sobre el mostrador. Abrió el grifo con la mano que tenía ilesa, observó cómo el agua de color rosa desvaído se iba colando a través del desagüe y luego lo cerró. Utilizó la parte inferior de la camisa para vendarse el dedo, pensando que, si fuera otra persona con una vida diferente, se subiría al coche y conduciría hasta un centro de urgencias para que le suturaran la herida.

Pero esa vida no era la suya, ya no, y los ojos se le llenaron de lágrimas. «Paso a paso», se decía a sí misma. Necesitaba gasas y esparadrapo, pero dudaba que hubiera en la casa. Tal vez hubiera tiritas en uno de los cuartos de baño, por lo que subió las escaleras hasta el que usaba Tommie. Tuvo suerte en el segundo cajón.

Sacó una, pero necesitaba las dos manos para abrirla y la sangre salpicó la encimera. El envoltorio, pegajoso y humedecido por la sangre, echó a perder el adhesivo. Volvió a intentarlo con otra tirita y obtuvo el mismo resultado. Lo intentó una y otra vez, fallando en cada ocasión; los envoltorios ensangrentados y las tiritas caían al suelo. Finalmente, preparó dos más, se limpió la sangre de la mano y del dedo y se secó con la camisa, apretando fuerte. Se puso la primera, seguida rápidamente de la segunda. Eso le dio el tiempo que necesitaba para ponerse más, y pareció funcionar. Su dedo palpitaba con su propio latido mientras bajaba las escaleras.

El salón, el pasillo y la cocina estaban hechos un asco; por otro lado, la idea de tener que limpiarlo todo, hacer la comida y las maletas, huir y tener que buscar la manera de empezar una nueva vida la superaba. Su mente se apagó como un circuito sobrecargado, dejando solo tristeza a su paso.

Exhausta, fue al sofá y se puso cómoda. Cerró los ojos y sus preocupaciones y temores se desvanecieron por completo en el instante en que se quedó dormida.

41

A pesar de haber dormido durante horas, se despertó con la sensación de que la habían drogado. Se obligó a incorporarse, su mente despertándose a cámara lenta, la habitación centrándose poco a poco.

—Qué desastre —comentó sin dirigirse a nadie en particular, de nuevo asombrada por el desorden, el armario en un ángulo inclinado y la pared a medio pintar.

Se levantó del sofá y se arrastró hasta la cocina para ponerse un vaso de agua. Mientras bebía, sintió la palpitación en el dedo, el profundo dolor de la magulladura. Cuando se miró la mano, vio que la sangre había empapado las tiritas, manchándolas de marrón. Era asqueroso, pero no pensaba intentar cambiarlas, como tampoco quería limpiar el salón, la cocina o el resto de la casa. O hacer bocadillos o cortar zanahorias, para el caso. No tenía ganas de hacer nada, al menos hasta que se sintiera un poco más ella misma.

Salió al porche. Miró hacia un lado y hacia el otro, y vio a los omnipresentes campesinos en los campos, pero estaban más lejos de la casa que el día anterior, trabajando en otra sección de la cosecha bajo un cielo de nubes grisáceas. Soplaba una brisa bastante estable y se preguntó si no sería señal de que iba a llover.

Aunque la lluvia complicaría la fuga, no podía reunir la energía necesaria para preocuparse demasiado por eso; en cambio, sin darse cuenta se perdió en un recuerdo de su madre. Su madre también se cansaba mucho, a veces hasta el extremo de pasarse dos o tres días en cama. Beverly recordaba que se acercaba a su lecho y la sacudía, pidiéndole que se despertara porque no había comido. A veces, su madre se levantaba y se arrastraba hasta la cocina para calentar sopa de pollo con fideos antes de retirarse de nuevo; en otras ocasiones, Beverly no podía hacer nada para despertarla.

Sin embargo, por duros que fueran aquellos días, no eran nada comparados con los que lloraba desconsoladamente, a pesar de todo lo que Beverly hacía por ayudarla. Beverly recordaba que se asustaba cada vez que ocurría tal cosa. Se suponía que las madres no lloraban. Pero lo que la molestaba no eran solo las lágrimas o los sollozos, los sonidos ahogados. Era también su aspecto, con la ropa sucia y el pelo asomando en todas direcciones, así como la expresión atormentada de su rostro. Incluso se movía de forma diferente, como si cada paso que diera le resultara doloroso.

Su madre nunca supo explicarle qué la ponía tan triste. Daba igual que Beverly limpiase o no su cuarto, que jugara en silencio o armara jaleo; los días grises siempre llegaban. Así los llamaba su madre. «Días grises». Cuando se hizo mayor y comprendió lo que significaba ser una persona gris, Beverly supuso que su madre lo decía en sentido figurado; más tarde, empezó a pensar que también lo decía en sentido literal. Porque comprendió que así es como se sentía ella misma en estos momentos: como si una densa niebla gris la envolviera lentamente. No era un color bonito, como el verde mar o el azul con el que había pintado el cuarto de Tommie cuando era un bebé. Era un gris ceniciento, tan oscuro y profundo que parecía ennegrecerse en los bordes, tan desapacible, frío y pesado que era casi imposible centrarse en cualquier otra cosa.

«Yo no soy mi madre», repitió, pero ¿no lo era?

265

42

*D*eambuló por la casa, intentando quitarse de la cabeza la idea de que, hiciera lo que hiciera para prepararse, en algún momento cometería un error que le pasaría factura más pronto que tarde.

Sacó el tarro de galletas del armario de la cocina y cogió el pequeño fajo de billetes. Los contó uno a uno con el pulgar, comprobándolo un par de veces, y sintió una presión detrás de los ojos, porque sabía que no era suficiente. Ni siquiera se acercaba a «lo suficiente». Se imaginó mendigando con un cartón, todo para dar de comer a su hijo.

¿Qué sentido tenía seguir intentándolo? ¿Y por qué la propietaria de la casa, de esta casa, no podía ser normal? ¿No podía ser simplemente una anciana con necesidad de un dinerillo extra, en vez de alguien que quería utilizar a Beverly para cualquier cosa ilegal que se trajera entre manos? En medio del silencio era fácil imaginar al hombre de la camioneta y a la propietaria sentados alrededor de una mesa de cocina maltrecha, con dinero en efectivo, armas y drogas amontonados ante ellos.

La idea le revolvió el estómago y oscureció la niebla gris que la rodeaba. La cabeza se le fue un rato antes de centrarse finalmente en la encimera. Vio el cuchillo y las zanahorias manchadas de salpicaduras de sangre, lo que le hizo acordarse de su dedo, que palpitaba con su propio latido; era extraño que lo hiciera, como si tuviera un ecosistema propio desconectado del resto de su cuerpo. Cogió el cuchillo con visible disgusto y lavó la sangre de la zanahoria que había intentado pelar, pero luego decidió que no permitiría por nada del mundo que Tommie se la comiera, aunque eso no le impidió pelarla hasta que no fue más gruesa que un lápiz. La tiró al fregadero y cogió otra, intentando concentrarse para no resbalar. Cuando terminó, cogió la siguiente, pero decidió que era mejor preparar el pollo al mismo tiempo.

La carne estaba en el plato donde la había dejado, descongelada y lista para asar. Buscó la sartén de hierro fundido en el cajón, pero no la encontró y se dio cuenta de que aún estaba en el fogón desde la noche anterior. Encendió el quemador, echó los muslos a la sartén, llenándola hasta los topes, y volvió a las zanahorias. Pero cuando cogió el cuchillo, se imaginó a Tommie calado hasta los huesos bajo la lluvia torrencial, en la oscuridad, salpicado, para colmo, por los coches que lo adelantaban. ¿Cuánto tiempo aguantaría antes de empezar a temblar o caer enfermo? La imagen era desgarradora. Consumida por ella, salió de la cocina sin un claro propósito. No pensaba en lo que hacía ni adónde iba; era como si un hilo invisible tirara de ella y sus pensamientos se difuminaran hasta desaparecer.

Subió los escalones y se detuvo en el umbral de la habitación de Tommie. Debajo de la cama había habido armas, y dedujo que Tommie debía de haberlas encontrado, pero no se había molestado en decírselo. Aquel pensamiento volvió a dejarle la mente en blanco; era demasiado horrible como para detenerse en él. No obstante, cuando la imagen del cuarto volvió a aclararse, vio ¡Corre, perro, corre! y la figura de Iron Man en la mesita de noche, y se recordó que no debía olvidarlos. Pero algo de ese pensamiento quedó en su cabeza. Se preguntó por qué había subido al cuarto, y solo cuando olió a quemado se acordó del pollo.

La cocina estaba llena de humo, al que se sumaba el que salía de la sartén. El olor a comida quemada y carbonizada hizo que Beverly se precipitara hacia los fogones para, instintivamente, alcanzar el asa. Fue un tormento al rojo vivo; su piel chisporroteaba audiblemente. Beverly gritó y soltó la sartén, que se estrelló contra los fogones. Rebuscó en uno de los cajones abiertos y lo vació de trapos de cocina hasta que encontró una manopla. Se la puso en la mano del dedo cortado e, intentando no pensar en el dolor, retiró la sartén del fuego. En otra vida (en la que no tuviera que contar cada bocado de comida) se habría limitado a poner la sartén debajo del grifo para que dejara de salir humo y luego habría tirado los restos a la basura, pero, en lugar de eso, volvió a poner la sartén sobre un quemador no usado. Buscó un plato en los armarios con la esperanza de poder salvar el pollo. Intentó encontrar unas pinzas para coger los muslos, pero estaban enredadas con otros utensilios; cuando las sacó del cajón, varias espátulas fueron a parar al suelo junto con los trapos de cocina. Con la sartén todavía humeante, tuvo que desprender los muslos, negros por un lado y crudos por el otro, y dejarlo todo en un plato. Solo cuando hubo retirado toda la comida, acercó la sartén al grifo para apagar el humo y la superficie chisporroteó al contacto con el agua.

En ese momento volvió a sentir el dolor de la mano quemada en oleadas repentinas e implacables. Se le estaban formando ampollas en la palma y los dedos. Movió la mano bajo el grifo, pero el agua fría que golpeaba su piel amplificó el dolor, y la apartó enseguida. A pesar del humo, podía percibir el hedor del pollo quemado, un olor nauseabundo. No quedaba ni un trozo aprovechable para Tommie, y eso significaba que les quedaba menos comida para alimentarse durante su fuga. Con una mano quemada y con un dedo cortado en la otra, ¿qué podría hacer? Era un fracaso más que añadir a una larga lista. Se preguntó cómo se había permitido creer, ni aunque fuera por un instante, que valía para ser madre.

43

*B*everly pasó las siguientes horas sin hacer nada. Apenas recordaba cómo había llegado hasta el porche, insensible a todo excepto a la densa niebla gris que parecía envenenar sus pensamientos. La mano y el dedo le palpitaban, pero, sumida en una creciente melancolía, apenas sentía ninguna de las dos cosas.

«Tengo que ver a Tommie». Eso era lo único en lo que podía pensar.

Solo entonces las cosas serían diferentes; solo entonces la niebla gris desaparecería. Era vagamente consciente de que el niño era su salvavidas y necesitaba ver su carita seria al bajar del autobús. Quería alisarle el remolino del pelo y decirle que lo quería. Se levantó y miró hacia el reloj de la pared a través de la ventana y supo que el autobús estaría a punto de llegar. Se fue del porche y caminó hacia la carretera, sin acordarse de los todoterrenos negros ni de los hombres en camionetas o de los jornaleros que pudieran estar observándola. Solo había una cosa importante.

Se sentó en el tocón y el dolor de la quemadura se abrió paso hasta el primer plano de su conciencia. Se le ocurrió que quizá debería vendarse la mano o buscar alguna crema, pero la idea de perderse el regreso de Tommie la llenó de ansiedad.

Las nubes seguían espesándose, formando grises nubarrones. Las hojas de los árboles murmuraban en respuesta al cambio de clima. Al otro lado de la carretera, un cardenal parecía observarla desde el poste de una valla.

Beverly miraba fijamente la carretera, esperando. El dolor se intensificaba, disminuía y se intensificaba, contrayendo su rostro. Abrió la mano para permitir que la brisa la acariciara, pero le dolió más y volvió a cerrarla. El cardenal se alejó volando, empequeñeciendo en la distancia. Beverly podía sentir la niebla grisácea a su alrededor, envolviéndola con sus tentáculos.

El autobús no apareció y Beverly siguió esperando, y luego esperó un poco más. Finalmente, los campesinos se subieron a las cajas de las camionetas, que abandonaron los campos, tomaron la carretera y desaparecieron de su vista. El sonido de un trueno lejano rodó por los campos. Pero el autobús seguía sin llegar.

Volvió al porche para mirar la hora a través de las ventanas. El autobús llevaba media hora o una hora de retraso, no estaba segura. Caminó hasta el tocón y, poco a poco, la curiosidad cedió a la irritación y a la preocupación. Cuando el miedo se apoderó de ella finalmente, la niebla gris empezó a despejarse, aunque sin revelar respuestas, únicamente más preguntas.

¿Dónde estaba el autobús?

¿Dónde estaba su hijo?

Cuando comprendió lo evidente, sintió que le faltaba el aire. Caminó, luego corrió, hasta la casa y cruzó la puerta a la desesperada. Intentó no ponerse en lo peor, pero no pudo evitarlo; tenía que saber qué hacer. ¿Se había averiado el autobús o Tommie lo había perdido? ¿Seguía en la escuela? Tendría que ir andando o, con suerte, conseguir que alguien la llevara. En ese momento deseó tener una vecina cerca, una dulce anciana que les hubiera llevado una tarta para darles la bienvenida el día que habían llegado, pero no había aparecido nadie…

Si el autobús se había averiado, tenía que saberlo. Si Tommie seguía en la escuela, tenía que ir a buscarlo. Tropezó con un montón de porquería que había sacado de los armarios y cayó de bruces, golpeándose con fuerza la rodilla contra el suelo de linóleo, pero apenas lo sintió mientras se incorporaba a duras penas. Pensó en el disfraz que debía ponerse, aunque eso le llevaría un tiempo del que no disponía.

Subió cojeando las escaleras hasta su dormitorio y se quedó paralizada en la puerta. Su habitación parecía un campo de batalla, la ropa tirada por el suelo, las puertas de los armarios abiertas e incluso las sábanas en el suelo. Parpadeó, intentando entender qué había pasado.

¿Había montado ella misma aquel desastre? ¿El día anterior? ¿Cuando estaba registrando la casa? Recordaba haber limpiado debajo del fregadero y en la despensa y en el armario y en el porche trasero, pero, cuando subió a la planta de arriba, era tal su frenesí que sus recuerdos se volvían borrosos. Había vaciado el armario de la ropa blanca, pero ¿esto también lo había hecho ella? Supuso que era posible, pero no lo recordaba, y si no lo había hecho ella…

Se le hizo un nudo en la garganta al acordarse del hombre de la camioneta.

¿Había entrado en la casa mientras ella cavaba en el arroyo?

Se agarró al quicio de la puerta para mantener el equilibrio. No quería creerlo, se negaba a pensar que había estado tanto tiempo cavando, no quería imaginar que alguien había irrumpido en la casa en su ausencia y había hecho aquello, no quería pensar en lo que podría haber pasado si ella hubiera estado dentro cuando el hombre…

No, pensó, mientras el miedo la obligaba a centrarse. No podía entrar ahí, no podía permitirse bajar a los infiernos. Tommie era lo único que importaba.

Recuperó la compostura y entró en su dormitorio, observando el desastre. La peluca estaba en el cuarto de baño, donde la había dejado, al lado de la gorra de béisbol. Al mirarse en el espejo, se dio cuenta de que tenía sangre en la camiseta y se la quitó para ponerse la que colgaba de la barra de la cortina de la ducha. Cuando se fijó mejor en su reflejo, apenas reconoció a la mujer demacrada y atormentada que la miraba. Pero no había tiempo para maquillarse. El dolor en la mano y el dedo le impedían prácticamente recogerse el pelo, pero, aun así, lo hizo, con una mueca de dolor. Después de ajustarse la peluca, se puso la gorra y buscó sus zapatos cerca de la cama, que era donde solía dejarlos, pero no los veía por ninguna parte. Con tanta ropa en el suelo tuvo que apartar los montones a patadas, sin suerte. Miró debajo de la cama, pero tampoco estaban ahí; de repente recordó que había dormido en el sofá: debía de habérselos quitado abajo.

Hizo ademán de ir hacia la puerta cuando, por casualidad, volvió la vista hacia el armario ya vacío y la imagen se fue enfocando poco a poco. Un momento después, sintió que se le doblaban las piernas. Casi desmayada, cayó de rodillas, mirando con una creciente sensación de horror los zapatos Christian Louboutin de suela roja que Gary le había regalado una vez por su cumpleaños, los que había dejado atrás.

273

44

*E*ran sus zapatos, sin duda; reconoció la caja en la que estaban y la pequeña rozadura que se hizo en uno de los dedos la noche que los estrenó para ir a cenar. Tampoco se preguntó cómo o por qué estaban allí.

«Los ha traído Gary».

Sabía que ella y Tommie volverían a huir; debía de haberlo sabido todo desde el principio. No importaba que hubiera cámaras en la estación de autobuses; probablemente, no había pegado carteles de «se busca» con su imagen por todas partes ni los había distribuido entre la policía de todo el país. No le hacía falta; sabía que ella viajaría ligera de equipaje, así que cosió rastreadores GPS a sus mochilas. Y, dondequiera que él hubiera estado, quizás incluso en su antigua casa, se había limitado a sentarse y a observar sus avances desde el teléfono o el ordenador. Sabía que había subido a coches de desconocidos, sabía que se había alojado en un motel y había ido a una cafetería, tal vez incluso la había rastreado cuando fue a ver aquella casa por primera vez. Seguramente la había buscado con algún tipo de satélite o plano de la ciudad, y luego había utilizado sus contactos para identificar a la propietaria.

Se quitó la peluca y la dejó en el baño. Bajó las escaleras tambaleándose, mareada ante su propia estupidez. Detrás de las ventanas destellaron relámpagos, seguidos del estruendo de un trueno. Empezó a llover y la casa vibró como si pasara un tren, pero Beverly, presa de sus pensamientos, no se dio cuenta de nada.

Gary se había puesto en contacto con la propietaria de la casa, por supuesto. Lo más probable era que lo hubiera hecho por teléfono antes de que ella accediera a enseñarle la casa. Seguramente le contó alguna historia falsa sobre la oportunidad de ayudar al Gobierno con una investigación, tal vez incluso le ofreció dinero y le dijo lo que necesitaba que hiciera. Eso explicaba por qué la mujer no le había hecho a Beverly las preguntas habituales ni le había pedido documentación o referencias. Eso explicaba por qué se había mostrado tan dispuesta a aceptar dinero en metálico.

El resto había sido sencillo. Envió a hombres para que la vigilaran al volante de camionetas destartaladas para pasar desapercibidos. ¿Y después? La introducción de un poco de guerra psicológica: la primera vez que el hombre de la camioneta había aparecido, introdujo las armas y las drogas en la casa. Sin embargo, había tenido cuidado de quitarse las botas, lo que explicaba que no hubiera huellas en el interior. Gary la conocía y había anticipado exactamente cómo reaccionaría; sabía que entraría en pánico si encontraba huellas. La segunda vez que el hombre había aparecido, había puesto patas arriba su dormitorio en un nuevo intento de desequilibrarla y aterrorizarla. Al mismo tiempo, Gary apostó hombres en los campos para vigilarla, para saber exactamente cuándo pensaba huir.

Beverly se tambaleó hasta el sofá; a medida que las piezas encajaban, su mente empezó a pensar más despacio. Mientras ella iba de compras o pintaba la cocina, era obvio que Gary había ido a la escuela primaria John Small y lo había arreglado todo. Le había explicado a la directora, a la maestra y al conductor del autobús que Beverly había secuestrado a su hijo. Sin duda, había recalcado que era peligrosa y que se sospechaba que en la casa había tanto armas como drogas; incluso podría haberles enseñado fotografías como prueba. Habría insistido en su preocupación por la seguridad de Tommie. Con un tono que sonaba a la vez oficial y razonable, les había dicho que lo mejor era simplemente rescatar a Tommie cuando estuviera en la escuela, cuando no hubiera riesgo de que pudieran hacerle daño.

¿Y ahora? Pronto llamarían a la policía o al *sheriff* y vendrían a arrestarla. De hecho, lo más seguro es que estuvieran de camino mientras ella estaba sentada en el sofá, pero la perspectiva de pasar el resto de su vida en la cárcel no era nada comparada con la idea de no volver a ver a su hijo.

«Tommie ya no está», canturreó una voz en su cabeza mientras la niebla gris la abrumaba. «Tommie ya no está». No había forma de arreglarlo, no había salida. No había futuro para ella, pasara lo que pasara. A medida que su mente se iba quedando en blanco y borrosa, las únicas emociones que sentía eran tan negras como la niebla, y más piezas encajaban en su sitio. Tommie ya no estaba y ella iría a la cárcel, y Gary descargaría su ira contra su hijo, y su dulce niñito acabaría creciendo y convirtiéndose en un hombre violento y peligroso.

Fuera, los relámpagos seguían surcando el cielo y los truenos retumbaban por encima del sonido de la lluvia torrencial. La casa se ensombrecía, volviéndose más opresiva, pero eso no significaba absolutamente nada. La vida no significaba nada, y el futuro era más negro que el mundo exterior, hiciera lo que hiciera. Cada camino que había imaginado había terminado en un callejón sin salida, y no quedaba nada más que el olvido.

«Tommie».

Comprendió que nunca lo vería jugar al fútbol, ni batear un *home run* mientras ella aplaudía desde la grada; nunca lo vería arreglarse antes de las reuniones de antiguos alumnos o el día de su graduación. Nunca lo vería enamorarse por primera vez ni emocionarse temprano la mañana de Navidad. Nunca lo vería conducir un coche o convertirse en un hombrecito o graduarse en el instituto y la universidad, y nunca volvería a oír su risa.

Todo aquello se había convertido en polvo y ceniza, pero incluso llorar parecía inútil. Era inútil hacer cualquier cosa; durante un buen rato no pudo reunir la voluntad para moverse. Su respiración se hizo más lenta mientras la niebla gris se espesaba, trayendo angustia y pérdida y un infinito pesar, como si estuvieran tiñéndole el alma de veneno. El pasado era un espectáculo de horror y el futuro solo prometía pena, pero el presente era aún peor, asfixiante en su intensidad.

Se levantó deliberadamente del sofá. Como en trance, subió lentamente las escaleras, con la mano, la rodilla y el dedo palpitándole de dolor, pero se lo merecía todo, porque le había fallado a su hijo.

En el suelo del cuarto de Tommie estaba la bolsa de plástico de la basura, la que había arrastrado por toda la casa cuando buscaba drogas. Beverly encendió la lámpara y se sentó en el borde de la cama. Al fondo de la bolsa estaban los frascos de pastillas que había encontrado en el cuarto de baño; empezó a hurgar en el arenoso matarratas, buscando lo que necesitaba.

Sacó los frascos uno a uno y leyó las etiquetas, tirando al suelo los que no reconocía. Al cabo de un rato encontró el Ambien, que estaba medio lleno. Dejó caer la bolsa, salió de la habitación y bajó las escaleras.

En la cocina, ignoró el olor a pollo quemado y la hamburguesa que se estaba echando a perder. No hizo caso del desorden y desvió la mirada de la sangre en la encimera. Llenó un vaso con agua del grifo. Mirando por la ventana, supo que Gary no tardaría en llegar acompañado de la policía. Pero ya no le importaba que la detuvieran; no le importaba nada, porque ya no había nada por lo que preocuparse y no había salida.

Volvió a subir las escaleras, fue al cuarto de Tommie y se sentó a un lado de la cama. Se echó las pastillas del frasco en la mano y luego se las metió en la boca, tragándoselas todas con agua. Se recostó, pensando que el olor de Tommie parecía haberse desvanecido por completo. Sin embargo, pronto se acabaría todo, la sensación de fin sonaba tan fuerte que acallaba todo lo que había estado sintiendo en las últimas horas.

Beverly cerró los ojos y sintió un alivio momentáneo.

Luego, nada.

SÉPTIMA PARTE

Colby

45

Esperaba que Morgan y yo pudiéramos desayunar juntos, pero me dijo que no, pues tenía ensayo. Me besó, se metió en la ducha y, después de ponerse el vestido veraniego, la llevé al Don.

En el vestíbulo del hotel había una familia con niños, y vi que Morgan los miró de reojo antes de darme un casto beso que me dejó con ganas de más. Me había invitado a ir a la piscina más tarde para pasar el rato con ella y sus amigas; aunque la quería toda para mí, entendí que también era la última semana que iban a pasar juntas.

Corrí menos de lo habitual y me paré a comprar tacos en un puesto para el desayuno. Me los comí en el aparcamiento mientras seguía sudando, con la mente puesta en Morgan. Había estado callada durante el trayecto al hotel, aparentemente aturdida, lo cual agradecí porque yo me sentía igual. No era posible enamorarse tan rápido, pero de algún modo había sucedido, y creo que necesitaba tiempo para asimilarlo. También sospeché que no le hacía mucha ilusión la conversación que inevitablemente iba a tener con sus amigas. Si ella apenas entendía lo que había pasado, lo más probable es que diera por sentado que sus amigas tampoco lo harían.

En cuanto a mí, pensaba en que solo nos quedaban unos días juntos y me preguntaba si dedicaría las próximas horas a entrar en razón, comprendiendo que se había equivocado sobre sus sentimientos.

Poco después de quedarnos dormidos, había vuelto la luz, así que después de regresar al apartamento y ducharme, me tomé un tiempo para limpiarlo. A la hora acordada, conduje hasta el Don y fui a la terraza de la piscina. Morgan y sus amigas ya estaban allí, tomando el sol en coloridos bikinis. La mesita que había entre las sillas estaba llena de tubos de crema solar y una botella grande de agua, además de restos de vasos con refrescos verdes. Había una *chaise longue* libre reservada al lado de Morgan, con un par de toallas dobladas encima, lo cual era todo un detalle.

Holly fue la primera en verme y me saludó con un gesto breve; las demás, Morgan incluida, me saludaron despreocupadamente, como si ignoraran que ella no había vuelto al hotel esa noche. Pensé en besar a Morgan, pero opté por no hacerlo, no fuera a avergonzarla, e hice todo lo posible por mantener la calma, a pesar de que verla en bikini desató tentadores recuerdos. Durante unos instantes, nadie dijo nada; a todos los efectos, podríamos haber sido unos desconocidos que se habían sentado cerca casualmente. Puede que Morgan y sus amigas no hubiesen hablado de lo que había pasado. Entonces Maria carraspeó y preguntó:

—Bueno, Colby..., ¿cómo te fue la noche?

Luego todas empezaron a reírse a carcajadas. Una vez roto el hielo, me volví hacia Morgan.

—¿Te arrepientes de algo? —dije en voz baja.

Me sonrió.

—De nada en absoluto.

46

*P*or fortuna, ninguna nos preguntó ni a Morgan ni a mí por la noche anterior, aunque estaba razonablemente seguro de que ella se lo había contado casi todo porque evitaban el tema. Nos pasamos el día charlando, los cinco, dándonos un chapuzón en la piscina de vez en cuando para refrescarnos. Pedimos algo de picar en el bar de la piscina y, después, Morgan y yo fuimos a dar un paseo por la playa. La cogí de la mano, pensando que encajaba perfectamente en la mía.

A última hora de la tarde, todo el mundo tenía ganas de retirarse. Morgan anunció que necesitaba una siesta; después de echar las toallas usadas al cubo, me puse la camiseta y las chanclas. Para entonces, Morgan ya se había cubierto.

—¿Quieres que cenemos más tarde? —le pregunté.

—¿Qué se te ocurre?

—¿Qué te parece un pícnic en la playa?

Me cogió la cara entre las manos y me besó cariñosamente.

—Me parece perfecto.

47

Quedamos en encontrarnos detrás del hotel a las siete y media, pero, al igual que Morgan, yo también necesitaba una siesta. Me dormí en cuanto mi cabeza tocó la almohada. Para mi asombro, cuando sonó el despertador me sentía como una rosa, me duché y me vestí antes de pedir dos ensaladas griegas en un restaurante de la manzana, una con salmón extra y la otra con gambas a la plancha. De vuelta al Don, compré una bolsa de hielo, más té helado y botellas de agua.

Me instalé junto a la duna, en el lateral del hotel, y extendí una sábana que había cogido del apartamento. Acababa de abrir una botella de agua cuando vi que Morgan se acercaba. Me levanté, la abracé y la acomodé en una silla de playa plegable que había llevado.

—¿Qué has traído? —preguntó—. Me muero de hambre.

Saqué las ensaladas de la nevera y, cuando terminamos, utilizamos la duna como respaldo y nos acurrucamos a su sombra. Rodeé a Morgan con el brazo y ella se hizo un ovillo contra mí mientras el cielo comenzaba su lenta y milagrosa transformación. El azul se desvaneció en amarillo; los reflejos rosados se proyectaban sobre largas franjas de agua, mientras el cielo se volvía naranja y, por último, rojo. Como hecho adrede, la luna empezó a salir justo cuando el sol se ponía.

—Quiero que mañana hagas algo por mí —le dije finalmente.

Ella se volvió hacia mí.

—Lo que quieras.

Le dije lo que quería y, aunque no me contestó, tampoco rechazó mi idea, lo que tomé como una señal positiva.

Después volvimos a mi apartamento, nos besamos y nos desnudamos de camino al dormitorio. Hicimos el amor con ternura y renovada urgencia, y después Morgan me rodeó con sus extremidades, apoyando la cabeza en mi pecho. Cuando por fin la venció el sueño, me desenredé con cuidado y me levanté de la cama. Envuelto en una toalla, fui al salón, bañado por la luz plateada de la luna que entraba por las puertas correderas de cristal.

Mientras contemplaba la luna elevarse por encima de los árboles, pensé en lo mucho que amaba a Morgan y me maravillé de lo diferente que parecía mi vida cuando la veía a través del prisma de mis nuevos sentimientos. Como era natural, mis pensamientos volvieron a que había pasado un día más y Morgan se iría pronto, y volví a preguntarme qué iba a ser de nosotros, temiendo la idea de que se avecinaba una decisión; una decisión que podría romperme el corazón.

De vuelta en el dormitorio, apreté mi cuerpo contra el de Morgan. Incluso dormida, sintió mi presencia y respondió acurrucándose contra mí. Respiré su aroma, sintiéndome completo, y aunque tardé un rato en dormirme, supe que cuando por fin me quedara dormido, soñaría con ella, sin duda.

285

48

Cuando nos despertamos, Morgan me convenció para ir con ella y sus amigas al museo Dalí una hora después de que terminaran su ensayo.

Cogidos de la mano, recorrimos las exposiciones, que, he de reconocerlo, me parecieron más interesantes de lo que esperaba. Maria parecía estar muy bien informada sobre Dalí y se tomó su tiempo para explicar por qué tal cuadro era especialmente importante; aunque la mayoría no era exactamente de mi estilo, había cuatro o cinco que volví a examinar varias veces. Eran extraños, pero daban que pensar.

Después fuimos a Clearwater Beach, hundimos los pies desnudos en la fina arena blanca y flotamos en las cálidas aguas del golfo. Tuve que irme pronto para no llegar tarde al concierto, y le recordé mi petición, pero, como de costumbre, ella se hizo la loca. Tras un largo beso, le susurré que la quería, sin preocuparme lo más mínimo de lo que sus amigas pudieran decir cuando me hubiera marchado.

El público del jueves por la noche eclipsó al del martes (no era de extrañar, puesto que hacía un tiempo idílico) y la terraza se fue llenando mientras tocaba el primer y el segundo pase. Pronto apenas cabía un alfiler. Una vez más, me sorprendió el número de peticiones de mis canciones originales (estaba claro que la gente se estaba familiarizando con mis grabaciones en Internet) y me alegré de poder mezclarlas en la lista de canciones de la tarde. En conjunto, fue el público más bebedor desde el fin de semana anterior, y Ray y el personal sudaron la gota gorda para atender todos los pedidos.

Cuando Morgan y sus amigas aparecieron unos veinte minutos antes de que acabara el concierto, las miradas se volvieron hacia aquel grupo de jóvenes despampanantes. Inmediatamente me lancé con la canción que ella me había inspirado, seguida de algunos clásicos para cantar a coro y darle vidilla al público. No sabía cómo reaccionaría Morgan, pero me aclaré la garganta y toqué el micrófono para atraer la atención de todo el mundo, antes de desviar la mirada hacia ella.

—El otro día escuché a una cantante extraordinaria y le he preguntado si estaría dispuesta a interpretar una canción para vosotros esta noche. Todavía no me ha dado una respuesta, pero si queréis escuchar lo que yo escuché, decidle a Morgan Lee lo mucho que deseáis que suba al escenario conmigo ahora mismo.

La multitud silbó y gritó, tal como esperaba; noté su vergüenza, pero le tendí la mano, instándola a que se acercara, mientras, emocionadas, Holly, Stacy y Maria la animaban y la empujaban hacia mí. A pesar de su vacilación, parecía menos incómoda que nerviosa. Cuando por fin empezó a avanzar hacia mí, el entusiasmo de la multitud se transformó en un rugido. Sus amigas la siguieron, teléfonos en mano, y se acercaron al escenario bajo para poder grabarla. La ayudé a subir a la tarima y di un paso atrás cuando se acercó al micrófono. Aparté mi taburete a un lado y cogí un atril de la esquina. Morgan buscó sus fotos en el móvil y se detuvo en la de la letra que había compuesto en el apartamento.

—Dame un minuto para asegurarme de que me sé toda la letra, ¿vale? —susurró con la mano tapando el micrófono.

—Por supuesto. Tómate tu tiempo —le contesté.

287

La observé leyendo la letra y enseguida comprendí que no sería necesario un repaso muy largo.

—¿Qué te parece si mientras tanto toco la primera estrofa y el estribillo, y lo voy repitiendo hasta que me indiques que estás lista?

Asintió, con los ojos fijos en la pantalla mientras seguía recitando las palabras en silencio. De algún modo, su nerviosismo parecía contribuir a la expectación del público.

Empecé la primera estrofa de la canción, a la espera de su señal. Cuando llegué al final del estribillo, vi que asentía con la cabeza. Cuando levantó los ojos hacia el público, su cuerpo se balanceaba ligeramente. Volví en círculo al principio, repitiéndolo, y en cuanto entonó las primeras notas, no fui el único que quedó hipnotizado. Se hizo el silencio mientras su voz gutural llenaba el bar; la gente estaba paralizada por su claridad y su potencia. Sin embargo, cuando empezó a bailar y sus pasos la llevaron de un extremo a otro del escenario, el público irrumpió en vítores y aplausos. Era una Morgan que nunca había visto: no quedaba rastro de la chica cohibida que había permanecido quieta en mi salón. Sus amigas la grababan muy concentradas, pero me di cuenta de que se morían de ganas de dar saltos.

La canción era pegadiza y, desde el segundo estribillo, inspiró gritos y silbidos. Cuanto más se animaba el público, más respondía Morgan.

Su voz tenía un aire operístico; cuando se lanzó a un potente vibrato hacia el final, la mayoría del público se levantó. Cuando Morgan llegó a la última nota alta con total confianza, el aplauso fue explosivo. Había causado sensación y todos los presentes podían dar fe de ello.

La gente pidió inmediatamente un bis, pero ella lo rechazó con un movimiento de cabeza mientras volvía a colocar el micrófono en el atril. Bajó de la tarima y sus amigas la rodearon, casi desmayadas de la emoción.

Como me quedaban unos minutos de concierto, y sabiendo que seguir con algo de mi cosecha sería una tontería, elegí *American Pie*, una de las favoritas del público. En cuanto empecé a tocar los primeros acordes, recuperé el interés de todo el mundo y enseguida se arrancaron a cantar, como sabía que harían. Mientras tanto, las chicas se retiraron a su sitio, en el fondo, ruborizadas y animadas.

Cuando terminé, vi que los siguientes artistas esperaban su turno entre bastidores. Dejé la guitarra a un lado para hacerles sitio y me abrí paso entre la multitud para llegar a donde estaban Morgan y sus amigas. Cuando, al llegar, le cogí la mano, Morgan parecía extrañamente cohibida.

—Eres increíble. Le has gustado a todo el mundo —le dije.

Me besó suavemente.

—Sigo pensando que tú eres mejor.

49

$\mathcal{D}$espués de la cena de celebración, fuimos todos a bailar a un club de Saint Petersburg. No había tanta gente como durante el fin de semana, pero no estaba mal para ser un jueves por la noche, y los cinco bailamos en círculo al ritmo frenético del tecno. O, mejor dicho, ellas bailaban mientras yo cambiaba el peso de un pie al otro y hacía todo lo posible por pasar desapercibido.

Acabamos trasnochando, y Morgan volvió conmigo al apartamento, mientras que las demás se fueron en un Uber. Por el camino, me confesó que Holly y Stacy estaban presionándola para publicar los vídeos que le habían sacado cantando.

—¿Qué te parece? —preguntó, insegura—. ¿Crees que sería un error?

—¿Cómo podría ser un error?

—No sé… ¿Crees que es lo suficientemente bueno? ¿Qué pasa si algún ejecutivo de A&R ve el vídeo? No es exactamente calidad de estudio, y últimamente he tenido la garganta un poco irritada. No he tenido tiempo de calentar y ni siquiera me sabía toda la letra de memoria…

—Morgan. —Aparté una mano del volante y la apoyé con firmeza sobre la suya—. Para.

Cuando se volvió hacia mí, continué:

—Has estado fantástica. Si alguien ve ese vídeo, comprenderá que llevas escrito «superestrella» en la cara.

Morgan se cubrió la cara con las manos, avergonzada, pero pude ver la sonrisa que asomaba entre sus dedos.

A la mañana siguiente, la llevé de vuelta al Don. La conversación en la camioneta fue silenciosa y, aunque habíamos quedado en vernos en la piscina al cabo de unas horas, estaba más callada que de costumbre y parecía preocupada.

No le pregunté el motivo, aunque solo fuera porque ya lo sabía.

Nuestro tiempo juntos estaba llegando rápidamente a su fin.

291

50

Como al día siguiente tenía que trabajar, quería que nuestra noche del viernes fuera memorable. Investigué un poco en Internet y conseguí organizar un paseo privado en catamarán al atardecer. Me estremecí al ver lo que costaba, pero intenté recordarme que solo se vive una vez.

También planeé prepararle la cena, para lo que tuve que hacer otro viaje a la tienda de comestibles, porque no estaba seguro de que el pollo que había comprado antes del apagón siguiera en buen estado. También tenía que encontrar una receta que sonara bien, pero que fuera sumamente fácil. Al final, no llegué al Don hasta las once y media.

Esta vez el grupo de amigas estaba en la playa y, de nuevo, habían tenido el detalle de dejarme una silla libre junto a la de Morgan. Aunque una parte de mí se planteaba invitar solo a Morgan al catamarán, me gustaba la compañía de sus amigas y pensé que ellas también lo disfrutarían. Su entusiasmo ante la perspectiva fue mayor de lo que esperaba: no dejaron de decir lo mucho que les apetecía, lo que mereció algunas expresiones de agradecimiento por parte de Morgan.

Nos fuimos a comer los dos solos. Después, paseamos por la playa y nos metimos en el mar para refrescarnos, y fue fácil imaginar una vida con ella en el futuro, si es que tenía el valor de hacerlo posible.

Al caer la tarde, fueron a sus habitaciones para prepararse; yo hice lo mismo en mi apartamento y me reuní con ellas en el Don para llevarlas hasta el muelle. Como debería haber esperado, las amigas de Morgan sacaron sus móviles y se hicieron *selfies* en cuanto subimos a bordo, cosa que provocó alguna que otra miradita de Morgan. No era un barco enorme (supuse que sería cómodo para siete u ocho personas), pero las chicas estaban encantadas con la fruta, el queso y el champán de cortesía. Para mi sorpresa, incluso Morgan tomó un poco, y todos chocamos las copas para celebrarlo.

Partimos del muelle y navegamos a lo largo de la costa; en dos ocasiones avistamos delfines nadando junto al catamarán. El espectacular ocaso parecía más cerca desde el mar, como si navegáramos hacia él. Con el viento en la cara, Morgan se inclinó hacia mí y yo la abracé mientras surcábamos las tranquilas aguas. Sus amigas también intentaron que posáramos para las fotos, pero, después de un par, Morgan las espantó, esforzándose por atesorar el momento para nosotros dos solos.

Cuando volvimos a tierra firme, las chicas sugirieron que fuésemos al centro de Saint Pete. Aunque me ofrecí a ir con Morgan por si le apetecía acompañarlas, ella negó con la cabeza y dijo que prefería volver al apartamento conmigo.

En la pequeña cocina, me observó mientras yo precalentaba el horno y metía un par de patatas para asarlas; después saqué del frigorífico las pechugas de pollo en adobo y las coloqué en una bandeja para hornear. Las metí en el horno junto con otra bandeja de espárragos untados con aceite de oliva y sal.

—Estoy impresionada —dijo, enarcando una ceja.

—No lo estés. Lo he buscado en Google esta mañana.

Cuando cogí el tomate para cortarlo para la ensalada,

293

Morgan me rodeó la cintura con los brazos por detrás y me besó detrás de la oreja.

—¿Hay algo que pueda hacer para ayudar?

—Puedes cortar los pepinos —respondí, aunque no quería que se apartara.

Buscó un cuchillo en los cajones y lavó el pepino bajo el grifo antes de volver a mi lado. Sonreía ligeramente, como si se le hubiera ocurrido algo gracioso y no supiera si decirlo.

—¿Qué te hace tanta gracia?

—Esto —dijo—. Cocinar contigo. Es muy doméstico, pero me gusta.

—¿Mejor que el servicio de habitaciones?

—Yo no diría tanto.

Me reí.

—¿Ayudabas a tu madre en la cocina cuando eras pequeña?

—La verdad es que no. La cocina era el lugar donde mi madre se relajaba. Se servía una copa de vino, encendía la radio y hacía sus cosas. Mi trabajo, y el de mi hermana, era limpiar después. Mi madre odiaba limpiar. A mí tampoco me gustaba, pero ¿qué podía hacer?

El temporizador de mi teléfono sonó y saqué las patatas y las bandejas del horno. Fui el primer sorprendido al ver que el pollo salía como en la receta. Después de servir la comida en los platos, los llevé a la mesa junto con la ensalada y una botella de aliño comprada en la tienda. En cuanto Morgan se sentó, examinó la mesa y dijo:

—Aquí falta algo.

Se levantó, hizo un rápido recorrido por el dormitorio y el salón, y volvió con velas y cerillas. Después de encenderlas, apagó las luces de la cocina.

—Mejor, ¿no crees? —dijo mientras volvía a sentarse.

Al ver su rostro a la luz de las velas, la recordé tal como

UN MUNDO DE ENSUEÑO

estaba la noche que hicimos el amor por primera vez, y lo único que pude hacer fue asentir.

A Morgan pareció gustarle de verdad el pollo y se comió dos raciones, además de media patata asada y generosas porciones de ensalada y espárragos. Después de recoger los platos, me sorprendió preguntándome si había quedado algo de vino de la otra noche. Acercó las velas a la mesa de centro y yo me senté a su lado en el sofá, con las copas en la mano. Se puso a mirar las fotos del catamarán. Yo también me incliné para estudiarlas.

Con lo guapa que era en persona, no debería haberme sorprendido descubrir lo fotogénica que era.

—¿Puedes enviármelas en un mensaje?

—¿Qué tal si las envío por AirDrop?

—¿Qué es eso?

Puso los ojos en blanco.

—Enciende tu móvil y dale a ACEPTAR cuando te aparezca en la pantalla.

Hice lo que me dijo y, casi instantáneamente, las fotos estaban en mi teléfono.

—¿En serio no sabes lo que es AirDrop? —Se rio.

—Si de verdad supieras cómo es mi día a día, no te habrías molestado en hacer esa pregunta.

Sonrió y luego se quedó callada. Respiró hondo sin despegar la mirada de su copa. Yo sabía lo que se avecinaba. Era una conversación para la que no sabía si estaba preparado, la conversación que no tenía respuestas.

—¿Qué va a ser de nosotros? —preguntó con voz apagada.

—No lo sé —respondí.

—¿Tú qué quieres? —preguntó, con los ojos aún fijos en su copa—. ¿No quieres que estemos juntos?

—Claro que quiero.

—Pero ¿qué significa eso? ¿Lo has pensado siquiera?

—No he pensado en otra cosa —confesé.

Intenté verle la cara.

Finalmente levantó los ojos y un extraño fuego ardía en ellos.

—¿Sabes lo que estoy pensando?

—No tengo ni idea.

Dejó la copa de vino y me cogió las manos.

—Creo que deberías venir a Nashville conmigo.

Sentí que se me cortaba la respiración.

—¿Nashville?

—Puedes volver a la granja para atar cabos, tomarte el tiempo que necesites…, y luego reunirte allí conmigo. Podemos estar juntos, componer canciones juntos, perseguir nuestros sueños juntos… Es nuestra oportunidad. Si las cosas salen bien, podrás contratar a más gente en la granja o ampliarla o criar esa carne de vacuno alimentada con pasto, como sugirió tu tía. La única diferencia es que no tendrías que ser tú quien lo hiciera.

Sentí que la cabeza me daba vueltas.

—Morgan…

—Espera —me dijo, con una voz desbordante de urgencia—. Escúchame, ¿vale? Tú y yo… O sea… Nunca pensé que fuera posible enamorarse de alguien en tan pocos días. No soy romántica en plan «voy a encontrar a mi príncipe azul». Pero tú y yo…, no sé. Desde el momento en que nos conocimos, fue como… si encajáramos…

«Como un seguro que hace clic en una cerradura de combinación», me dije.

—Fue casi como si te conociera y confiara en ti desde el principio. Eso no me había pasado nunca, y la forma en que hicimos música juntos… —Cuando hizo una pausa, su expresión estaba llena de esperanza y asombro—. Nunca me había sentido tan en sintonía con nadie. —Me miró fijamente—. No quieres perder eso, ¿verdad? No quieres perderme, ¿no?

—No. Te quiero, y también quiero que estemos juntos.

—Entonces ven conmigo. Ve a Nashville cuando puedas.

—Pero la granja. Mi hermana…

—Tú mismo dijiste que en la granja todo es más fácil ahora, y dijiste que tienes un capataz. Y si tu hermana quiere venir a Nashville, tráela. Seguramente podrá llevar su negocio desde cualquier sitio, ¿no?

Pensé en Paige, pensé en todas las cosas de mi hermana que aún no había admitido.

—No entiendes…

—¿Qué hay que entender? Ella es adulta. Pero hay una cosa más. —Dio un largo suspiro antes de continuar—. Tienes una voz increíble. Eres un compositor increíble. Tienes un don con el que otros solo pueden soñar. No deberías desperdiciarlo.

—Yo no soy tú —objeté, sintiéndome atrapado, buscando otra excusa, cualquiera—. Tú no te has visto en ese escenario.

Su expresión era casi melancólica.

—Lo que pasa es que tú tampoco te ves. No ves lo que yo veo. Ni lo que ve el público. Y también entiendes que la música es algo poderoso, algo que la gente de todo el mundo puede compartir, ¿verdad? Es como un lenguaje, una forma de conectar que va más allá de ti, de mí o de cualquiera. ¿Alguna vez piensas en cuánta alegría podrías darle a la gente? Eres demasiado bueno como para quedarte en la granja.

Mareado, no se me ocurrió nada que decir, aparte de lo obvio.

—No quiero perderte.

—Pues no lo hagas —me insistió—. ¿Cuando dijiste que me querías lo decías en serio?

—Claro que lo decía en serio.

—Entonces, antes de decir que no, aunque no quieras ir a Nashville porque yo creo que debas hacerlo o porque podríamos estar juntos, piensa quizás en hacerlo por ti mismo.

297

—Levantó las piernas y se arrodilló en el sofá mirándome de frente—. ¿Lo harás? ¿Lo pensarás al menos?

Mientras hablaba, me resultaba fácil imaginármelo todo. Componer canciones juntos, descubrir una nueva ciudad a su lado, construir una vida juntos. Disfrutando de ella, sin las preocupaciones y el estrés que definían mi mundo actual. Y tenía razón en que mi tía y el capataz podían encargarse de que todo funcionara bien. Ahora que habíamos creado un ritmo y una rutina, las cosas eran más fáciles, pero...

Pero...

Paige.

Respiré hondo, con la cabeza llena de pensamientos e impulsos.

—Sí —dije finalmente—, lo pensaré.

51

*E*sa noche no volvimos a hablar del tema, y me sentí confuso y preocupado. Aunque había esperado que me preguntara cómo podríamos mantener una relación a distancia, me sorprendió su sugerencia de que la siguiera a Nashville.

Mientras yacíamos juntos en el sofá, reconocí que mis sueños de una vida dedicada a la música aún parpadeaban en algún lugar de mi interior. Tampoco podía soportar la idea de perder a Morgan; cuando empezó a besarme el cuello, nos trasladamos sin decir palabra del sofá al dormitorio, donde nuestro deseo mutuo se expresó sin explicaciones ni dudas.

Por la mañana dejé a Morgan en el Don. En lugar de salir a correr, me duché y pasé las dos horas siguientes paseando por la playa, dándole vueltas a todo lo que me había dicho en la víspera. Lentamente, emprendí el camino de vuelta a su hotel. A medida que me acercaba, vi que la playa estaba inusualmente llena, a pesar de lo temprano que era. No le di importancia hasta que caí en la cuenta de que tenía que ver con la sesión de grabación de las chicas.

Debía de haber varios centenares de personas detrás del hotel, en su mayoría chicas adolescentes. Al abrir TikTok, vi que las cuatro (y su cuenta de grupo) habían publicado numerosos *posts* en los últimos días, con avances de sus ensayos e imágenes de ellas entre bastidores maquillándose o haciendo el tonto en la habitación del hotel. Todo ello iba acompañado de avisos en los que anunciaban cuándo y dónde realizarían su próxima rutina e invitaban a la gente a asistir. Aun así, me sorprendió el número de fans. Sabía que ellas eran populares, pero, por alguna razón, no había pensado que cientos de personas sacarían tiempo de donde fuera pára asistir a una de sus grabaciones.

Envié un mensaje a Morgan para informarle de que había llegado, sin dejar de maravillarme por el tamaño de la multitud. Al cabo de unos minutos, me respondió preguntándome si podía ayudarlas a grabar, a lo que accedí de inmediato.

Era pasado el mediodía, pero seguía sin haber rastro de las chicas. No obstante, la multitud seguía llegando, y docenas de personas más bajaban por la playa. Exploré la zona, intentando encontrar el mejor punto desde el que grabar la actuación, antes de comprender que no tenía ni idea de por dónde empezar.

Finalmente, oí levantarse un murmullo entre la multitud más cercana al hotel. A pesar de ser más alto que la mayoría de los fans más jóvenes, solo pude vislumbrar el pelo de las chicas mientras se arremolinaban en la terraza cerca de la arena; probablemente, estaban intentando decidir dónde tomar posiciones. Cientos de teléfonos se agitaban en el aire, todos compitiendo por sacar fotos.

Las cuatro permanecieron varios minutos en la terraza, haciéndose *selfies* con los fans y firmando autógrafos, mientras yo intentaba acercarme. Al final me di cuenta de que era imposible, así que di un rodeo a la entrada del hotel y lo atravesé por dentro hasta llegar a la zona de la piscina. En cuanto las chicas me vieron, noté el alivio en sus caras.

—¡Esto es una locura! —exclamó Morgan cuando estuve cerca—. Ninguna se imaginaba que sería así. No estábamos seguras de si aparecería alguien…, pero es que mira cuánta gente.

—Tampoco sabemos cómo vamos a despejar el espacio suficiente que necesitamos en la playa —se inquietó Stacy.

—¿Por qué no actuáis en la terraza?

—No creo que al hotel le haga mucha gracia… —Maria frunció el ceño con preocupación.

—Sois huéspedes, así que podéis estar en la terraza —señalé—. Y solo son tres canciones, ¿verdad? Habréis terminado antes de que nadie del hotel se entere de lo que está pasando.

Las cuatro discutieron brevemente y decidieron que mi idea era la solución más viable. Holly y Stacy dejaron sus bolsas a un lado y volvieron con dos cámaras complejas y unos trípodes que montaron justo al lado de la terraza. Maria y Morgan también colocaron dos de sus móviles en trípodes. Mientras tanto, Holly me entregó una tercera cámara y colocó un *boom box* cerca.

—Tu trabajo consistirá en mantener a raya a la multitud y sacar imágenes del público, ¿de acuerdo? Para las secuencias adicionales, para que podamos editarlo más tarde. Y pon la música cuando te dé la señal.

—Entendido —dije, cogiendo la cámara.

Mientras las chicas revisaban sus trajes y el maquillaje, estirándose de vez en cuando para relajarse, hice retroceder al público unos pasos. También pedí a los de delante que se sentaran, para que los de atrás pudieran ver; para mi sorpresa, las primeras filas se agacharon hasta la arena. Mientras tanto, Holly me dijo dónde colocarme y me dio instrucciones sobre el tipo de tomas que quería: básicamente, una mezcla de planos gran angular y primeros planos de los fans. Me acerqué al *boom box* mientras ellas tomaban posiciones.

El público se calló casi de inmediato. Le di al PLAY, sorprendido por la potencia de los altavoces. Al menos las chicas podían estar seguras de que la música le llegaría a todo el mundo. Empecé a grabar a la multitud, observando a Morgan y a sus amigas con el rabillo del ojo. Naturalmente, cuando empezaron aquella rutina tan intrincadamente coreografiada estaban perfectamente sincronizadas. Con su refinamiento y su preparación era como estar viendo el espectáculo del descanso de la Super Bowl.

El público enloqueció, y grabé muchos vídeos de chicas que intentaban imitar los movimientos que les gustaban o que se dejaban llevar por la música inventando sus propios movimientos. En total, Morgan y sus amigas bailaron durante más de diez minutos.

Cuando terminaron, el público las aplaudió y las vitoreó, y algunos adolescentes gritaron sus nombres: «¡Morgan, aquí!», «¡Stacy, te queremos!». Grabé un vídeo de Morgan y sus amigas enseñando varios movimientos a algunos de sus fans en la terraza, pero, consciente de que estaban bloqueando el acceso a la playa a los otros huéspedes del hotel, terminaron pronto y me pidieron que recogiera el equipo. Así lo hice, guardando el *boom box* en último lugar. Con un rápido saludo, las gracias y una ráfaga de besos, Morgan y sus amigas se alejaron de la zona de la piscina conmigo detrás como una mula de carga.

Era media tarde cuando nos aventuramos de nuevo a la zona de la piscina. Cogí unas sillas en la otra punta y dispuse unas toallas en círculo. Cuando llegó la camarera, las chicas pidieron una jarra de margarita de fresa y cinco vasos. Al parecer, era hora de celebrarlo.

Fue entonces cuando oí vibrar mi teléfono en la mesita que había junto a las tumbonas. Al reconocer el nombre de mi capataz, me acerqué el teléfono a la oreja.

No habían pasado ni treinta segundos cuando me alejé de las chicas, lívido como un muerto.

Al cabo de menos de un minuto, me sentí enfermo y, para cuando colgué, era como si mi mundo se hubiera venido abajo. Llamé rápidamente a mi hermana, pero no contestó. Las chicas debieron de ver mi expresión al volver, porque Morgan se levantó de un salto y me agarró la mano.

—¿Qué ha pasado? ¿Quién era? ¿Qué sucede?

Absorto en mis propios pensamientos, apenas pude articular palabra.

—Toby. El capataz de la granja. Me ha dicho que mi tía Angie ha sufrido un derrame cerebral.

Morgan se llevó la mano a la boca.

—¡Dios mío! ¿Está bien?

—No lo sé. Pero tengo que volver a casa…

—¿Ahora?

—Mi hermana no contesta al teléfono.

—¿Y?

Tragué saliva, rezando para que no me hubiera respondido porque estaba con mi tía en el hospital. Pero no pude evitar revivir el pasado, preguntándome si lo peor estaba por venir.

—Tampoco me ha llamado.

—¿Qué significa eso?

El miedo empezaba a atenazarme y apenas pude procesar su pregunta.

—Nada bueno.

Aturdido, le di un beso de despedida y corrí hacia mi camioneta antes de salir como una bala al apartamento. Metí apresuradamente todo lo que había traído en la camioneta y menos de diez minutos después circulaba por la autovía.

En condiciones normales, tardaría once horas en llegar a casa.

Ahora esperaba conseguirlo en menos de nueve.

303

$\mathcal{P}$isé a fondo el acelerador por la carretera elevada que conducía a Tampa, con Toby al habla a través del altavoz del móvil.

—Cuéntamelo otra vez. Desde el principio —le dije.

Conocía a Toby de toda la vida; siempre me había parecido una persona muy serena, pero ahora noté cierta tensión en su voz.

—Era martes por la mañana —dijo un segundo después—; cuando llegué, Angie estaba en la oficina, como siempre. La puse al día de las reparaciones del sistema de riego (hemos estado trabajando en eso) y luego nos reunimos con el contratista en el invernadero para repasar los planes de ampliación. Eso nos llevó una hora más o menos. Después, ella volvió a la oficina y parecía estar bien. Si hubiera sabido o sospechado que algo iba mal...

—No te estoy culpando —le aseguré—. ¿Qué pasó después?

—Xavier fue a verla justo antes del almuerzo. Había un problema con el Mopack —dijo, refiriéndose al equipo de empaquetado de huevos—, y se dio cuenta de que le pasaba algo en el ojo. Lo tenía un poco caído; cuando le preguntó qué ocurría, se hizo un lío con las palabras. Xavier se asustó y me llamó, así que vine corriendo. Enseguida vi que le pasaba algo y llamé a una ambulancia. Cuando llegaron, dijeron que estaba sufriendo un derrame cerebral y se la llevaron de inmediato al hospital.

—¿Por qué no me llamaste?

—Supuse que Paige te lo había dicho —contestó, visiblemente nervioso—. La llamé justo después de pedir la ambulancia, y vino corriendo. Los siguió hasta el hospital y sé que estuvo con tu tía durante la operación. Por lo que sé, ha estado allí desde entonces. Lo siento.

Me di cuenta de que apretaba con tanta fuerza el volante que los dedos se me estaban poniendo blancos. Me obligué a relajarme.

—¿Operación?

—Para extirpar el coágulo —aclaró—. Eso es lo que dijo Paige, en cualquier caso.

—¿Y ahora cómo está mi tía?

—No he hablado con los médicos…

—Me refiero a cuando la viste —interrumpí—. ¿Está consciente? ¿Está en la UCI?

—Según Paige, la operación salió bien. Angie no está en la UCI. Está despierta, pero tiene la parte izquierda de la cara parcialmente paralizada, así que a veces es difícil entenderla. Y tiene muy débiles el brazo y la pierna izquierda.

—¿Está Paige con ella? ¿Ahora mismo?

—Creo que sí.

—¿Cuándo fue la última vez que fuiste al hospital?

Debió de percibir mi ansiedad, porque sus palabras brotaron más deprisa.

—He ido hoy, justo antes de llamarte. He estado media hora más o menos. Pero era mi primera visita desde hacía unos días.

—¿Has visto a Paige allí?

—No, pero ¿dónde iba a estar, si no? No ha estado en casa últimamente. Fui un par de veces e incluso comprobé el granero.

—¿Cuándo fue la última vez que la viste?

—En el hospital, a principios de semana.

Ya iba a toda velocidad, pero aceleré y adelanté a los otros coches como un rayo. Aunque era peligroso, con una mano abrí «Buscar a mis amigos» en el móvil para ver si localizaba el teléfono de Paige. Vi que estaba en nuestra casa y respiré aliviado.

Aquello era una buena señal.

¿O no?

53

$\mathcal{A}$ continuación, llamé a Paige. Me saltó el buzón de voz.
Cuando finalmente llegué a la I-95, la llamé otra vez.
El mismo resultado.
Revisé la aplicación. No había cambios.
Conduje más rápido.

54

Después de eso, llamé al hospital y me dieron largas, pero finalmente hablé con una enfermera que acababa de empezar su turno y no había trabajado desde principios de semana. No tenía mucha información útil sobre mi tía, pero me prometió que alguien que supiera más me devolvería la llamada.

Y esa llamada no llegó hasta una hora después. La enfermera me dijo que, por lo que ella sabía, no había habido urgencias recientes, pero que hablara con el neurólogo de mi tía para obtener más información.

Intenté contener mi frustración y le pedí que me pasara con él. La enfermera me informó de que no se encontraba en el hospital en ese momento (después de todo, era fin de semana), pero que lo esperaban para pasar visita más tarde. Le dejaría un mensaje y le diría que me llamase.

Después de colgar, intenté localizar a Paige otra vez, pero no lo conseguí.

Se me hizo un nudo en el estómago.

55

La interestatal era un espejismo nebuloso cuando dejé atrás Florida y entré en Georgia.

Morgan me llamó por tercera vez; me había pillado al teléfono las dos primeras veces y no le había respondido. Después de disculparme, le conté lo que sabía y añadí que aún no había hablado con el neurólogo.

—He llamado a mis padres para contarles lo ocurrido —me dijo—. Les he preguntado sobre los accidentes cerebrovasculares y me han dicho que, si no está en la UCI, lo más probable es que sobreviva. Pero dependiendo de la gravedad del ictus, puede haber secuelas a largo plazo.

«Como una parálisis parcial», pensé.

—¿Pueden curarse?

—No lo sé. Parece que depende de la obstrucción original. Por lo visto, la rehabilitación ha avanzado mucho en los últimos años. Espero que no te importe, pero mi madre ha investigado en el Vidant Medical Center y ha descubierto que es un centro primario de ictus, lo cual es muy importante. Significa que podrán ofrecerle asistencia interdisciplinaria incluso después de que le den el alta. Me ha dicho que tu tía está en buenas manos.

—Es muy amable por parte de tu madre informarse —dije—. Pero ¿cómo sabías que mi tía estaba ingresada en Vidant?

—Google. Es el hospital más grande cerca de Washington. No fue tan difícil averiguarlo.

Mientras Morgan hablaba, mi mente seguía dando vueltas.

—Las enfermeras no me dicen nada.

—No se lo permiten. Eso es cosa del médico.

—Tampoco me ha llamado.

—Lo hará, seguramente cuando termine de pasar visita. Y dependiendo de cuántos pacientes tenga, puede que llame tarde. Es lo que hacen mis padres. Pero ¿qué ha dicho Paige?

Al principio no dije nada.

—Aún no he podido localizarla —respondí finalmente.

—¿Qué? —La voz de Morgan revelaba su incredulidad—. ¿Por qué no te llamó cuando ocurrió?

Todavía no estaba preparado para contestar a esa pregunta.

—No lo sé —respondí.

56

*P*aré a repostar y me reincorporé a la interestatal. Desde la otra dirección, los faros aparecían como pequeños puntos en la distancia que se agrandaban a medida que se acercaban; de pronto desaparecían para que otros los sustituyeran. En el cielo, la luz de la luna era clara y brillante, aunque yo apenas era consciente del paisaje que me rodeaba.

Volví a llamar a Toby. Después de mi llamada (acaso porque mis preocupaciones habían amplificado las suyas), había vuelto al hospital, aunque ya había estado ese mismo día. Me dijo que solo le habían permitido quedarse unos minutos, porque se acababa el horario de visitas, pero que mi tía parecía estable. 311

—Estaba durmiendo —explicó.

—¿Dónde estaba Paige?

—No la he visto, pero una de las enfermeras ha dicho que creía que había estado allí antes. Suponía que había salido a comer algo.

—Muy bien —dije, sintiendo un repentino alivio.

—También he pasado cerca de la casa cuando volvía —añadió—. Las luces no estaban encendidas y su coche no estaba en la entrada.

Después de colgar, el alivio duró poco, extrañamente. En el fondo de mi cabeza seguían sonando campanas de alarma.

La siguiente llamada a Paige fue a parar al buzón de voz.

57

Cuando por fin llamó el médico, ya había atravesado Georgia y estaba en Carolina del Sur. Iba a ciento cuarenta por hora, rezando para que no me detuvieran, pero más que dispuesto a correr el riesgo.

—Su tía ha tenido una isquemia cerebral —dijo—. Es cuando un coágulo estrecha una de las arterias que van al cerebro. La buena noticia es que la obstrucción no ha sido total.

Me explicó la intervención quirúrgica (aunque yo había imaginado algo complejo, dijo que no había llevado mucho tiempo) e hizo hincapié en lo decisivo que había sido que Toby llamara a tiempo a la ambulancia. Me puso al corriente de su estado actual y de la medicación que estaba tomando, y añadió que confiaba en que le dieran el alta en los próximos días.

—¿Y su parálisis? —le pregunté.

—Eso es un poco más complicado —dijo—, pero el hecho de que conserve cierto movimiento en brazos y piernas es buena señal.

Siguió hablando de las posibles complicaciones y de la rehabilitación posterior a la hospitalización, pero el cerebro seguía dándome vueltas y lo único que entendí realmente fue que todavía había muchas cosas que no podía responder. Aunque agradecí su sinceridad, no me hizo sentir mucho mejor.

—Y le ha contado todo esto a mi hermana, ¿verdad? ¿A Paige? ¿Ella sabe lo que está pasando?

—En principio, sí. —Parecía sorprendido—. Pero no he hablado con ella últimamente.

—¿No ha ido al hospital?

—Yo no la he visto, pero a veces no empiezo la ronda hasta que termina el horario de visitas.

Volví a llamar a Toby, pero saltó el buzón de voz.

El tiempo que me llevó llegar hasta la frontera del estado de Carolina del Norte se me hizo eterno.

58

$\mathcal{M}$organ volvió a llamar en torno a una hora después de que yo hubiera entrado en Carolina del Norte.

—Hola —dijo con voz de sueño—. Es un viaje largo y sé que estás preocupado, así que quería oír tu voz.

—Estoy bien.

Le conté lo que me había dicho el médico, o todo lo que pude recordar.

—¿A qué distancia estás ahora?

—¿A unas dos horas?

—Debes de estar agotado.

Como no respondí, continuó:

—¿Qué ha dicho Paige?

—Todavía no he podido localizarla.

El silencio se prolongó en la línea, hasta el punto de que me pregunté si habríamos perdido la conexión.

—¿Hay algo que no me estás diciendo, Colby? —preguntó finalmente.

Por primera vez desde que la conocía, mentí.

—No.

Me di cuenta de que no me creía. Después de un segundo, solo dijo:

—Mantenme informada, ¿de acuerdo? No me despegaré del móvil en toda la noche. Puedes llamarme a la hora que sea.

—Gracias.

—Te quiero.

—Yo también te quiero —respondí automáticamente, con la cabeza en otra parte.

59

Al sureste de Raleigh, mientras seguía en la interestatal, supe que tenía que tomar una decisión. Podía continuar un poco más y tomar la autopista que llevaba a Greenville y Vidant. O podía tomar una carretera diferente, que me llevaba a casa.

Dudaba que se permitiera la entrada de visitantes al hospital tan tarde, pero, incluso si me dejaban entrar, mi instinto me decía que lo primero de todo era pasar por casa.

Por si acaso.

60

Circulé por una autopista que había recorrido miles de veces, concentrado solo a medias en sus curvas. Los relámpagos parpadeaban en la distancia, como restos de una tormenta pasajera. Cuando me aproximé a Washington eran casi las once y noté la tensión en los hombros y en el cuello.

Tras salir de la autopista, tomé una tras otra las últimas curvas hasta llegar a la carretera de grava que separaba un lado de la granja del otro. La luna se había ocultado en el horizonte y la grava estaba resbaladiza a causa del reciente aguacero. En la oscuridad, era difícil distinguir la forma de la casa en sombras, pero me dije que parecía tan desierta como me había descrito Toby.

Sin embargo, según fui acercándome, me di cuenta de que no era del todo correcto; había una tenue luz procedente de la cocina, apenas perceptible por entre los arbustos; algo que habría sido fácil pasar por alto.

Entré en el camino que conducía a la entrada con tanta rapidez que tuve que pisar el freno y la camioneta derrapó en el barro. Salté, chapoteando los pies en un charco, y noté la ausencia del coche de Paige mientras corría por la senda que llevaba al pequeño porche delantero.

Abrí la puerta de golpe, y una sola mirada en cualquier dirección bastó para confirmar mis peores temores. Busqué en la planta baja, por todas partes, y finalmente subí las escaleras, presa del terror.

Encontré a Paige en mi cama. A primera vista parecía dormida. Mientras corría hacia ella, grité su nombre lo bastante fuerte como para despertarla, pero no respondió. Un profundo escalofrío recorrió mi cuerpo cuando vi un frasco de medicamentos vacío en la cama junto a ella y otros esparcidos por el suelo. Empecé a gritar.

61

Su pecho apenas se movía y no pude encontrarle el pulso en la muñeca. Le puse los dedos sobre la carótida y sentí algo filiforme y débil. Tenía la cara demacrada, pálida como un muerto; tras coger el frasco de la receta y metérmelo en el bolsillo, la levanté en brazos y la bajé por la escalera. Como no sabía si aguantaría hasta que llegase una ambulancia, corrí a la camioneta y, en el asiento del copiloto, abroché el cinturón de seguridad en torno a su flácido cuerpo.

Di marcha atrás con el motor rugiendo y luego aceleré por la carretera de grava. En cuanto llegué al asfalto, pulsé el botón de emergencia de mi móvil.

La operadora atendió mi llamada de inmediato y le expliqué lo que sabía. Recité mi nombre y los datos de mi hermana, y dije que iba de camino al hospital. Le dije el nombre de un médico del Vidant que conocía. La mujer al otro lado del teléfono me reprochó que no hubiera llamado a una ambulancia; haciendo caso omiso del comentario, le rogué que avisara a la sala de Urgencias del Vidant. Luego desconecté, concentrando todas mis energías en la carretera.

El velocímetro se ponía en rojo de vez en cuando, pero por suerte había poco tráfico a esas horas de la noche, incluso en Greenville. Reduje la velocidad cuando vi un semáforo en rojo; comprobé que el cruce estaba despejado antes de atravesarlo, lo que se sumó a una larga lista de infracciones al volante. Durante el trayecto, no dejé de gritar a Paige, intentando despertarla, pero seguía desplomada en el asiento, con la cabeza gacha. No sabía si estaba viva o muerta.

En Urgencias, volví a coger a Paige en brazos y la llevé a través de las puertas electrónicas mientras pedía ayuda. Hay urgencias y «urgencias» (creo que todo el mundo en la sala de espera sabía que la mía era de las segundas), y al cabo de un instante, detrás de las puertas cerradas, apareció un celador con una camilla.

Tumbé a Paige y caminé a su lado mientras la camilla avanzaba hacia el fondo del pasillo. Le repetí a la enfermera lo que le había dicho a la operadora y le entregué el frasco vacío. Un momento después, la camilla desapareció tras unas puertas que se cerraron, y me pidieron que volviera a la sala de espera.

Entonces, como si hubieran accionado un interruptor, el ritmo del mundo se ralentizó a cámara lenta.

En la sala de espera, la gente se había calmado después de la conmoción que había provocado mi llegada; cada uno parecía estar a sus cosas. Me dijeron que tenía que registrar a Paige y me puse en una cola que avanzaba lentamente, hasta que por fin llegué a la ventanilla. Me senté y rellené unos formularios con los datos médicos y del seguro de Paige. Cuando terminé, me indicaron que tomara asiento.

Tras la descarga de adrenalina, me desplomé en la silla de plástico, desorientado. Había hombres, mujeres y niños de todas las edades, pero era vagamente consciente de su presencia. Pensé en todo lo ocurrido. Me pregunté si había llegado a tiempo al hospital y si Paige sobreviviría. Intenté imaginar lo que estarían haciendo para ayudar a mi hermana, las órdenes que estaría dando un médico… Pero tenía la mente en blanco.

Esperé y esperé un poco más. El tiempo seguía ralentizándose. Miraba la hora en el móvil, seguro de que habían transcurrido unos veinte minutos, pero apenas habían pasado cinco. Intenté distraerme con Internet y averiguar cuanto pude sobre las sobredosis, pero había poca información sobre el fármaco que al parecer Paige se había tomado, aparte de advertencias e indicaciones sobre la necesidad de acudir inmediatamente a un hospital. Al cabo de un rato, pensé en llamar a Morgan, pero no estaba seguro de qué podría contarle, porque no tenía respuestas. Sentada frente a mí había una mujer tejiendo con movimientos hipnóticos.

La noche del sábado (o técnicamente la mañana del domingo, supongo) fue muy ajetreada en urgencias. La gente seguía entrando y saliendo cada pocos minutos. Cuando llevaba esperando un tiempo que se me antojó insoportable, me acerqué de nuevo a la ventanilla de admisiones y le rogué a la enfermera que me explicara qué estaba pasando con mi hermana. En mi cabeza, me la imaginaba intubada mientras los médicos hacían magia negra para mantenerla con vida. La mujer dijo que intentaría averiguar algo y que me lo comunicaría en cuanto pudiera.

321

Volví a mi asiento, asustado y enfadado, exhausto y tenso. Me entraron ganas de llorar; al instante siguiente, quise romper algo. Quería darle una patada a una puerta o una ventana, y luego deseé llorar con todas mis fuerzas. Me preguntaba cómo era posible que todo hubiera salido tan mal en tan poco tiempo. ¿Y por qué no me habían dicho nada?

Quería enfadarme con Toby. Me había dicho que mi hermana estaba en el hospital y, como le había creído, no le pedí que pasara por casa. Cuando comprendí que necesitaba que lo hiciera, no había contestado al teléfono. Si hubiera respondido, podría haber llevado a Paige al hospital antes. Si hubiera contestado, podría haber evitado la sobredosis.

Pero no había sido culpa suya. Eran las enfermeras las que se habían equivocado al decir que habían visto a Paige, pero, sinceramente, sabía que tampoco era culpa suya. Todo esto era culpa mía. Por ir a Florida. Por no haber llamado todos los días incluso si una parte de mí sabía que debía hacerlo. Mientras mi ira se volvía hacia dentro, comprendí que me odiaba a mí mismo, porque, si hubiera estado en casa, mi hermana seguiría sana y salva.

Esperé. Mientras tanto, el resto del mundo seguía con su rutina habitual, aunque a mí nada me parecía normal. Llamaban a los pacientes por sus nombres y, uno a uno, desaparecían tras las puertas. A menudo los acompañaban familiares o amigos; otras veces no. Algunos terminaban por salir; otros permanecían ocultos en las entrañas del hospital. Trajeron a un niño que no paraba de llorar y lo atendieron sin demora. Un hombre con un cabestrillo casero llevaba esperando más tiempo que yo.

Pasaron más horas. Como seguía sin tener noticias de Paige, volví a hablar con la enfermera. Una vez más, me dijo que ya me avisaría. Regresé a mi asiento, reventado del cansancio, pero sabiendo que no podría dormir. Una hora antes del amanecer, una enfermera vino a buscarme y me llevaron al fondo de la sala. Como habían ingresado y trasladado a Paige a otro lugar, no pude verla, pero me presentaron a un médico que parecía agobiado y apenas mayor que yo.

Su expresión era seria: aún era demasiado pronto para saber si Paige saldría de esta; añadió que había tenido que pedir ayuda a otro especialista en cuidados intensivos para garantizar que mi hermana sobreviviera todo ese tiempo. Dijo que las próximas horas serían cruciales; no podía decirme mucho más. Al final, para mi sorpresa, me puso una compasiva mano en el hombro antes de volver a sus obligaciones.

$\mathcal{M}$e registré en un hotel cercano. No solo estaba agotado para conducir, sino que quedarme en la casa, rodeado de todo aquel caos, me evocaría imágenes de las actividades de Paige de toda la semana anterior, y no tenía fuerzas ni energía para enfrentarme a ellas.

En la habitación del hotel, bajé las persianas y me dormí enseguida. Unas horas más tarde me desperté sobresaltado.

«Paige», pensé.

«Tía Angie».

Me duché, me puse ropa limpia y conduje el corto camino al hospital. Pregunté por mi hermana en Urgencias, pero los turnos habían cambiado y tardé casi media hora en saber dónde estaba la habitación a la que la habían trasladado. La enfermera no pudo decirme más.

En el mostrador principal de visitas, me enteré de dónde podía encontrar a mi tía, pero decidí comprobar primero cómo estaba mi hermana. Cuando por fin llegué a la habitación de Paige, la encontré intubada y conectada a un montón de máquinas y bolsas intravenosas, inconsciente. Le di un beso en la mejilla y le susurré al oído que volvería. Luego corrí a otra planta del hospital.

La tía Angie estaba despierta y conectada solo a una vía intravenosa, pero tenía la parte izquierda de la cara hundida; además, ese lado del cuerpo parecía extrañamente flácido e inerte. Sin embargo, levantó media boca al verme y sus ojos brillaron cuando acerqué una silla a la cama para que pudiéramos hablar. Intenté darle una conversación fácil y ligera, así que le hablé de Morgan y del viaje a Florida mientras ella asentía, casi imperceptiblemente, moviendo de vez en cuando los dedos de la mano izquierda, hasta que finalmente la venció el sueño. Luego volví a la habitación de Paige.

Mientras sostenía la mano de mi hermana, me quedé mirando los números de la máquina digital, sin saber si eran normales o preocupantes. Fui a la sala de las enfermeras y pedí hablar con uno de sus médicos, pero no había ninguno disponible, pues las rondas de la mañana ya habían terminado.

El silencio que había en la habitación de Paige me pareció opresivo. Instintivamente, me puse a parlotear a lo tonto y a contarle las mismas historias alegres que a mi tía. Ni se movió ni se percató de mi presencia.

63

Al salir del hospital, llamé a Morgan desde el aparcamiento. Contestó al primer timbrazo y la puse al corriente de la visita a mi tía. No pude reunir el valor de contarle lo de mi hermana. Morgan tampoco preguntó; en cierto sentido, intuyó que aún no estaba preparado para hablar de Paige.

—¿Cómo estás? —preguntó, sonando genuinamente preocupada—. ¿Te mantienes entero?

—Apenas —admití—. No he dormido mucho.

—¿Quieres que vaya?

—No podría pedirte algo así

—Sé que no me lo estás pidiendo. Solo lo estoy sugiriendo.

—Creía que hoy tenías el vuelo de vuelta a casa.

—Así es. Casi tengo listas las maletas e iremos al aeropuerto dentro de una hora o así.

—Vale, bien —murmuré.

—Anoche pasé por el Bobby T's —añadió—. Le conté a Ray lo que había pasado. No estaba segura de que tú te acordaras.

—Gracias…, tienes razón, se me pasó totalmente —admití—. ¿Estaba enfadado?

—Creo que esa es la menor de tus preocupaciones ahora mismo, pero dijo que lo entendía.

—Vale —respondí, con la cabeza otra vez puesta en Paige.

Después de un prolongado silencio, volví a oír la voz de Morgan.

—¿Seguro que estás bien, Colby?

64

*D*espués de colgar, volví a la habitación de mi tía. Estaba durmiendo, así que la dejé descansar. Cuando se despertó, la ayudé a sentarse y le introduje con cuidado unos trocitos de hielo en la comisura derecha de la boca, asegurándome de que pudiera tragar. Tenía el habla distorsionada, como si su lengua fuera una presencia desconocida en su boca, pero con un poco de esfuerzo fue capaz de relatar lo suce- dido.

Aquel día, cuando fue al despacho, notó que tenía los dedos de la mano izquierda extrañamente entumecidos; a continuación, empezó a ver borroso. Dijo que el cuarto daba vueltas y se inclinaba, lo que le impedía mantener el equilibrio. Fue entonces cuando entró Xavier. Por alguna razón, no entendía lo que ella le decía. Poco después llegaron Toby y Paige, y tampoco la entendían. Sospechó que estaba teniendo un ictus (había visto los síntomas en una serie médica en la televisión), pero no tenía forma de decírselo, lo que lo hacía aún peor. Mientras la subían a la ambulancia, su preocupación era que los efectos fueran permanentes. Le di un suave apretón en la mano izquierda; sus dedos se curvaron, pero apenas tenía fuerza.

—Pronto estarás como nueva —le aseguré, intentando parecer más confiado de lo que me sentía. No le dije nada sobre Paige.

—No quiero quedarme paralítica —murmuró, la última palabra casi fue ininteligible.

—Te vas a recuperar —le dije.

Cuando por fin volvió a sucumbir al sueño, regresé a la habitación de Paige.

Luego volví a visitar a mi tía, y así fue como pasé el resto del día, yendo y viniendo de una habitación a otra.

En todo ese tiempo, Paige no recobró el conocimiento.

65

$\mathcal{A}$ntes de salir del hospital para volver al hotel conseguí hablar con los médicos. El primero fue el neurólogo de mi tía, con quien había hablado durante el viaje desde Florida.

Aunque el ictus era grave, reiteró que podría haber sido mucho peor. Basándose en su recuperación hasta ese momento, seguía pensando en darle el alta dentro de un par de días, pero dijo que, una vez en casa, probablemente necesitaría ayuda, porque le resultaría difícil caminar, vestirse y realizar otras actividades básicas. Me recomendó que, si yo no podía hacerlo (o si no podía hacerlo otra persona de la familia), contratara a un cuidador a domicilio. Añadió que, después de darle el alta, también necesitaría fisioterapia y que él ya estaba preparándolo todo para que recibiera esos cuidados. A pesar de todo, su pronóstico era relativamente positivo.

A continuación, me reuní con el especialista en cuidados intensivos al que habían llamado para ayudar a Paige el tiempo que estuviera en Urgencias. Tuve suerte de hablar con él en persona, porque había vuelto al hospital por casualidad para recoger algo que había olvidado. Fue la enfermera quien me lo señaló.

—Estuvo un tiempo entre la vida y la muerte —reconoció, abundando en lo que me había dicho el otro médico. Aunque lucía canas prematuras, su mirada alerta y su energía juvenil denotaban que empezaba la cuarentena—. Como sigue inconsciente, es difícil conocer el verdadero alcance de cualquier posible consecuencia —matizó—, pero, ahora que sus constantes vitales han empezado a mejorar, espero que todo salga bien.

Comprendí que hasta ese momento me había esperado lo peor.

—Gracias —dije, y suspiré.

Súbitamente hambriento, pasé por un autoservicio para comprar hamburguesas con queso y patatas fritas, y lo devoré todo en el corto trayecto hasta el hotel. Al poco me quedé dormido, demasiado cansado como para quitarme la ropa siquiera.

66

Dormí más de doce horas; cuando me desperté, me sentía casi humano otra vez. Me di una ducha, desayuné abundantemente y regresé al hospital.

Fui directo a la habitación de mi hermana, pero, extrañamente, la encontré vacía. Tras unos momentos de pánico, me enteré de que la habían trasladado a otra planta. Cuando las enfermeras me explicaron el motivo, lo comprendí, pero, mientras iba hacia allí, el miedo pudo conmigo.

Cuando llegué, estaba despierta y sin entubar. Su rostro seguía hundido y gris, y parecía luchar por enfocarme con la vista, como queriendo devolverme a la existencia. Finalmente, esbozó una débil sonrisa.

—Te has cortado el pelo —dijo, con una voz tan delicada que tuve que esforzarme para distinguirla.

Aunque sabía que iba a pasar, sentí que algo se desplomaba dentro de mí.

—Sí —mentí.

—Bien —dijo con los labios secos y agrietados—. Estaba a punto de coger un avión a casa y cortártelo yo misma.

«Su vieja broma», pensé. Aunque sabía que intentaba hacerse la graciosa, no pude sino fijarme en las correas de sus muñecas. Me senté a su lado y le pregunté cómo se encontraba.

En lugar de responder, frunció el ceño, visiblemente confusa.

—¿Cómo me has encontrado?

Mientras buscaba una respuesta para calmar su creciente ansiedad, se revolvió en la cama.

—¿Te ha enviado él? —Examinó mi rostro—. ¿Gary, quiero decir? —Retorció las sábanas entre sus manos huesudas y continuó—: Tuve que planearlo durante meses, Colby. No sabes cómo se puso. Le hizo daño a Tommie...

Y entonces empezó con la historia que esperaba escuchar. A medida que divagaba, su agitación aumentaba, hasta que sus gritos y el traqueteo de las barandillas de la cama empezaron a llamar la atención de una enfermera, que entró en la habitación. Por encima de las enérgicas súplicas de mi hermana, la enfermera me dijo que el psiquiatra quería hablar conmigo.

No cualquier psiquiatra. El psiquiatra de Paige, al que yo conocía bien.

332   Llegó al cabo de veinte minutos y me llevó a una sala donde pudimos mantener una conversación en privado. Le conté todo lo que sabía. Asintió cuando le describí la imposibilidad de localizar a Paige, el frenético viaje de vuelta y el estado de la casa, pero se incorporó bruscamente cuando le hablé de mi tía. No sabía que estaba en el hospital, pero pude ver que encajaba todas las piezas, como había hecho yo.

Me recomendó que evitara volver a ver a Paige ese mismo día, incluso al día siguiente, y me explicó por qué. Asentí, comprendiendo y aceptando su razonamiento. Después de todo, nada de aquello era nuevo.

Después fui a la habitación de mi tía y le conté lo de Paige. Sus ojos se llenaron de lágrimas y en su expresión vi la misma angustia, el mismo sentimiento de culpa, que yo sentía, una impotencia idéntica.

Cuando terminé, se pellizcó el puente de la nariz y se secó las lágrimas.

—Vete a casa —me dijo con una mirada severa—. Pareces agotado.

—Pero quiero quedarme —protesté—. Necesito estar aquí.

Forzó un ceño torcido, pues solo la mitad de su cara cooperaba.

—Colby, ahora solo tienes que cuidar de ti mismo.

No se molestó en señalar la presión que tendría en la granja durante las próximas semanas o que no sería bueno para ninguno de los dos si yo me derrumbaba. Ambos lo sabíamos perfectamente.

67

Volví al hotel a recoger mis cosas, sintiendo que mis días en Florida eran un sueño lejano. Mientras conducía a casa, seguí notando la tensión persistente en el cuello y los hombros; el recuerdo de las aterrorizadas súplicas de Paige cuando salí de su habitación del hospital no hicieron más que empeorar las cosas.

Salí de la autovía en Washington y llegué a la carretera de grava que conducía a la granja. Escudriñé ambos lados del camino y vi a los jornaleros y los vehículos aparcados cerca de la oficina y de la planta de envasado de huevos. En apariencia, todo seguía igual y, sin embargo, solo podía pensar en que todo se había alterado irrevocablemente.

Cuando avisté la casa a lo lejos, me tragué el miedo ante la idea de tener que entrar. Pero, al girar hacia la entrada, distinguí una figura menuda sentada en el porche, con una maletita de mano y un bolso al costado. Parpadeé, pero no fue hasta cuando detuve el coche y la vi saludarme con la mano cuando comprendí que era Morgan.

Atónito, salí del coche y me acerqué a ella. Iba vestida con vaqueros, unas botas y una blusa blanca sin mangas; la larga cabellera oscura le caía en cascada sobre los hombros. Cientos de recuerdos y sensaciones afloraron a la superficie, dejándome aturdido.

—¿Qué estás haciendo aquí?

—Estaba preocupada por ti. No tenías buena voz al teléfono. Además, anoche, cuando llegué a casa, no habías dado señales de vida, así que reservé los primeros vuelos que encontré para esta mañana y llamé a un Uber desde el aeropuerto. —Se puso de pie, moviéndose nerviosamente de un pie al otro—. ¿Estás enfadado conmigo?

—En absoluto —dije, acercándome para tocarle el brazo, posando las yemas de los dedos en su muñeca—. ¿Cuánto tiempo llevas esperando?

—No mucho. Quizás una hora o así.

—¿Por qué no me has avisado de que venías?

—Te dejé un mensaje —repuso ella—. ¿No lo has visto?

Saqué mi teléfono y vi la notificación del buzón de voz.

—No lo había comprobado. Y siento no haberte llamado. Es que no he podido.

Se pasó una mano por el pelo y asintió. En el silencio que siguió, supe que mis palabras la habían herido.

Evité su mirada, odiándome por otra razón más.

—¿Cómo sabías que estaría aquí?

—Era aquí o el hospital. —Se encogió de hombros—. El hospital estaba más cerca del aeropuerto, pero, como no sé el apellido de tu tía, no estaba segura de poder dar contigo. Así que aquí estoy. Pero sigo sin saber si ha sido buena idea venir. —Se abrazó a su cuerpo.

—Me alegra que estés aquí —dije acercándome y atrayéndola hacia mí.

Cuando sentí su cuerpo contra el mío, las emociones que había estado reprimiendo desde mi regreso afloraron de golpe. Solté un sollozo ahogado mientras Morgan me abrazaba con fuerza, susurrándome que todo iba a arreglarse. No estoy seguro de cuánto tiempo permanecimos así, pero mis lágrimas remitieron finalmente en su reconfortante abrazo.

—Lo siento —empecé a decir, apartándome, pero Morgan me cortó con un movimiento de cabeza.

—Nunca te disculpes por ser humano. Tu tía tuvo un derrame cerebral, tiene que ser aterrador. —Me miró fijamente, buscando mis ojos—. Todavía me quieres, ¿verdad?

—Más que a nada.

Se puso de puntillas y me besó. Ante la ansiedad persistente en mi rostro, intuí que había decidido esperar hasta que estuviera preparado para contárselo todo. Extendió el brazo hacia los campos.

—Así que esto es la granja, ¿eh?

—Sí. —Sonreí mientras la observaba estudiar los aledaños con abierta curiosidad.

—No es como la imaginaba.

—¿Cómo te la imaginabas?

—No estoy segura. Nunca he estado en una granja, así que he dado una vuelta mientras te esperaba. Creo que he visto las mallas de sombreado de las que me hablaste.

336   Cuando señaló con el dedo, seguí su mirada.

—Esas son —confirmé—. Y detrás está el invernadero. Es donde plantamos los tomates antes de llevarlos al campo, o donde los cultivamos en invierno.

—Es enorme.

—Y más que lo será —añadí—. Siempre hay que ampliarlo.

—¿Todo esto es tuyo y de tu tía? —preguntó, dando una vuelta entera.

—La mayor parte.

Asintió en silencio.

—¿Cómo está?

Le describí mi última visita y las incógnitas de su recuperación.

—Bueno, en general es positivo, ¿no? —preguntó, entrecerrando los ojos—. El que le den el alta tan pronto, aunque vaya a necesitar ayuda.

—Lo es —convine—, pero hay algo que no te he dicho.

Ladeó la cabeza, pero su mirada no se apartó de la mía.

—Estás hablando de Paige.

Asentí, sin saber por dónde empezar. Finalmente, la cogí de la mano y la llevé al granero. Mientras caminábamos, percibí su curiosidad, pero no dije nada. Corrí el pestillo y abrí la puerta; la luz del sol se derramó por el suelo de cemento que habíamos añadido años antes. Accioné un interruptor industrial y las luces del techo se encendieron con un zumbido, tan brillantes que casi me lastimaron los ojos.

La mitad del granero servía para almacenar la clase de objetos que la mayoría de la gente guardaba en cobertizos de jardín, o eso suponía yo: una carretilla, un cortacésped, cubos, aperos de jardinería y cosas así. Paige usaba la otra mitad como zona de trabajo. A primera vista era caótico, pero yo la había visto encontrar rápidamente todo lo que necesitaba. En su opinión, los estudios de arte siempre debían estar un poco desordenados.

Un grupo de mesas en forma de U constituía la mayor parte del espacio de trabajo de Paige; detrás, en el rincón, había otra mesa. Las estanterías de la pared del fondo estaban llenas de cubos de plástico hasta los topes de pequeñas piezas de cristales de colores. Docenas de piezas de cristal más grandes se apilaban en vertical como si fueran libros; otras estanterías tenían cajas con soportes de lámparas que Paige había encargado a un artesano de Virginia, que los fabricaba inspirándose en diseños originales de Tiffany. En la mesa principal descansaban dos pantallas de lámpara prácticamente terminadas; en otra de las mesas es donde cortaba el cristal. Encima de una tercera mesa había cajas de madera con una mezcla de herramientas para cortar el cristal, rotuladores, cinta de cobre, fundente y soldadura, junto con cualquier otra cosa que pudiera necesitar, todo al alcance de la mano.

Llevé a Morgan en esa dirección, observando cómo su mirada revoloteaba de un lugar a otro intentando entender el proceso de trabajo. Al observar la mesa principal, supe que incluso alguien que no estuviera familiarizado con la artesanía sabría apreciar la calidad del trabajo expuesto. Vi que Morgan se acercaba para examinar las pantallas de las lámparas, estudiando aquellos intrincados detalles.

—Como te dije, tiene un talento increíble. —Señalé los moldes de plástico en torno a los cuales se construían las pantallas—. Antes de hacer la lámpara tiene que darle una forma perfecta al molde, para que, una vez que la pantalla empiece a ensamblarse, conserve la forma precisa que ella desea. —Me acerqué a la mesa de trabajo contigua y di un golpecito a una de las piezas de cristal tallado—. Normalmente suele haber cierta flexibilidad cuando sueldas las piezas, pero como Paige trata las lámparas como arte y la gente paga un pastizal por ellas, corta y vuelve a cortar el cristal hasta que queda absolutamente perfecto. Hace lo mismo cuando envuelve los bordes con cinta de cobre, y de nuevo cuando suelda. Echa un vistazo.

Encima de la mesa había decenas de trozos de cristal tallado, algunos ya terminados con cinta de cobre, sobre un esquema de cartón que mostraba el diseño y el patrón. Morgan juntó unas cuantas piezas de cristal como si armara un rompecabezas y sonrió cuando se dio cuenta de que cada pieza encajaba con precisión.

—Allí es donde lleva la parte comercial —dije, señalando la mesa separada del resto. Su ordenador portátil estaba abierto, junto con una bandeja desbordante de cables, una pila de blocs de notas, una taza de café llena de lápices y una botella de agua medio llena. Junto a la mesa de trabajo había varios archivadores desparejados repletos de libros de todo tipo, desde la historia de las vidrieras hasta colecciones de fotos de lámparas Tiffany para mesas de centro—. Los

338

archivadores contienen copias de todos los diseños originales de Tiffany, información sobre sus clientes y detalles específicos de las lámparas que ya ha creado y vendido. Creo que ya te he dicho que ha montado un buen negocio, pero seguramente me he quedado corto. Es una de las pocas personas del país que se dedican a esto, y es la mejor con diferencia. Puedes encontrar su trabajo en algunas de las casas más bonitas y caras del país, y en lugares tan lejanos como países de Europa. Es una locura cuando piensas en ello, porque ha vivido casi toda su vida aquí, en la granja, excepto los pocos años que estuvo casada. El chico del que aprendió, que era de aquí, sabía de vidrieras, pero nada más; sobre todo hacía ventanas o piezas que se cuelgan en las ventanas, y trabajaba con plomo, no con soldadura, así que ella aprendió todo esto por su cuenta. Y luego descubrió cómo identificar clientes, comercializar y promocionar su trabajo. Sin ella, no creo que la granja hubiera salido adelante. La mayor parte del dinero que necesitábamos para los primeros cambios nos lo dio ella. No se lo pensó dos veces.

Morgan estudió detenidamente el taller y luego me miró.

—¿Por qué me enseñas esto?

—Porque te dije que era inteligente, talentosa y generosa. No quiero que olvides esas cosas. Igual que no quiero que olvides que es mi mejor amiga en el mundo, o que jugamos, o que vemos películas por la noche, o que es una excelente cocinera. O que, prácticamente, fue ella quien me crio. No sé en quién me habría convertido sin Paige.

—Nunca he puesto en duda ninguna de esas cosas.

Sonreí, sintiendo el cansancio de los últimos días.

—Lo harás.

—No entiendo…

Bajé la mirada, tendiéndole la mano de nuevo.

—Ven conmigo.

Cerré el granero y llevé a Morgan a la casa; me detuve en la puerta principal.

—Por cierto, pintó la puerta de rojo. Pensé que era una tontería, pero ella me dijo que, en los primeros tiempos de América, una puerta roja indicaba que los visitantes eran bienvenidos. Si viajaban a caballo, era un lugar donde podían pasar la noche o comer algo. Es lo que ella cree que debe ser un hogar.

Me mentalicé antes de alcanzar el pomo y finalmente abrí la puerta. Con un gesto, le indiqué a Morgan que entrara, y vi que barría de izquierda a derecha la casa con la mirada. Me adelanté y fui a la cocina. En el silencio, oía sus pasos vacilantes detrás de mí.

En la atmósfera flotaba un olor a comida quemada y estropeada, mezclado con un ligero residuo de pintura fresca. En la cocina, los platos se apilaban en el fregadero, sobre los fogones y encima de la mesa. Había uno con muslos de pollo carbonizados por un lado y crudos por el otro; en otro había una hamburguesa cruda, ya echada a perder. Había una cacerola con judías en remojo sobre uno de los quemadores. En la mesa había comidas a medio terminar, junto con un recipiente de leche que se había vuelto rancia. En un tarro sucio, con una cuchara grande y sucia al lado, vi lo que parecía ser un renacuajo muerto. Todos los cajones y las puertas de los armarios estaban abiertos. Las paredes de la cocina eran amarillas, pero el trabajo de pintura había sido apresurado y descuidado; había manchas en los armarios y encimeras, así como salpicaduras en el suelo. Los utensilios de cocina estaban esparcidos por todas partes; delante del fregadero había una pila de detergentes, productos de limpieza, esponjas y otros artículos que obviamente se habían sacado con prisas. Había flores muertas en un tarro de jalea, y vi a Morgan sobresaltarse al ver las manchas de sangre en la encimera. En la mesa, curiosamente, había un dibujo de una casa; aunque estaba hecho con lápices de colores, era sorprendentemente bueno y me recordó el lugar donde Paige había vivido en Texas. Fuimos a la despensa y examinamos los estantes vacíos y los artículos apilados en el suelo. No dijo nada mientras caminábamos hacia el salón (señalé sin palabras el armario vacío del pasillo al pasar por delante), pero observó con evidente asombro el armario desvencijado y la pared a medio pintar, los corazones de manzana podridos sobre la alfombra, las pilas de DVD, libros y álbumes volcados, así como unos zapatos de Paige y otros trastos amontonados por todas partes. El televisor estaba en el suelo; cuando accioné el mando a distancia para comprobar que seguía funcionando, vi que estaba sintonizado en el canal de dibujos animados y lo apagué. Recorrimos el porche trasero y observamos que casi todo, excepto un taladro y una sierra, había sido retirado de las estanterías y colocado en el suelo, igual que las cosas de la despensa.

341

Finalmente subimos las escaleras hasta la primera planta, donde señalé distraídamente el contenido del armario de la ropa blanca, que estaba amontonado en el pasillo. En mi habitación había una pila de ropa de niño y unas zapatillas pequeñitas, junto con un libro que conservaba de mi infancia titulado *¡Corre, perro, corre!* En la mesita de noche vi una figura de Iron Man en la que nunca había reparado. Por alguna razón, parecía que habían arrastrado la funda de mi almohada por el barro, y los ojos de Morgan se abrieron de par en par cuando vio un montón de tiritas ensangrentadas en el suelo de mi cuarto de baño, junto con más sangre seca en la pila.

La habitación de Paige estaba mucho peor que la mía. Al igual que en la cocina, todos los cajones y las puertas de los armarios estaban abiertos, y su ropa y sus efectos personales, esparcidos por todas partes. En el suelo del armario (como puesta allí para llamar la atención) había una caja con los zapatos favoritos de mi hermana, los Christian Louboutin que su marido, Gary, le había regalado una vez por su cumpleaños.

En el baño, Morgan se quedó boquiabierta al ver, arrugada en el suelo, una camiseta ensangrentada, así como una peluca y una venda elástica desenrollada encima de la pila.

—No puedo quedarme aquí dentro —murmuré—. Es demasiado doloroso.

Giré sobre mis talones y bajé las escaleras hasta el porche, donde me senté en una de las mecedoras. Morgan me siguió de cerca y se sentó en la otra. Me incliné hacia delante y junté las manos.

—Sé que te estás preguntando qué acabas de ver —empecé—. Quiero decir..., parece... una locura, ¿verdad? Pero en cuanto llegué, supe exactamente lo que significaba. Encontré a Paige arriba. Había tomado una sobredosis de somníferos y casi no lo cuenta. Esta mañana ha sido la primera vez que he podido hablar con ella.

Morgan palideció ligeramente.

—¿Fue un accidente?

—No —dije, sintiendo el peso de mis palabras—. Y no es su primer intento de suicidio.

Morgan cubrió mi mano con la suya.

—Lo siento mucho, Colby. No puedo imaginar por lo que estás pasando en este momento.

Cerré los ojos durante un buen rato antes de volver a abrirlos.

—Entiendo que tengas preguntas, pero hay muchas cosas que ahora mismo no sé. Por ejemplo..., Paige tenía la mano quemada cuando la encontré, pero no sé cómo se lo hizo. No sé por qué la casa está en este estado. No sé por qué no me llamó por lo de mi tía. Cuando sea capaz de mantener una conversación lúcida con ella, estoy convencido de que obtendré algunas respuestas, pero aún no se ha recuperado. Cuando la vi esta mañana, ¿sabes qué fue lo primero que me dijo?

—No tengo ni idea.

—Que se alegraba de que me hubiera cortado el pelo. Dijo que, si no lo hubiera hecho, habría venido a casa y me lo habría cortado ella misma. Y luego quiso saber cómo la había encontrado.

La expresión de Morgan era insegura.

—Creía que yo seguía yendo al instituto —le aclaré.

—No lo entiendo —dijo frunciendo el ceño.

Tragué saliva.

—Mi hermana es bipolar. ¿Sabes lo que es eso?

—Mencionaste que creías que tu madre lo era, pero no sé mucho al respecto.

Junté las manos.

—La bipolaridad es un trastorno del estado de ánimo que provoca periodos alternos de manía y depresión. En la fase maniaca, Paige apenas come ni duerme, y funciona con energía nerviosa. Luego, cuando pasa la manía, aparece la depresión, y es literalmente eso. Llora mucho y duerme mucho, y le asaltan pensamientos muy negros. A veces tiene tendencias suicidas.

—¿Y eso es lo que ha pasado?

—Algo así, pero no es solo eso. Paige sufre un trastorno bipolar de tipo 1, que es una forma aún más grave de la enfermedad. De vez en cuando padece un brote psicótico, con delirios y alucinaciones. Por eso creyó que yo seguía en el instituto. También es la razón por la que su psiquiatra me ha recomendado que no vuelva a visitarla hasta que se estabilice.

—Pero eres su hermano…

—Está inmovilizada, Morgan. Si este episodio se parece al anterior, ella se imagina que es nueva en la ciudad y está

343

huyendo de su marido. La última vez que ocurrió también estaba convencida de que habían secuestrado a Tommie, su hijo. Pero nada de eso es cierto. —Me froté los ojos, con un cansancio infinito—. Incluso vuelve a llamarse Beverly.

—¿Beverly?

Suspiré, odiando la biología y la genética que mi hermana había heredado, odiando no haber estado en la granja cuando más me necesitaba.

—Es su nombre de pila, pero, después de la muerte de mi madre, empezó a usar su segundo nombre, Paige. Todo el mundo la conoce así. La única vez que oigo el nombre de Beverly es en momentos como este.

—¿No hay ningún medicamento que pueda ayudarla?

—Está medicada. O se supone que debe medicarse. No tengo claro si la medicación ha dejado de surtir efecto o de si ha olvidado tomarla en medio de la crisis con mi tía, pero... —Me volví hacia ella, extendiendo las manos delante de mí—. Sé lo que estás pensando, y créeme cuando te digo que comprendo lo aterradoras que suenan las palabras «brote psicótico». Pero, por favor, ten en cuenta que, en esos periodos, como ahora, Paige no es un verdadero peligro para nadie salvo para sí misma. ¿Sabes algo de psicosis bipolar? ¿O de delirios y alucinaciones?

Como negó con la cabeza, continué.

—Un delirio es un sistema de creencias defectuoso pero inquebrantable. Por ejemplo, como he dicho, en su último episodio ella estaba convencida de que estaba huyendo de su marido, Gary, que intentaba quitarle a Tommie y que, al final, lo consiguió. En cuanto a las alucinaciones, las suyas son tanto visuales como auditivas. En otras palabras, también creía que Tommie estaba con ella. Lo veía y hablaba con él de la misma forma que tú y yo hablamos ahora. Para ella era así de real.

Vi que Morgan procuraba asimilar la información.

—Eso suena un poco a esquizofrenia.

—Las condiciones son diferentes, pero a veces comparten los mismos síntomas. Los delirios y las alucinaciones son más raros en las personas bipolares, pero pueden desencadenarse por un montón de cosas distintas: estrés agudo, falta de sueño, falta de medicación, consumo de marihuana. De todos modos, una vez que la manía empieza a decaer, a Paige le resulta cada vez más difícil mantener el delirio, y se inicia la fase depresiva. A veces es demasiado para su mente, cosa que, en su caso, desemboca en intentos de suicidio. Hay muchas más cosas, pero esto es una visión general.

Se quedó callada un rato, digiriendo mis palabras, antes de caer en la cuenta de lo obvio.

—Nunca me has dicho que tenía un hijo.

—Tommie —dije, asintiendo.

—¿Dónde está ahora? ¿Tiene Gary la custodia?

Exhalé un suspiro.

—Gary y Tommie murieron hace más de seis años en un accidente de tráfico.

Morgan se tapó la boca conmocionada.

—Dios mío…

—Tommie solo era un niño pequeño —dije con voz suave—. Fue uno de esos accidentes estúpidos, un coche que se saltó un semáforo en rojo. El tipo no había bebido, solo andaba distraído con el móvil. Poco después de los funerales, Paige tuvo su primer brote psicótico. La encontramos en Arkansas, después de recibir una llamada del *sheriff*. La habían arrestado por vagabundeo. Supongo que mi tía le había enviado una carta en la que figuraba la dirección del remitente y que Paige la llevaba en el bolso, lo cual fue bueno, porque no portaba consigo ninguna otra identificación. El *sheriff* dejó claro que necesitaba ayuda médica, así que mi tía y yo fuimos a buscarla. Su psiquiatra, el mismo con el que me he reunido esta mañana, fue quien finalmente la diagnosticó y le administró los medicamentos adecuados. Una vez estabilizada, aceptó volver a la granja y yo le instalé un taller en el granero.

—¿De dónde viene el delirio? Si es que existe una respuesta a eso.

Me encogí de hombros, consciente de que ni yo mismo lo entendía del todo.

—Por lo que sé, mezcla retazos de su pasado en sus delirios; encaja todo lo que ve en la historia que se está contando a sí misma, y suele haber indicios de verdad en todo ello. Por ejemplo, sé que ella y Gary tenían serios problemas en su matrimonio, hasta el punto de que se separaron. Estoy seguro de que su enfermedad tuvo algo que ver, porque en aquel momento no se la estaba tratando, pero, de todos modos, Gary obtuvo temporalmente la custodia exclusiva de Tommie y él quería que fuese permanente. Además, trabajaba para el Departamento de Seguridad Nacional, en concreto para la Agencia Federal de Gestión de Emergencias, no para ninguna rama de seguridad o antiterrorismo. En cuanto a los detalles de este episodio en particular, la verdad es que no sabría decirte. Algunas de las cosas de las que despotricaba esta mañana en el hospital me han recordado los delirios de su último episodio, pero otras no. Por ejemplo..., juró que Gary debía de haber ido a la escuela primaria John Small, que es la escuela donde nosotros fuimos de pequeños, pero Gary no fue allí... Así que esa parte no tenía sentido. Hasta que no se estabilice del todo, no lo sabré con seguridad.

—¿Y has dicho que no es la primera vez que intenta suicidarse?

Asentí, sintiendo que me invadía una oleada de desesperanza.

—Cuando volvíamos de Arkansas por la autopista, intentó saltar del coche. Al final, tuvimos que usar cinta adhesiva para evitar que volviera a intentarlo. Su segundo intento ocurrió un par de años después de mudarse a la granja. En ese caso, su medicación había dejado de surtir efecto y no nos dimos cuenta de que había empezado a automedicarse con hierba. Una mañana me desperté y descubrí que se había escapado en mitad de la noche. Tomó autobuses y recorrió medio país en autostop, pero, afortunadamente, esta vez llevaba el móvil encima y pude localizarla con la función «Buscar a mis amigos» del teléfono. Al final la encontré en una cafetería cerca de una estación de autobuses. Tenía una taza de agua caliente y usaba paquetes de kétchup para hacerse sopa de tomate. Estaba en su fase maniaca y no me reconoció; cuando le ofrecí acercarla a algún sitio en coche, aceptó. Por alguna razón, pensó que me ganaba la vida vendiendo alfombras. En el camino de vuelta en camioneta, empezó a dormir más y a llorar más, y cuando por fin paramos en un hotel para pasar la noche, intentó saltar por el balcón. Yo tendría que haber sabido que algo así iba a pasar, pero me ausenté un minuto para ir al baño. La agarré cuando tenía medio cuerpo fuera de la barandilla. Si no la hubiera encontrado a tiempo, si se hubiera quedado sola esa noche, no sé...

Cuando me callé, comprendí que Morgan intentaba entenderlo todo.

—Menos mal que tenía activado «Buscar a mis amigos» para que pudieras localizarla —dijo.

—Créeme, me cercioro de que lo tenga activado, y lo comprobé mientras conducía de vuelta a casa. Aunque esta vez no me ha servido de mucho.

—¿Se recuperará?

—Físicamente, sí, una vez que se estabilice. Pero será muy duro para ella emocionalmente durante un tiempo, porque recordará mucho de lo que ha hecho y pensado, y mucho de eso no tendrá sentido ni siquiera para ella. Luego siente mucha vergüenza y culpa, y tarda un tiempo en perdonarse. En cierto modo, lo entiendo —admití, pasándome una mano por el pelo—. Cuando te he dado una vuelta por la casa…, bueno, para mí ha sido como meterme en su mente y ver lo destrozada que está… —Sentí que la voz se me quebraba—. Sé que suena fatal.

Morgan negó con la cabeza, como indicándome que me entendía.

—Suena a que está enferma y no puede evitarlo.

—Ojalá más gente pensara igual.

—¿Por eso no me hablaste de ella? ¿Porque te asustaba lo que pudiera pensar?

—No es una historia que quiera andar contando —repuse—. Y tienes que entenderlo: esto, lo que está pasando ahora, no refleja cómo es ella habitualmente. La inmensa mayoría del tiempo solo es mi increíblemente talentosa, ingeniosa y generosa hermana, que cocina de maravilla y me hace reír. No quería que pensaras en ella como en mi hermana la enferma mental… o la loca. Pero sabía que, dijera lo que dijera de Paige, en cuanto pronunciara «bipolar» o «enferma mental», o «propensa a brotes psicóticos» u «ocasionalmente suicida», esas etiquetas pasarían al primer plano, porque no has conocido su verdadero yo.

Morgan contempló los campos lejanos, pensando en todo lo que le había contado; durante un buen rato ninguno de los dos dijo nada.

—Paige ha tenido una vida muy dura —susurró.

—De eso no cabe duda —coincidí—. Le ha tocado una vida muy injusta.

—Para ti tampoco es fácil —observó, volviéndose hacia mí.

—No siempre.

Me apretó suavemente el hombro.

—Eres un buen hermano.

—Es una gran hermana.

Dejando caer la mano para cubrir la mía, pareció llegar a una especie de resolución.

—¿Sabes lo que creo que deberíamos hacer? Si te parece bien, claro.

Levanté una ceja.

—Me gustaría ayudarte a limpiar la casa. No deberías hacerlo tú solo. Y después, te haré la cena.

—No parece que haya mucha comida en la casa.

—Podemos ir a hacer la compra —respondió despreocupadamente—. No soy una gran cocinera, pero mi abuela me enseñó al menos un plato infalible, y creo que hasta ahí llego.

—No encontrarás muchos ingredientes especializados por aquí —le advertí.

—Mientras pueda encontrar fideos de arroz y salsa de soja, puedo improvisar el resto —dijo encogiéndose de hombros—. Y espera a probar el *pancit bihon* de mi abuela. Los fideos fritos son lo más en comida reconfortante, créeme.

—Vale —dije, forzando una sonrisa, aunque era lo último que me apetecía hacer.

Nos levantamos y entramos, pero me detuve en el umbral, demasiado intimidado por el caos como para saber por dónde empezar. Haciéndose cargo de la situación, Morgan me adelantó y fue directamente a la cocina. Arrodillándose ante la pila de cosas amontonadas delante del fregadero, gritó:

—Todo esto va debajo, ¿verdad? ¿Hay algo en particular que deba saber? ¿Como que el jabón va a la izquierda y cosas así?

Cuando negué con la cabeza, empezó a guardar las cosas. Su iniciativa me impulsó a actuar y recogí la mesa, arrojando la comida a la basura. Tiré las alubias, el pollo medio quemado y la carne en mal estado, junto con una docena de envoltorios de plástico usados, el tarro de cristal, el de jalea y cualquier otra cosa desechable que encontré. Cuando saqué la bolsa al contenedor de basura, abrí la tapa y vi toda la comida que Paige había tirado. Simplemente metí la bolsa y cerré la tapa, preguntándome de nuevo en qué estaría pensando. Cuando volví, la pila del suelo había desaparecido y los trapos de la cocina estaban amontonados. Morgan también había recogido los utensilios de cocina desperdigados y los había colocado en el fregadero. Estaba llenándolo de agua.

—No he encontrado el lavaplatos.

—Eso es porque no hay.

Sonrió.

—En ese caso, ¿quieres lavar o secar?

—Como prefieras.

—Lavaré yo —dijo, y, poco a poco, nos pusimos manos a la obra.

Me di cuenta de que no usaba jabón en la sartén de hierro fundido, sino que la pasaba por agua caliente y restregaba hasta que quedaba limpia. Me preguntó si había aceite vegetal.

—Había, pero Paige lo ha tirado —contesté.

Sabiendo lo bastante como para no preguntarme el motivo, me pasó la sartén para que la secara y luego enjabonó un trapo y limpió la encimera y la placa de cocción. Curiosamente, me di cuenta de que el horno estaba tan limpio como no lo veía desde hacía años. Al reparar en una vieja mochila mía en un rincón, la abrí y encontré media docena de sándwiches de mantequilla de cacahuete y jalea hechos puré, además de un par de manzanas. Tiré el contenido a la basura, arrojé la mochila al montón de trapos del suelo y lo llevé todo al porche trasero, depositando la carga en la lavadora. La vista de los estantes vacíos no hizo sino suscitarme más preguntas.

Lo siguiente fue la despensa, que no tardamos mucho en reorganizar. Morgan me pasaba algo y yo lo ponía en su sitio; hicimos lo mismo en el porche trasero. No tardamos mucho en recolocarlo todo en el armario, y Morgan me ayudó a mover el aparador del salón hasta su sitio. Luego coloqué el televisor, el viejo reproductor de DVD y demás dispositivos, y volví a conectarlo todo. Morgan tiró los corazones de manzana a la basura y me pasó álbumes, libros y DVD en pilas ordenadas mientras yo los guardaba. La pared a medio pintar seguía teniendo un aspecto ridículo, al igual que la pintura de la cocina, pero de momento la planta de abajo estaba en condiciones.

—Si te estás preguntando por qué ha pintado, no tengo ni idea. Pintó estas paredes hace un mes. Le encanta el naranja Hermès y juró que la cocina quedaría fabulosa. Igual que esta pared de aquí.

—Seguro que tenía sus razones —dijo Morgan, y eso era lo más amable que podía haber dicho.

Arriba, doblamos la ropa blanca y la guardamos en su armario, limpiamos mi cuarto de baño y recogí la ropa de niño y también la funda de mi almohada; por el momento, decidí dejar la pila en lo alto de la escalera. En el dormitorio de Paige vacilé, reacio a revolver el espacio personal de mi hermana. Sin embargo, Morgan no tuvo ningún reparo y enseguida empezó a ordenar y doblar montones de ropa.

—Yo doblo y tú guardas —me instruyó—. Y lo que esté en una percha puedes volver a colgarlo en el armario, ¿vale?

No tenía claro dónde iba cada cosa, pero hice lo que pude. En el baño, recogí la camisa ensangrentada, sabiendo que acabaría en la basura, e inspeccioné cuidadosamente la peluca, intentando imaginar por qué Paige habría sentido la necesidad de ponérsela.

—Hace un par de años, en Halloween, se disfrazó de

flapper —dije, dándole vueltas a la peluca en la mano—. Esto era parte de su disfraz.

—¡Eh, yo me disfracé de *flapper* el año pasado! —exclamó Morgan mientras rociaba el lavabo y las encimeras con un producto de limpieza—. Las grandes mentes piensan igual.

Tuve que reconocer que era mucho más fácil limpiar con su ayuda. Solo, habría escudriñado cada objeto, intentando averiguar cómo encajaba en el delirio, pero Morgan simplemente siguió hasta concluir cada tarea. Al final, si no había recuperado por completo la entereza, al menos tenía la tranquilidad de que todo acabaría volviendo a la normalidad.

—¿Hay algún supermercado de tamaño decente cerca? —preguntó Morgan mientras se lavaba las manos en el fregadero de la cocina.

—Está el Piggly Wiggly. —Me encogí de hombros—. Pero, de verdad, podemos salir a comer si prefieres descansar después de tanto trabajo...

—Tú cocinaste para mí en Florida, así que ahora me toca a mí —dijo.

Milagrosamente, en el Piggly Wiggly, Morgan consiguió encontrar un paquete de fideos de arroz en la sección de comida asiática, junto con una botellita de salsa de soja. Tras añadir ajo, gambas congeladas, pechugas de pollo, repollo y algunas verduras al carrito, además de una docena de huevos, se acercó triunfalmente al pasillo de las bebidas y metió además un paquete de seis cervezas.

De vuelta en casa, se puso manos a la obra en la cocina, lavando y cortando verduras, y puso a hervir agua en una cacerola. Sacó una sartén grande y me hizo un gesto de que me fuera.

—Déjame sola. Tú siéntate en el porche con una cerveza y relájate —me ordenó con una voz que no admitía discrepancias.

Saqué una cerveza del cartón de seis, fui a buscar la guitarra a la camioneta y me senté en una de las mecedoras de la entrada. Jugueteé con los acordes que se me iban ocurriendo mientras mi mente divagaba pensando en los últimos días. De vez en cuando me detenía a beber un sorbo de cerveza, notando que una balada melancólica empezaba a cobrar forma.

—Eso es bonito —oí decir a Morgan detrás de mí. Al volverme, la vi junto a la puerta mosquitera, con el pelo recogido con una goma en una coleta—. ¿Es nuevo?

Asentí.

—Sí..., pero aún no tengo claro qué es. Y seguro que necesitaré ayuda con la letra, ya que se te dan tan bien esos ganchos tan importantes.

Morgan se animó.

—Después de cenar —prometió—. Comemos dentro de quince minutos —dijo por encima del hombro mientras volvía a la cocina.

353

Los olores que entraban por la puerta mosquitera me hacían la boca agua; cuando oí el chisporroteo del ajo y la cebolla en la sartén, dejé finalmente la guitarra y entré en la casa. Morgan estaba salteando las gambas, el pollo y la mezcla de verduras en un delicioso aderezo de salsa de soja, pimienta negra y otras especias, todo ello sin perder de vista los fideos de arroz de cocción rápida.

—Puedes poner la mesa —me dijo, mientras se alisaba distraídamente un mechón de pelo que se había soltado de la coleta.

Dispuse dos cubiertos, abrí dos botellas de cerveza fría y las dejé al lado de los platos justo cuando Morgan colocaba una enorme fuente de fideos fritos con guarnición de limas y huevos duros.

—¡Vaya! —exclamé—. Esto deja mi cena de pollo a la altura del betún.

—No seas bobo —dijo, sentándose enfrente—. Esta es la receta más fácil del mundo, aunque la verdad es que nunca falla. —Levantó su botella de cerveza—. Por la familia —brindó.

Chocamos las botellas y dimos unos sorbitos antes de atacar nuestros aromáticos platos de comida. Creo que Morgan sabía que necesitaba distraerme para no pensar en mi tía o en Paige, así que me entretuvo con historias de sus viajes familiares a Manila y los intentos de su abuela de enseñarle a cocinar.

—No fui muy buena alumna —dijo riendo—. Una vez provoqué un pequeño incendio cuando intentaba usar el wok, pero al final aprendí una o dos cosillas. —Se metió una gamba en la boca y la regó con otro trago de cerveza—. Mi abuela acabó diciéndole a mi padre que menos mal que era lista, porque no conseguiría enamorar a un hombre por el estómago.

354

Me incliné sobre la mesa y la besé.

—Me encanta cómo cocinas. Y todo lo demás de ti.

Morgan siguió contándome su último día con sus amigas en el Don CeSar. Aunque reconoció que mi marcha repentina les había aguado un poco la fiesta, lo que empeoró la cosa fue el grupo de chicos que monopolizó las tumbonas de la piscina junto a las suyas y se pasaron la tarde entera insistiendo para quedar con ellas más tarde.

—Fue desquiciante. Lo único que queríamos era pasar tranquilas la última tarde al sol.

—¿Al final salisteis la última noche?

—Sí, y gracias a Dios no nos cruzamos con esos pesados. Pero no salimos hasta tarde. Estábamos un poco cansadas. Fue una semana intensa para todo el mundo.

—Aunque divertida, ¿no?

—No puedo hablar por ellas, pero yo estaba viviendo en un mundo de ensueño.

Sonreí.

—¿Cómo reaccionaron tus padres al ver que acababas de volver y que te volvías a ir?

Hizo una mueca.

—No se lo dije hasta después de reservar los vuelos. No les hizo mucha gracia, pero no intentaron impedírmelo. Debo mencionar, sin embargo, que, en cuanto llegué a casa, mi madre me sentó e intentó convencerme otra vez de que aceptara ese trabajo de profesora de música en Chicago y abandonara la idea de ir a Nashville.

Hice ruiditos de asentimiento mientras me levantaba y recogía la mesa. Fregamos los platos juntos, a estas alturas con un ritmo practicado. Cuando guardé los últimos, ella señaló el porche con la cabeza.

—Vamos a sentarnos fuera un rato. Quiero ayudarte a seguir retocando esa canción que has empezado.

Nos acomodamos en las mecedoras, absorbiendo los olores y el incipiente atardecer de final de primavera. El aire era cálido y las estrellas estaban esparciadas por el cielo como puñados de cristales sueltos. Desde el pequeño arroyo detrás del granero, oí el coro nocturno de ranas y grillos. La luna le daba al paisaje un lustre plateado.

—Esto es precioso —suspiró Morgan, contemplándolo todo—. E —se interrumpió con una risa— iba a decir que es tranquilo, pero no lo es. Es solo que los sonidos son diferentes a los de mi casa. O a los de Florida, ya puestos.

—Se llama vivir en el quinto pino.

—No está tan mal. Si lo piensas, pude conseguir un Uber en Greenville, y era un coche de verdad y todo. —Apoyó la cabeza en la mecedora—. Antes, cuando te escuchaba trabajar en la canción, mis pensamientos han vuelto una y otra vez a la semana que pasamos juntos. Sé que ahora mismo tienes que encauzar un montón de estrés y estás preocupado por lo de tu hermana y por tu tía, pero, cuando compones una balada, la canción tiene que salir de un recuerdo feliz o

no funcionará. La tristeza es poderosa, pero hay que ganár-
sela, ¿sabes? Así que estaba pensando que la primera frase
de la canción podría ser algo así... —Respiró hondo y cantó
los primeros compases—: Conozco un lugar, en el que solo
tú y yo podemos entrar...

Al instante supe que tenía razón.

—¿Algo más?

—Es tu canción, no la mía. Pero ya que preguntas...
—Sonrió, arqueando una ceja—. Creo que la apertura debería ser más compleja, instrumentalmente hablando. Como
orquestal, incluso. Un gran sonido romántico.

Alcancé mi guitarra.

—Porque crees que debería ser una canción sobre nosotros, ¿verdad?

—¿Por qué no? Y seguramente tendríamos que ponernos
a ello, teniendo en cuenta que me voy mañana mismo.

—¿Tan pronto?

—No puedo quedarme. He de pasar un poco de tiempo
con mi familia antes de ir a Nashville la semana que viene.
Y hay mucho que hacer en Nashville. Tengo que amueblar
mi apartamento, abrir una cuenta bancaria, dar de alta los
servicios, cosas así. En fin, tú ahora tienes mucho entre manos y yo solo sería una distracción.

Aunque tenía razón, sus palabras me produjeron una
oleada de tristeza; no quería pensar en eso todavía. Rasgueé
los primeros acordes de la canción. Entonces, en un instante,
supe lo que necesitaba. Empecé de nuevo, y la mirada de
Morgan saltó a la mía en señal de reconocimiento. En cuanto cantó el primer verso, el siguiente salió casi de forma automática. Para asegurarme, toqué la primera estrofa una
segunda y una tercera vez: la canción tomaba vuelo.

Trabajamos igual que en Florida, como la seda, con un
toma y daca tácito. Mientras yo retocaba y ajustaba la melodía, Morgan seguía añadiendo cosas a la letra, convirtiendo

la balada en una canción de esperanza, amor y pérdida inevitable. Fue a ella a quien se le ocurrió el estribillo, que me pareció innegablemente acertado:

Aférrate al mundo de ensueño,
no solo hoy, por siempre jamás.
No te alejes, agárrate fuerte,
algún día será nuestro hogar.

Cuando terminamos el primer borrador, la luna había surcado el cielo y el silencio cayó sobre los campos. Dejé la guitarra a un lado y subí con Morgan al dormitorio. Cuando hicimos el amor en la oscuridad, sentí como si cada una de nuestras caricias y movimientos siguieran una coreografía. Ella parecía anticiparse a cada respiración mía, y los sonidos de su voz se fundían con los míos en la quietud del dormitorio. Después nos quedamos tumbados sin hablar, Morgan apretada contra mí, la respiración entrecortada, hasta que se quedó dormida.

Pero yo no podía conciliar el sueño. Inquieto, me levanté de la cama, me puse unos vaqueros y una camisa, y bajé sigilosamente las escaleras, donde me senté a la pequeña mesa de la cocina, procurando entender todo lo que había sucedido en los últimos diez días. Cuando mis pensamientos volvían a Morgan, mi vida parecía completa; cuando pensaba en Paige, sentía que la vida que anhelaba siempre estaría fuera de mi alcance. Permanecí con esos sentimientos contradictorios que alternaban paz y agitación hasta que la luz del alba se filtró por las ventanas. Cuando hubo suficiente claridad, busqué papel y bolígrafo, y garabateé la letra que habíamos compuesto la noche anterior.

En la camioneta estaban las maletas sin deshacer de mi viaje a Florida, y caminé descalzo por la hierba húmeda del rocío de la mañana. Pesqué mis Vans e hice un viaje a la tienda de comestibles para comprar café, huevos, pan, leche y otras cosas; en el último momento me acordé de coger una caja de té verde. Estaba sorbiendo café a la mesa de la cocina cuando Morgan bajó finalmente las escaleras. Cuando me vio a la mesa, se tapó la boca.

—Te besaría, pero aún no me he cepillado los dientes.

—Yo tampoco.

—Entonces tampoco puedes besarme todavía.

Sonreí.

—¿Quieres café o té?

—Si tienes algo de té, estaría genial.

Añadí agua a una tetera; cuando silbó, vertí el agua caliente en la taza y añadí una bolsita, acercándosela a la mesa.

—Te has levantado temprano. Ni que fueras granjero.

—No podía dormir.

Se acercó y me cogió la mano.

—Odio que tengas que enfrentarte a todo esto.

—Yo también.

—¿Van a darle el alta a tu tía hoy?

—Probablemente mañana o pasado mañana.

—¿Y Paige?

—Eso va para más largo. Puede que la cosa dure unos días hasta que se estabilice. ¿A qué hora te tienes que ir?

—¿A las dos? Eso significa que seguramente tendré que estar en el aeropuerto a la una.

Teniendo en cuenta el trayecto hasta la terminal, comprendí que solo nos quedaban unas horas juntos, y no quería desperdiciarlas por nada del mundo.

—¿Quieres desayunar? —pregunté—. Puedo hacer huevos y tostadas.

—El té está bien por ahora. Todavía no tengo mucha hambre. Pero ¿sabes lo que me gustaría hacer después de ducharme y cepillarme los dientes?

—¿Besarme?

—Por supuesto —respondió con una sonrisa—, pero también me gustaría ver la granja, y así puedo poner imágenes verdaderas a tus descripciones de las cosas.

—Suena bien.

—Y tal vez conseguir una foto tuya en un tractor. O incluso un vídeo tuyo conduciendo para poder enviárselo a mis amigas.

Tuve que reírme.

—Lo que tú quieras.

68

*D*espués de ducharme, la esperé en el porche. A lo lejos, vi la camioneta de Toby aparcada cerca de la oficina y alcancé a ver los aspersores que regaban los campos. Algunos trabajadores ya estaban trabajando en los cultivos de tabaco mientras otro grupo llevaba cuidadosamente cestas de huevos a las instalaciones de procesamiento para su inspección y envasado. La actividad me recordó el tiempo que me llevaría ponerme al día, sobre todo con mi tía fuera de circulación. Dejé a un lado mis preocupaciones y fui al granero.

En la mesa de trabajo de Paige, rebusqué entre los montones de papeles el pedido en el que estaba trabajando. Tendría que llamar al cliente para explicarle que había habido un contratiempo y que el pedido podría retrasarse, pero no fui capaz de aclararme y salí del granero preguntándome cuándo recuperaría Paige la coherencia suficiente para explicármelo.

Cuando volví, Morgan estaba en la cocina, calentando más agua para el té. Deleitado con su visión, recordé la sensación de tenerla en mis brazos la noche anterior y, apartándole el pelo, la besé en la nuca.

Cuando apuró su segunda taza, empezamos la visita a la granja. La dejé pasear por una de las mallas de sombreado, junto a las gallinas, que cacareaban, y luego le enseñé las instalaciones donde controlábamos y envasábamos los huevos. La guie por el invernadero y le enseñé las instalaciones donde preparamos los tomates para el transporte y el almacén donde secamos las hojas de tabaco. Nos paramos en la oficina principal (la llamé la «central del papeleo») y paseamos por los campos de tomates y tabaco, antes de dejarme convencer para que me grabara al volante de un tractor. Aparte de Toby, los trabajadores seguían a lo suyo, sin ofrecer más que un «buenos días» o un saludo desde lejos, pero aun así sentí sus miradas curiosas. Tardé un poco en darme cuenta de que posiblemente era la primera vez que me veían pasear por la granja con una mujer que no fuera mi tía o mi hermana. Michelle nunca había sentido interés en los pormenores de mi vida cotidiana.

Almorzamos temprano en un lugar llamado Down, en Main Street, el corazón del distrito de los muelles. Aunque la comida tenía buena pinta, yo estaba demasiado tenso para comer, y estoy seguro de que a Morgan le pasaba lo mismo, porque se dedicó principalmente a picotear la ensalada. Después, paseamos cogidos de la mano hasta la ribera, con sus preciosas vistas del río Pamlico, cuyas aguas brillaban bajo un cielo despejado. En medio del río, un velero surcaba la suave brisa, avanzando lentamente, como si no tuviera prisa por llegar a ninguna parte.

—¿Te has pensado lo de venirte a Nashville conmigo? —me preguntó, parándose delante de mí—. A ver, sé que ni siquiera debería estar sacándote el tema ahora, y entiendo que te tomes tu tiempo para decidirlo, pero la verdad es que nunca me respondiste.

Bajo la reluciente luz del sol, pude ver unas manchitas de color avellana en sus ojos, algo en lo que nunca había reparado.

—No creo que pueda. No veo cómo puedo dejar solas a

mi tía y a mi hermana cuando más me necesitan. Me fui tres semanas y mira lo que ha pasado. —Esas eran algunas de las palabras más dolorosas que había dicho en mi vida.

—Ya —dijo ella. Tenía los ojos húmedos—. Eso es lo que pensaba. Pero vendrás a visitarme, ¿verdad? ¿Una vez que me haya instalado?

Vacilé, deseando que pudiéramos hablar de cualquier otra cosa, deseando que tantas cosas en mi vida fueran diferentes.

—No estoy seguro de que sea una buena idea... —dije sin terminar la frase.

—¿Por qué no sería una buena idea? ¿No me quieres?

—Claro que te quiero.

—Entonces tendremos una relación a distancia. Hoy por hoy, es fácil. Podemos hacer FaceTime, visitarnos el uno al otro, llamarnos y mensajearnos...

Levantó la mano para volverme la cara hacia ella, y respondí acomodándole un mechón de pelo detrás de la oreja.

—Tienes razón. Podemos hacer esas cosas. Solo que no sé si deberíamos.

—¿Se puede saber de qué estás hablando?

Junté los labios, deseando más que nada no tener que decir las palabras que sabía que vendrían a continuación:

—Cuando estaba en el hospital, tuve mucho tiempo de tranquilidad para pensar en ti y en mí y en el futuro, pero, por más que intentaba imaginármelo, mis pensamientos volvían en círculo a la idea de que, a partir de ahora, íbamos a vivir en dos mundos muy distintos.

—¿Y qué?

—Esos mundos nunca se unirán, Morgan, lo que significa que «siempre» tendremos una relación a distancia. Tú te vas a Nashville, y en cuanto a mí, no puedo dejar sola a mi tía. No puedo dejar sola a Paige. Además, la granja es lo único en lo que sé que soy bueno. Me dedico a eso.

—Pero tienes talento como cantante y compositor, algo que no puedes ignorar. Viste a las multitudes en tus conciertos de Florida. Viste cómo reaccionaba la gente ante lo que hacías... —La voz de Morgan tenía un dejo de irritación.

—Aunque eso fuera cierto, no importa. ¿Quién cuidaría de mi familia? Tú y yo somos diferentes. ¿Y qué significa eso para nosotros a largo plazo? ¿Seguimos juntos sabiendo que llevaremos vidas separadas la mayor parte del tiempo y que solo podremos vernos de vez en cuando? Y si es así, ¿por cuánto tiempo? ¿Un año? ¿Cinco años? ¿Toda la vida? Las relaciones a distancia funcionan cuando son temporales, pero en nuestro caso nunca cambiará. Yo estoy atrapado aquí, puede que permanentemente, pero tú tienes toda la vida por delante y el mundo te está esperando. Y, lo más importante, ¿es esa la clase de relación que quieres? ¿Una relación en la que apenas nos veamos? Solo tienes veintiún años...

—¿Así que estás rompiendo conmigo? ¿Quieres dejarlo..., sin más?

Mientras me lo preguntaba, se le quebró la voz y se le formaron lágrimas en los ojos.

—Nunca debió pasar —dije, odiándome a mí mismo y odiando la verdad, y sintiendo que estaba dejando morir la mejor parte de mí—. Tu vida cambiará, pero la mía no. Y eso inevitablemente cambiará las cosas entre nosotros..., aunque te quiera, aunque sepa que nunca olvidaré la semana que pasamos juntos.

Por primera vez desde que la conocía, Morgan parecía perdida.

—Te equivocas —soltó finalmente, enjugándose con rabia una lágrima que había rodado por su mejilla—. Y ni siquiera quieres intentarlo.

Sin embargo, supe que Morgan también pensaba en mi

tía, en Paige y en la granja, y que comprendía lo que le había explicado. Se cruzó de brazos y se quedó mirando el agua, sin verla. Me metí la mano en el bolsillo y saqué el papel que había garabateado esa misma mañana.

—Sé que no tengo derecho a pedirte nada, pero, por favor, toma nuestra canción y hazla famosa, ¿vale?

Aceptó el papel de mala gana y le echó un vistazo, mientras parpadeaba para contener las lágrimas que amenazaban con desbordarse.

Conozco un lugar adonde ir,
donde estar tú y yo solos al fin,
lejos de las sombras del ayer,
donde el amor podrá florecer.

Aférrate a un mundo de ensueño,
no solo hoy, por siempre jamás.
No te alejes, agárrate fuerte,
algún día será nuestro hogar.

En mi mente vivimos allí.
Un mundo ideal que compartir,
donde callar las obligaciones
y dejar hablar nuestras pasiones.

En el mundo de ensueño, en el mundo de ensueño.
No te alejes, agárrate fuerte.

No terminó de leerla; se guardó la hoja en el bolso y, durante mucho rato, sencillamente permanecimos juntos en la pequeña ciudad de la que sabía que nunca escaparía, un lugar demasiado pequeño para el futuro de Morgan. La abracé al tiempo que veía que un águila pescadora levantaba el vuelo sobre el rompiente de las olas. Su sencilla gracilidad me recordó a Morgan remando por las vías fluviales de un lugar que ya parecía muy muy lejano.

Al cabo de un rato, volvimos a la camioneta y fuimos al aeropuerto de Greenville. Había un puñado de coches parados frente a la pequeña terminal, descargando pasajeros, con las luces de emergencia encendidas. Paré la camioneta detrás de ellos y saqué su maleta. Morgan se colgó el bolso al hombro mientras yo arrastraba su equipaje hasta la entrada.

Tenía el estómago hecho un nudo y hundí la cara en su pelo. Tuve que recordarme que había dicho la verdad. Por muchos planes que hiciéramos o por mucho que ambos quisiéramos que las cosas funcionaran entre nosotros, Morgan me dejaría atrás algún día. Estaba destinada a grandes cosas y acabaría encontrando a alguien con una vida más acorde a la suya, una vida que yo jamás podría ofrecerle.

Aun así, comprendí que la había herido en lo más hondo. Lo notaba en cómo se aferraba a mí, en la firmeza con la que apretó su cuerpo contra el mío. Sabía que nunca amaría a otra mujer como a ella. Pero el amor, comprendí, no siempre era suficiente.

Cuando nos separamos, me miró a los ojos.

—No por esto voy a dejar de llamarte —dijo con voz compungida—. Aunque esté furiosa contigo.

—De acuerdo —respondí, ronco.

Cogió la maleta, se ajustó la correa del bolso al hombro y esbozó una sonrisa valiente antes de entrar en la terminal. Observé cómo se abrían y se cerraban las puertas electrónicas a su paso. Con las manos en los bolsillos, me volví hacia la camioneta, lleno de dolor por ella… y por mí. Mientras me sentaba al volante, recordé lo que Paige había dicho una vez acerca de que el amor y el dolor eran dos caras de la misma moneda: ahora comprendí lo que quería decir.

Al incorporarme al tráfico, intenté imaginarme a Paige y a mi tía como las había visto por última vez; sentí una gran pesadez en el pecho. Por mucho que las quisiera, sabía que, en cierto sentido, también se habían convertido en mi cárcel.

Colby

Febrero

Aunque Morgan y yo seguimos en contacto, las llamadas y los mensajes disminuyeron con el tiempo. Al final, tenía más que ver con ella que conmigo. En las semanas que suce- dieron al traslado de Morgan a Nashville, logré administrar la granja al tiempo que supervisaba la recuperación de Paige y de la tía Angie. A finales de otoño, nuestra vida se había estabilizado un poco, pero, en contraste, los acontecimientos se sucedieron en la de Morgan como una roca que va ganando velocidad y fuerza a medida que rueda cuesta abajo. Los cambios que siguieron al despegue de su carrera musical me dejaron atónito; hasta el punto de que, cuando le dejaba un mensaje de voz, a veces tardaba dos o tres días en devolverme la llamada. No pasaba nada, me decía a mí mismo; como le había dicho a ella, no creía que tuviéramos que intentar que la relación a distancia funcionara, porque tarde o temprano tocaría a su fin. Sin embargo, cuando por fin conectábamos (con frecuencia mientras ella estaba en aeropuertos, entre reuniones o durante las pausas de grabación), yo escuchaba con interés y orgullo sus relatos de las últimas novedades de su meteórico ascenso profesional.

Ni en sus sueños más locos podría haber planeado el derrotero que había tomado su carrera. A su llegada a Nashville, pasó un tiempo en un estudio de grabación y, maquetas en mano, se reunió con el puñado de representantes que había mencionado, todos los cuales mostraron un interés de leve a moderado por ella. Animada por uno de ellos («¿Por qué no?»), colgó en las redes sociales el vídeo de su actuación durante mi concierto. Sus amigas lo habían editado excepcionalmente, intercalando imágenes de ella grabando la canción en el estudio con escenas del Bobby T's y clips de Morgan bailando en TikTok. El interés que la canción despertó en algunos *influencers* clave (incluidas algunas estrellas que la admiraban y tenían miles de seguidores) desataron un maremágnum. Al cabo de pocas semanas, el vídeo ya tenía decenas de millones de visualizaciones, y Morgan publicó rápidamente otro en el que interpretaba *Un mundo de ensueño*. Como no podía ser de otro modo, sus seguidores de las redes sociales se dispararon, y pronto los agentes más importantes de la industria la cortejaron. «La nueva Taylor Swift», solían describirla, al tiempo que establecían comparaciones con megaestrellas femeninas como Olivia Rodrigo, Billie Eilish y Ariana Grande.

El mánager con el que firmó el contrato era un genio del *marketing*, y aprovechó el impulso inicial para presentar enseguida a Morgan como si fuera una estrella consolidada. Empezó a sonar en la radio, y se puso en marcha una gran campaña publicitaria que la llevó de ciudad en ciudad, con apariciones en programas de entrevistas en Nueva York y Los Ángeles. Su cara aparecía cada dos por tres en anécdotas de famosos, y para cuando actuó en *Saturday Night Live*, allá por noviembre, donde la presentaron como un «fenómeno mundial», tuve la sensación de que el mundo entero había oído hablar de ella. No sé cómo, pero entre unas cosas y otras se las arregló para sacar tiempo para grabar un disco. Producido por grandes creadores de éxitos, presentó canciones compuestas por ella, así como colaboraciones con las estrellas del hip hop, el pop y el R&B más rompedoras de la industria. Me contó que al principio habían hablado de hacer una gira donde actuaría de telonera de algún gran artista, pero, cuando sacó una tercera canción en las redes sociales tras su aparición en *Saturday Night Live* y antes del lanzamiento de su álbum debut, la canción llegó al número uno de las listas. Ahora se hablaba de que otros serían sus teloneros para la gira en solitario del próximo otoño, que ya estaba prevista en treinta ciudades de Norteamérica... y subiendo.

La había atrapado un ciclón; por eso no era de extrañar que estuviéramos en contacto con menos frecuencia. Y, cada vez que el dolor de echarla de menos se me hacía demasiado grande, tenía que recordarme lo que le había dicho en nuestro último día juntos.

En cuanto a mí, contraté a una asistenta para que ayudara a mi tía cuando saliera del hospital; no solo ayudó a la tía Angie con la casa, sino que la llevaba y la traía de sus sesiones de fisioterapia. La parálisis de su lado izquierdo había tardado en mejorar; no fue hasta Halloween cuando se sintió lo bastante segura como para prescindir de la asistente. Aún cojeaba, su brazo izquierdo seguía estando débil y tenía la sonrisa torcida, pero había vuelto a dirigir la oficina a tiempo completo e incluso se desplazaba por el resto de la granja con la ayuda de un cuatriciclo. Más que Paige o yo, la granja seguía siendo el centro de su vida.

Y mi hermana...

Tardó seis días en estabilizarse completamente, después de lo cual finalmente reconstruí su crisis. Como sospechaba, corrió al hospital cuando ingresaron a mi tía y, con las prisas, se olvidó de llevarse los medicamentos y el teléfono, razón por la cual no me llamó enseguida para avisarme. Y, aunque juró que tenía la intención de ir a buscar los medica-

369

mentos a casa, el estado de mi tía era demasiado grave como para confiarse y dejarla sola en el hospital sin ningún otro miembro de la familia presente. Al cabo de un par de días, las sustancias químicas de su cerebro empezaron a provocar fallas que afectaban a su percepción; poco después, la repentina retirada de la medicación distorsionó su realidad. Entre otras cosas, estaba convencida de que me había llamado para hablarme del estado de mi tía, no una, sino dos o tres veces; hasta que no le enseñé el registro de llamadas no aceptó que se había imaginado conversaciones enteras. Después, sus recuerdos eran borrosos e incompletos, hasta que el delirio se apoderó de ella; recordaba haber salido del hospital, pero no que había fumado hierba, a pesar de que los análisis de sangre mostraban un alto nivel de THC.

Tras el alta, no quiso hablar del asunto durante mucho tiempo. Como yo sabía que pasaría, se sentía profundamente avergonzada y abochornada. Transcurrió casi un mes hasta que conseguí que me lo contara todo. Se hizo evidente que había incorporado algunos elementos de sus episodios psicóticos anteriores a los nuevos delirios, como los viajes en autobús y autostop, y el restaurante donde añadió kétchup a una taza de agua caliente. Me explicó por qué la casa estaba hecha un desastre y reconoció que había sacado las armas que yo guardaba debajo de la cama y las había enterrado cerca del arroyo. Recordaba vagamente haber comprado la figura de acción de Iron Man en una tienda próxima al hospital; tenía la intención de dársela a mi tía para levantarle el ánimo, bromeando sobre lo dura que era. Pero de lo que más le costaba hablar, lo que le parecía absurdo incluso a ella, era de lo obvio: ¿cómo era posible que no reconociera su propia casa? ¿Cómo era posible que no reconociera a Toby, un hombre al que conocía de casi toda la vida, cuando este pasó por allí? No tenía respuestas a esas preguntas, lo mismo que en el pasado no había podido explicarse que no me hubiera reconocido a mí. En cuanto al resto de sus delirios, ya habíamos pasado por la mayoría, y ninguno de los dos sentía la necesidad de revivir los dolorosos detalles.

Desenterré las armas, las limpié y las engrasé, agradeciendo a Dios que un día se me ocurriera dotarlas de seguros de gatillo externos, lo que hacía imposible dispararlas si no los quitabas, y llevar siempre las llaves encima. Después del primer intento de suicidio de Paige, e incluso antes de que dejara el hospital, no quise correr ese riesgo. Sin embargo, para ser doblemente cuidadoso en el futuro, compré una caja fuerte de armas y las guardé allí. También repinté las paredes y los armarios de la cocina, junto con los del salón, antes de que le dieran el alta del hospital. Naranja y burdeos, los colores que había elegido poco antes.

Una vez que volvió a casa, incorporarse al trabajo fue una distracción necesaria y, por suerte, su negocio no se había resentido. Sin embargo, pasaron unos meses hasta que volvió a ser la de antes. Aunque seguía preparándonos la cena varios días a la semana, con frecuencia desviaba la mirada mientras comíamos, y había veces que me la encontraba llorando calladamente en el porche.

—Odio estar rota —me dijo en una de esas ocasiones—. Odio no poder controlar ni siquiera lo que pienso.

—No estás rota, Paige —la tranquilicé, sentándome a su lado y acercándome para acariciarle el brazo—. Solo fueron unos días chungos que rompieron la realidad. Todo el mundo los tiene.

A pesar de sí misma, se rio.

—La diferencia es que mis días son muy muy chungos comparados con los de la mayoría de la gente.

—Eso no puedo discutírtelo —convine, y volvió a reírse, aunque luego se puso seria.

—Gracias —dijo, volviéndose hacia mí—. Por salvarme la vida. Otra vez.

—Tú también me salvaste a mí.

Finalmente le hablé de mi viaje a Florida y de Morgan, sin omitir nada. Fue más o menos cuando Morgan había colgado el primer vídeo de su actuación en el Bobby T's en las redes sociales, y Paige (como todo el mundo) quedó impresionada por su talento. Cuando el vídeo terminó, se volvió hacia mí, con las cejas levantadas.

—¿Y pensó que «tú» eras bueno?

Me reí..., porque la verdad es que a Paige le encantaba oírme cantar, pero también era consciente de lo duro que me resultaba ver a Morgan alejarse más y más. Yo sabía que Paige había visto la fotografía en todas las páginas de cotilleos un par de semanas antes de Navidad: una foto que un paparazzi le había sacado a Morgan caminando de la mano de un famoso actor de Hollywood. A Paige le encantaba seguir los cotilleos de los famosos, pero tuvo cuidado de no hablarme de la foto. Aun así, yo habría tenido que vivir debajo de una roca para no verla.

No voy a decir que no me dolió ver aquella imagen, como tampoco voy a decir que me sorprendió. Y, aunque nuestras vidas habían divergido tal como yo había anticipado, jamás olvidé la decisión que había tomado la noche en que Morgan y yo hicimos el amor por primera vez, cuando resolví hacer cambios en mi vida para no terminar como mi tío. Aunque eso tuvo que esperar hasta tener la certeza de que mi tía y Paige estaban bien, me gusta pensar que mantuve mi promesa. Pude ir a la costa para hacer surf cuatro veces desde mi viaje a Florida, y reservé momentos los viernes y domingos para no hacer otra cosa que tocar o componer música, sin importarme la cantidad de trabajo que me esperaba. Me reencontré con algunos viejos amigos y salí con ellos alguna que otra noche del fin de semana, aunque a veces aquellas salidas seguían pareciéndome como vivir en *Atrapado en el tiempo*.

También me esforcé por relajar mis rutinas de vez en

cuando, por lo que decidí cambiar las pastillas de freno de mi camioneta un martes por la mañana, a pesar de la larga lista de cosas que tenía por hacer. Aunque las reparaciones básicas de un vehículo no le sonarán muy divertidas a la mayoría de la gente, a mí me entretenían; a diferencia de prácticamente todas las cosas que exige una granja, era una tarea con un punto final definido. En un mundo que nunca para, lo cierto es que concluir algo puede llegar a ser muy gratificante.

Por suerte, esa tarde la temperatura era suave y me subí las mangas de la camisa de trabajo mientras pensaba en los pasos de la reparación. Pero el destino es una cosa extraña: justo después de encender la radio de la cabina y cuando me iba a deslizar debajo de la camioneta, la voz de Morgan sonó por los altavoces del vehículo. Era *Un mundo de ensueño*, que para entonces probablemente había escuchado ya cientos de veces. Sin embargo, tuve que admitir que la canción siempre hacía que me parara en seco. Su voz era resonante y desgarradora. Había cambiado partes de la letra para añadir el maravilloso gancho que yo sabía que encontraría, y me permití el más breve de los recuerdos de ella sentada en el porche aquel día.

Fue entonces cuando oí que un coche se acercaba a lo lejos. Entrecerré los ojos, tratando de distinguirlo. Me sorprendió cuando aminoró la marcha y se detuvo detrás de mi camioneta.

Vi salir a Morgan del asiento trasero. Por un momento no pude moverme; solo cuando el Uber empezó a retroceder me descongelé.

—¿Qué estás haciendo aquí? —tartamudeé.

Se encogió de hombros y se apartó un mechón de pelo por encima del hombro: ¿cómo era posible que fuera aún más hermosa que la última vez que la había visto?

—He venido a hacerte una visita porque estaba cansada de esperar a que lo hicieras tú.

Como todavía intentaba procesar que estuviera allí delante, no pude decir nada más durante unos segundos.

—¿Por qué no me dijiste que venías?

—¿Y arruinar mi sorpresa de San Valentín? No lo creo.

Dejó en el suelo su equipaje y caminó hasta mis brazos como si fuera la cosa más natural del mundo, como si nunca hubiéramos dejado de abrazarnos.

—No es San Valentín —murmuré en su cabello, sintiendo su cuerpo contra el mío.

—No queda mucho. Voy a estar en Los Ángeles ese día, y esto es lo máximo que he podido hacer.

Cuando nos separamos, vi en sus ojos un brillo travieso que ya conocía.

—Creí que estabas saliendo con alguien —dije, procurando sonar despreocupado al mencionar el nombre del actor.

—Salimos un par de veces, pero no funcionó. —Hizo un gesto despectivo con la mano—. Le faltaba ese algo especial, ¿sabes? Como... Cuando estábamos juntos, no dejaba de pensar en el apocalipsis zombi y me preguntaba si él sería capaz de cultivar alimentos y arreglar camiones y todas esas cosas de supervivencia.

—¿Ah, sí?

—Nos gusta lo que nos gusta, ¿no?

Sonreí, aliviado: no parecía haber cambiado lo más mínimo.

—Cierto, pero sigo sin creerme que hayas aparecido así, con la cantidad de cosas que tienes que hacer.

—¿Y tú no?

—Es distinto.

—Todo el mundo está ocupado, porque la vida está llena de ocupaciones para todos. También he venido aquí a decirte algo.

—¿Y qué es?

—¿Te acuerdas de ese gran discurso que me soltaste en

nuestro último día juntos? Ya sabes, ¿cuando básicamente intentabas terminar las cosas entre nosotros mientras hacías todo lo posible para sonar noble?

Aunque no lo habría descrito de esa manera, asentí, todavía incapaz de dejar de sonreír.

—He estado dándole muchas vueltas y he llegado a la conclusión de que estabas cien por cien equivocado en casi todo.

—No me digas.

—Como te dije entonces, estaba enfadada. No habría esperado que un buen chico como tú fuera un rompecorazones de tal calibre. Pero finalmente lo he superado y he decidido darte otra oportunidad. Así que, a partir de ahora, vamos a intentarlo a mi manera. —Me miró con severidad—. Lo de la relación a distancia, digo. En la que yo vengo a verte a ti y tú vienes a verme a mí, y entremedias nos mandamos mensajes y nos llamamos por teléfono y hacemos FaceTime, porque, a partir de ahora, volvemos a ser pareja.

En cuanto pronunció aquellas palabras, supe que era exactamente lo que quería oír.

—¿Cuánto tiempo puedes quedarte?

—Solo un par de días, pero tengo tiempo libre el mes que viene. Te tocará visitarme.

Se me vinieron a la mente Paige y mi tía, pero me las arreglaría, estaba seguro.

—Sí, señora.

—Ahora dime que me quieres. Dejaste de escribírmelo hace unas semanas, y eso tampoco me gustó. Pero he decidido perdonarte por eso también.

—Te quiero, Morgan —dije, y las palabras me salieron con facilidad.

Se puso de puntillas y me besó, sus labios tan suaves como los recordaba.

—Yo también te quiero —susurró—. Vamos a sacar el máximo provecho de estos dos días, ¿te parece?

375

El giro de los acontecimientos era tan vertiginoso que me costaba entender lo que estaba pasando.

—¿Qué tenías pensado?

Observó los alrededores y luego posó sus ojos en mí.

—¿Sabes lo que me gustaría hacer primero? ¿Antes que nada?

—No tengo la menor idea.

—Me encantaría conocer a tu hermana.

—¿A Paige?

—Quiero saber de primera mano cómo eras de pequeño, pero de verdad. Apuesto a que tiene más de una historia interesante que contar. También quiero darle las gracias.

—¿Por qué?

—Me dijiste que te crio ella, y me encanta la persona en la que te has convertido. ¿Por qué no iba a agradecérselo?

Entonces fue mi turno de besarla, aunque solo fuera porque sabía que me entendía de verdad. Cuando me aparté, dejé que mi mano se demorara en su cadera.

—Subamos a casa —dije, cogiéndole la mano—. Estoy seguro de que a Paige le encantará conocerte.

Agradecimientos

Como tantas otras personas en todo el mundo, he pasado los dos últimos años en un relativo aislamiento debido al covid-19. Y, como a tantas otras, el periodo de distanciamiento forzoso me hizo reflexionar profundamente sobre la naturaleza de mis relaciones. Algunas de ellas se atrofiaron en esta época de crisis; otras florecieron y se hicieron más profundas. Sorprendentemente, también surgieron nuevas conexiones, reflejando los cambios en las prioridades y el deseo de cambiar que millones de personas experimentaron durante la Gran Pausa.

Hay una relación duradera que se ha mantenido y, en todo caso, se ha hecho más profunda durante estos últimos años: mi amistad y colaboración con mi agente literaria y socia productora, Theresa Park. T, desde hace veintisiete años, nuestra estrecha colaboración se mantiene como una de las más importantes y constantes de mi vida. Junto con los líderes de mi sensacional equipo en Park & Fine (a quienes he dedicado esta novela), me habéis ayudado a mantener una carrera que ha desafiado incluso mis propias expectativas. Pero aún más significativo ha sido el viaje de décadas que hemos compartido como amigos y compañeros de viaje en el camino de la vida.

Entre las nuevas relaciones que emprendí durante la pandemia está mi afiliación profesional a Penguin Random

House. Estoy inmensamente agradecido a Madeline McIntosh por haber sido mi celestina al presentarme a la familia PRH, y a Gina Centrello por hacer unos esfuerzos tan extraordinarios para garantizar que me sintiera cómodo en todos los sentidos. Kara Welsh y Kim Hovey, ha sido un placer conoceros y ahora entiendo por qué vuestra división funciona con tanta profesionalidad, eficiencia y gracia. Vuestra larga experiencia e incesante búsqueda de la excelencia son sin duda responsables de vuestra incomparable lista de superventas, y, sin embargo, vuestro estilo de liderazgo siempre resulta profundamente humano. A Jennifer Hershey, cuya meticulosa supervisión de cada detalle de la publicación de este libro abarcó desde la más amplia iniciativa estratégica hasta la más mínima menudencia en las pruebas de imprenta, deseo transmitirte mi más profundo agradecimiento y genuina admiración.

378 A Jaci Updike y a su incomparable equipo de ventas, tenéis mi corazón y mi alma (¡recordad que en el fondo siempre seré un representante de ventas!). Es un honor que mis libros los vendan profesionales tan destacados.

En *marketing*, Quinne Rogers y Taylor Noel aportan originalidad, una tenaz persistencia y una feroz ambición a sus trabajos; es raro encontrar un ardiente sentido de la posibilidad y una ambición sin límites en el refinado mundo de la edición, y, sin embargo, ellas lo aportan a su trabajo cada día. Del mismo modo, en el mundo de la publicidad no puedo imaginar mayor dedicación y defensa apasionada que la de Jennifer Garza, Karen Fink y Katie Horn.

La sofisticación y las estrategias innovadoras de la división de audio de PRH proceden directamente de su equipo estelar: Ellen Folan, Nicole McArdle, Karen Dziekonski, Dan Zitt y Donna Passannante. Espero que en los próximos años haya muchas versiones sonoras de alta calidad de mis libros.

Por supuesto, el libro que tienes en tus manos o que estás leyendo en tu dispositivo no podría existir si no fuera por el personal de producción, minucioso, atento a los plazos y experto en tecnología que trabaja día y noche para ofrecer un producto impecable y hermoso: Kelly Chian, Kathy Lord, Deborah Bader, Annette Szlachta-McGinn, Maggie Hart, Caroline Cunningham, Kelly Daisley y David Hammond. Todos estáis muy orgullosos de vuestro trabajo y se nota.

Por último, pero sin duda no menos importante, vaya mi agradecimiento a mi nuevo equipo de PRH: los inspirados directores artísticos Paolo Pepe y Elena Giavaldi, que han creado el magnífico nuevo diseño de esta novela. La magia que aportáis a este proceso me sobrecoge.

Debo el éxito de mi carrera profesional, que abarca novelas, largometrajes, colaboraciones y redes sociales, al leal (y a veces sufrido) equipo que sigue gestionando y supervisando todos mis negocios y actividades de cara al público. En el mundo del cine y la televisión, a mi gran amigo y agente Howie Sanders, de Anonymous Content: Howie, me siguen maravillando tus instintos sobre el momento oportuno, la historia y el mercado; atesoro tu amistad inquebrantable de décadas más de lo que puedo expresar. Como mi abogado de los medios de entretenimiento y feroz y tenaz defensor, Scott Schwimer nunca se da por vencido sobre los mejores términos posibles o acerca de mí en cuanto amigo; Scottie, espero que sepas que sigues estando cerca de mi corazón, a pesar de todos los altibajos de nuestras respectivas vidas. A mis nuevos socios y amigos de Anonymous Content, la directora ejecutiva Dawn Olmstead y el productor y gerente Zack Hayden, os agradezco vuestro apoyo y visión de nuestro futuro creativo. En otro orden de cosas, no puedo exagerar mi entusiasmo ante la perspectiva de trabajar con Peter Cramer, Donna Langley y Lexi Barta en Universal Pictures en una serie de nuevos proyectos basados en mis libros; gracias por apostar por las historias que escribo y por aportar tanto entusiasmo y energía a nuestra colaboración.

Mi publicista Catherine Olim, de Rogers & Cowan, me ha guiado en los mejores y en los peores momentos, con un instinto pragmático y a la vez inteligente; Catherine, nunca dudas en decirme la verdad y aprecio tus francas opiniones, que siempre proceden de un lugar de amor y protección. LaQuishe Wright («Q») es, sin lugar a dudas, la gestora de redes sociales más brillante, comprensiva y sofisticada del mundo del espectáculo, además de una amiga de confianza cuya integridad es irreprochable. Mollie Smith, prácticamente inventaste mi presencia en Internet y la difusión entre los fans; sin ti no sabría cómo conectar con mis lectores. Tu perspicacia y paciencia con todos los cambios y la evolución de mi carrera en las últimas décadas han sido una fuerza estabilizadora para mí. En la oficina de Theresa en Park & Fine, Charlotte Gillies ha demostrado ser indispensable en la gestión de toda la logística, programación, contratos y pagos que Theresa supervisa, en constante contacto con todo mi equipo. Y cuando el intríngulis de ganarse la vida se transforma en números que puedo entender, Pam Pope y Oscara Stevick, mis fieles y rigurosas contables, gozan del dominio absoluto; gracias, viejas amigas, por guiarme a un lugar de orden y seguridad.

Por supuesto, mi vida laboral como escritor está profundamente entrelazada con las relaciones personales y comunitarias que me sostienen: mis hijos, Miles, Ryan, Landon, Lexie y Savannah; Victoria Vedar; Jeannie Armentrout; Tia Scott Shaver; Christie Bonacci; Mike Smith; Buddy y Wendy Stallings; Angie, Linda y Jerrold; Pat y Bill Mills; Todd y Gretchen Lanman; Lee y Sandy Minshull; Paul Minshull; Eric y Kin Belcher; Tony y Shellie Spaedy; Tony Cain; Austin y Holly Butler; Gray Zuerbregg; Jonathan y Stephanie Arnold; David y Morgan Shara; Andy Sommers; David

Geffen; Jim Tyler; Jeff Van Wie; Paul DuVair; Rick Muench; Bob Jacob; Chris Matteo; Pete DeCler; Joe Westermeyer; Dwight Carlblom; David Wang; Missy Blackerby; Ken Gray; John Hawkins... Y mi gratitud se extiende también a mi familia: Monty, Gail, Adam y Sean, Dianne, Chuck, Todd y Allison, y Elizabeth, Sandy, Nathan, Josh, Mike y Parnell, Matt y Christie, Dan y Kira, y Amanda y Nick... y, por supuesto, a todos sus hijos.

381

ESTE LIBRO UTILIZA EL TIPO ALDUS, QUE TOMA SU NOMBRE

DEL VANGUARDISTA IMPRESOR DEL RENACIMIENTO

ITALIANO, ALDUS MANUTIUS. HERMANN ZAPF

DISEÑÓ EL TIPO ALDUS PARA LA IMPRENTA

STEMPEL EN 1954, COMO UNA RÉPLICA

MÁS LIGERA Y ELEGANTE DEL

POPULAR TIPO

PALATINO

UN MUNDO DE ENSUEÑO

SE ACABÓ DE IMPRIMIR

UN DÍA DE VERANO DE 2023,

EN LOS TALLERES GRÁFICOS DE LIBERDÚPLEX, S. L. U.

CRTA. BV-2249, KM 7,4. POL. IND. TORRENTFONDO

SANT LLORENÇ D'HORTONS (BARCELONA)